Marc Bensch

Die unverhoffte Genesung der Schildkröte

Carpathia
Verlag

Über den Autor:

Marc Bensch, geboren 1980 in Stuttgart, schreibt, seit er schreiben kann: Tagebuch, Zeitungsartikel, Pressetexte für das Nordic Paraski Team, Romane und Erzählungen. 2006, während des Studiums in Würzburg, krempelte eine Tumordiagnose sein Leben um. Drei Jahre später stellte sich heraus: Die Ärzte hatten geirrt – doch die Erfahrung verschob Perspektiven. Es folgten erste Literaturpreise, ein Stipendium, Schreibreisen nach Palermo und Lissabon. Und die Gewissheit, dass er schreiben wird, bis er nicht mehr schreiben kann.

Marc Bensch

Die unverhoffte Genesung der Schildkröte

Roman

Carpathia Verlag

Erstausgabe
1. Auflage 2019

Umschlagillustration: Cordelia Sommhammer unter Verwendung
eines Fotos von Adobe Stock / »Elena«
Gesetzt aus der Linux Libertine
Druck und Bindung: CPI – Clausen & Bosse, Leck
Printed in Germany

ISBN 978-3-943709-70-4

www.carpathia-verlag.de

Unseren Vätern gewidmet

Kapitel null

Von außen drang kaum Licht durch die Scheiben der verlassenen Lagerhalle. Die einen waren verdreckt, die anderen abgeklebt. Über den drei Männern im Innern flackerten die Neonleuchten. Dann gingen sie aus.

Alle gleichzeitig.

»Was ist los? Was soll das?«, jaulte der Schnüffler und griff nach seiner Waffe.

»Ruhig«, mahnte der Schmierfink.

Der Lächler sagte nichts. Er knirschte mit den Zähnen.

Der Spuk dauerte nur ein paar Atemzüge. Dann sah man wieder.

Sah die Männer, wie sie warteten, zusammen und doch jeder für sich, ihre Gefühle krampfhaft verschleiernd.

Sah vergessene Fetzen einer Plastikplane neben einem rostenden Stahlträger.

Sah den Staub, der hier lagerte.

Und sah den Campingtisch mit den wackligen Beinen. Dazu vier jämmerliche Plastikstühle, drei auf einer Seite, einer auf der anderen. Herangeschafft für ein Treffen, ein Verhandlungsgespräch.

Vier Stühle, nicht fünf!

Die Drei hatten keinen Schimmer, was sie erwartete.

Der Schnüffler klammerte sich an die SIG Sauer P225 und schritt zwischen Tisch und Fenstern hin und her.

Der Schmierfink stand mit verschränkten Armen neben dem Tisch und kaute Kaugummi, gab dann seine Position ruckartig auf und ging auf den Schnüffler zu. »Das mit der Knarre ist möglicherweise keine so gute Idee. Ist dir selbst klar, oder? Denk mal drüber nach«, sagte er und legte eine Hand auf den Arm des unfreiwilligen Verbündeten.

Es war der Lächler, der antwortete, den finsteren Blick starr gen Eingang gerichtet, die zittrigen Hände über dem Tisch wie zum Gebet gefaltet. »Wir werden ihn nicht abknallen. Natürlich nicht. Aber wenn er uns nicht gibt, was wir wollen, soll er leiden. Leiden wie wir.«

Der Schnüffler stockte, betrachtete die Waffe, als fiele ihm erst da auf, dass er sie in der Hand hielt. Er nickte, schob die Pistole zurück in die Halterung und kehrte zu dem einzigen Fenster zurück, das ihm nach draußen zu spähen erlaubte.

Wolken schoben sich vor die Sonne. Ein Sturm zog auf.

»Was machen wir, wenn er nicht auftaucht?«, fragte er und seine Stimme vibrierte.

»Oh, er wird auftauchen. Er wird ganz sicher auftauchen«, antwortete der Schmierfink. Und fügte, die Faust gen Himmel gereckt, als spräche er mit einem Gott, noch einmal etwas polternder, geradezu bedrohlich, hinzu: »Nicht wahr?«

Er lag damit richtig. Ausnahmsweise.

Ich weiß, du denkst, du hättest mit all dem nichts zu tun. Dass dies nur eine Geschichte sei, die dich nicht betrifft.

Aber du täuschst dich. Du bist ein Teil dieser Geschichte. Ob du es willst oder nicht. Du bist sogar ein ganz wesentlicher Teil dieser Geschichte. Denn du bist der einzige, der die Katastrophe abwenden kann.

Und ja, ich spreche mit dir.

Kapitel eins

Düsternis kroch durch Konstantin von Kornwegs Büro. Sie war sein Dauergast. Denn Konstantin von Kornwegs Büro war das einzige mit Vorhängen in der Firma, die seinen Namen trug, aber nur in den seltensten Fällen seine Handschrift. Und diese Vorhänge, in einem gewiss freundlichen, aber eben kaum Helligkeit spendenden Orange gehalten, hatten in Anwesenheit des Finanzbuchhalters stets geschlossen zu sein. Und da Konstantin von Kornweg einer sehr exakten Vorstellung von Tagesabläufen folgte, es nur ganz und gar unvorhersehbaren Ereignissen zähneknirschend erlaubte, sie zu torpedieren, wusste seine Sekretärin stets, wann sie die Vorhänge öffnen durfte und wann sie sie zu schließen hatte. Denn dass die Vorhänge und sogar die Fenster dahinter gelegentlich geöffnet werden mussten, billigte selbst Konstantin von Kornweg, der gegen kohlenstoffdioxidgetränkte Luft immun zu sein schien, insgeheim aber sehr wohl froh darüber war, morgens frischen Sauerstoff einzuatmen.

Die einzige Lichtquelle um ihn herum war eine Tischleuchte mit geschwungenem Hals. Ihr schmaler Kegel erhellte eine Handvoll Akten inmitten penibel geordneter Stapel aus Belegen und Protokollen. Der Schreibtisch war ein Monstrum. Er nahm den halben Raum ein, und der Mann, der an diesem Freitagnachmittag um 17:58 Uhr mit gekrümmtem Rücken über ihm und den Akten saß, wirkte vergleichsweise zwergenhaft. Das wirkte er von Natur aus, hatte die ihm doch einen knochigen Körper und eine zerbrechliche Statur beschert. Das Monstrum verschärfte den Effekt nur noch.

Konstantin von Kornweg saß im Halbdunkel und befand sich im Tunnel. Die Quartalsabrechnung verlangte seine vollste Konzentration. Die Zahlen waren nicht gut. Sie waren überhaupt nicht gut. Sie waren annähernd verheerend. Konstantin von Kornweg aber lächelte. Er grinste regelrecht.

Wer in diesem Moment mit diesem Wissen in den Raum getreten wäre und ihn gesehen hätte, wäre unweigerlich zu dem Schluss kommen, der Buchhalter hecke einen teuflischen Plan aus und müsse der Bösewicht in dieser Geschichte sein. Nichts aber läge weiter entfernt von der Wahrheit als eine solche Schlussfolgerung.

Beim Arbeiten versorgte ihn das Pendel der Standuhr mit Rhythmus und Ruhe. Ein dröhnender Gong war nun für ihn das Zeichen, dass sein Tagwerk für diese Woche beendet war. Während des zweiten Gongs blickte er auf und vergewisserte sich, dass er nicht irrte. Während des dritten trank er den letzten Schluck des erkalteten Kaffees. Während des vierten, fünften und sechsten sammelte er die Akten zusammen und verstaute sie im Regal links des Tisches. Er tat das mit aller gebotenen Sorgfalt, ganz ohne Eile. Als alles an seinem Platz war, schlenderte er zu dem eisernen Kleiderständer mit Krone, der vor langer Zeit bereits seinem Großvater gedient hatte. Konstantin von Kornweg nahm Mantel und Hut, zog sich an, warf einen Blick auf seine Armbanduhr und harrte exakt siebzehn Sekunden aus, bevor er zur Bürotür hinausging.

Seine Sekretärin, eine früh gealterte Endfünfzigerin mit Nickelbrille, weißen Haaren und einem immensen Bauch voll Gutmütigkeit, besaß keine Armbanduhr. Aber ihr Computer lief nach der Atomuhr, also wusste sie genau, wann ihr Chef heraustreten würde und sie dieses Lächeln sehen würde, das im ersten Moment durchaus ansteckend war – wobei sie um Gottes willen niemandem wünschte, er möge sich anstecken. Das Schicksal ihres Chefs war eine himmelschreiende Ungerechtigkeit, ein Drama!

Sie wünschte Konstantin von Kornweg viel Glück im Spiel und ein angenehmes Wochenende. Er erwiderte natürlich nichts, huschte nur vorbei und lupfte wie gewohnt seinen Hut. Doch als sie sich schon in sein Büro aufmachen wollte, um Vorhänge und Fenster aufzureißen und den schrecklichen Mief darin zu verjagen, kehrte er, völlig unerwartet, noch einmal zurück.

»Verzeihen Sie«, sagte er in dem ihm eigenen Flüsterton. »Dieses Buch, das brauchen Sie doch gerade nicht, oder?«

Er deutete auf einen der Romane, die sie in der jüngeren Vergangenheit verschlungen und noch nicht wieder mit nach Hause genommen hatte. Sie war eine Leseratte und frönte ihrer Leidenschaft auch während der Arbeitszeit – mit seinem stillen Einverständnis. Er griff nicht allzu häufig auf ihre Assistenz zurück, überließ ihr einzig die Entgegennahme von Anrufen, den Kontakt mit der Außenwelt, und erledigte ansonsten das, wozu er imstande war, selbst. Nicht, weil er ihr nicht vertraute, sondern weil er sich mehr vertraute.

»Nein, Herr von Kornweg«, sagte sie irritiert, da sie ihn noch nie einen Roman in die Hand hatte nehmen sehen. »Sie dürfen es sich gern ausleihen.«

»Danke«, flüsterte er, drückte das Buch an seine Brust und verschwand in Richtung Hinterausgang.

Konstantin von Kornweg trat hinaus in die Seitengasse, in der normalerweise sein Wagen stand, lief aber nicht nach rechts zu seinem Stellplatz, sondern nach links. Den Hut zog er sich tief ins Gesicht.

Natürlich gab es einen Grund für sein Verhalten. Die ungewöhnliche Bitte um das Buch, der ungewohnte Heimweg und das zermürbende Gefühl der Bedrücktheit, das ihn malträtierte, hingen einzig und allein mit dem ganz und gar unvorhersehbaren Ereignis des Morgens zusammen. Es war auf halbem Weg in die Firma geschehen. Sein Wagen hatte mit einem Mal zu ruckeln begonnen, stärker und regelmäßiger noch als in den Tagen zuvor. An denen hatte Konstantin von Kornweg das Problem samt der höhnisch funkelnden Warnleuchte aus Furcht vor den Konsequenzen noch erfolgreich ignoriert. An diesem Morgen hatte sich das Problem nicht mehr ignorieren lassen, weil zum Ruckeln eine starke Rauchentwicklung dazugekommen war. Er rollte in Schrittgeschwindigkeit dahin und krallte seine Hände am Steuer fest – bis am Straßenrand eine Werkstatt auftauchte und er an einen Gnadenakt des Schicksals glaubte.

Die Hoffnung freilich, er habe Glück im Unglück gehabt, erstarb rasch. In der Werkstatt saß er zitternd und verärgert über die Umstände und über das Zittern in einem winzigen Warteraum, leerte einen Becher mit labbrigem Kaffee, hielt sich die aufgeblätterte Tageszeitung vom Vortag vors Gesicht, las aber keine Zeile, sondern richtete seine alleinige Aufmerksamkeit auf die Geräusche in seiner Umgebung. Schlagschrauber schnurrten, Hebebühnen surrten, Motorhauben knallten, Mechaniker lärmten. Sie warfen sich derbe Sprüche an den Kopf und lachten.

Einer von ihnen, ein Meister Mitte vierzig mit Schmerbauch im übergroßen Blaumann, kam schließlich in den Warteraum.

»Herr von Kornweg?«, fragte er, damit sein Kunde die Zeitung zusammenfalten und ihm zuhören möge. Der Mechaniker wischte sich die öligen Finger an einem Tuch ab, das vor langer Zeit einmal weiß gewesen war, und befreite mit dem Arm seine Stirn vom Schweiß.

Konstantin von Kornweg blickte auf, ohne zu antworten. Der Meister nahm nur dieses irritierende Lächeln wahr, das ihm schon bei der Auftragsannahme aufgefallen war.

»Also, es ist folgendermaßen: Ihre Einspritzpumpe ist defekt. Da lässt sich auf die Schnelle nichts machen.«

Konstantin von Kornweg blieb stumm. Und lächelte.

»Ist Ihnen denn die Warnleuchte nicht aufgefallen? Wenn Sie sofort zu uns gekommen wären, hätte ich Ihnen vielleicht einfacher helfen können. Jetzt werden wir an einem Austausch nicht vorbeikommen. Ihnen ist klar, dass Sie das mindestens tausend Euro kosten wird, möglicherweise auch doppelt so viel?«

Konstantin von Kornweg schaute zu Boden. Und lächelte.

»Finden Sie das lustig? Finden Sie mich lustig?«

Konstantin von Kornweg schüttelte den Kopf. Und lächelte. »Tun Sie, was nötig ist. Und machen Sie sich bitte keine Gedanken um das«, sagte er und zeigte auf sein Gesicht. »Eine lange Geschichte. Hat nichts mit Ihnen zu tun.«

Er war es so müde, sich zu erklären.

Die Reaktionen anderer auf Konstantin von Kornwegs Problem ähnelten sich häufig.

»Was gibt's denn da zu grinsen?« Diesen Spruch hörte er immer wieder.

Fast jeder freute sich über ein Lächeln. Fast jeder lächelte zurück. Zunächst. Irgendwann schlug die Freude in Verwirrung um, weil der Fremde nicht aufhörte zu lächeln.

Weil dieses beständige Lächeln Zweifel an der Freundlichkeit des Unbekannten hervorrief.

Lächelte der etwa gar nicht, sondern lachte? Lachte einen aus, wegen eines gigantischen Popels im Gesicht oder aus irgendeinem anderen Grund?

Wenn Konstantin von Kornweg Glück hatte, ignorierten ihn die Leute nach einer gewissen Zeit.

Wenn er Pech hatte, beschimpften sie ihn.

Wenn er großes Pech hatte, wurden sie handgreiflich.

Er gab sein Bestes, es gar nicht erst so weit kommen zu lassen. Er gab sein Bestes, unsichtbar zu sein.

Konstantin von Kornweg lebte seit achtzehn Jahren unter einer Glocke. Drei Wochen nach dem rauschenden Fest seines fünfundzwanzigsten Geburtstags war er wild entschlossen in einen Squash-Court marschiert, in das Finale eines Ranglistenturniers, in das er es dank eines fabelhaften Laufs geschafft hatte, der ihm selbst unerklärlich war. Mitte des zweiten Satzes war er, komfortabel in Führung liegend, gepackt von schlagartig auftretenden heftigen Kopfschmerzen und von Schwindel, in sich zusammengesackt.

»Schlaganfälle kommen auch bei kerngesunden jungen Menschen wie Ihnen häufiger vor, als man gemeinhin annimmt«, erklärte ihm ein Neurologe hinterher und versuchte ihn zu beruhigen. »Nach der nötigen Reha kommen Sie sicher wieder vollständig auf die Beine. Sofern es keine weiteren unvorhersehbaren Ereignisse gibt.«

Zu dem, was sie Fazialisparese nannten, hatten die Spezialisten wenig zu sagen, nur dass ihnen eine solche Art der Gesichtslähmung noch nie untergekommen sei. Dass sie allem widerspreche, was man über den menschlichen Körper wisse. Dass die Mundwinkel, wenn überhaupt, auf einer Seite hängen müssten. Nicht wie bei ihm permanent auf beiden Seiten nach oben gerichtet sein.

»Das dürfte es eigentlich gar nicht geben. Aber sicher handelt es sich nur um ein vorübergehendes Phänomen«, prognostizierte sein Neurologe. »Das legt sich wieder.«

Eine Erklärung für das vorübergehende Phänomen und warum es sich nicht legte, konnte er auch nach achtzehn Jahren nicht anbieten, eine Therapie genauso wenig. »Mit beschädigten Nerven ist das nun mal so eine Sache. Die regenerieren sich nicht ohne Weiteres, die lassen sich nicht stimulieren«, schwadronierte er schulterzuckend und wischte seine früheren Aussagen weg. Und keiner der anderen Ärzte, bei denen sich Konstantin von Kornweg vorstellte, widersprach dem Kollegen.

Dabei gab es durchaus Therapieansätze, heftig umstrittene allerdings, deren Effekte nicht ausreichend belegt waren, doch je mehr Schulmediziner vor ihnen warnten, desto attraktiver wirkten sie auf Konstantin von Kornweg. Aber seine Krankenkasse sah diese Art der Behandlung durch seine Police nicht abgedeckt.

So blieb dem Buchhalter nur, zu sparen und zu warten und zu hoffen und jedes Jahr im Winter für drei Wochen in ein südliches Land zu flüchten, in dem Menschen, die beständig lächelten, nicht so sehr auffielen und schon gar keine ablehnenden Reaktionen hervorriefen. In seiner natürlichen Umgebung ging er, so gut es ging, allem und jedem aus dem Weg.

Ähnlich wie ich dich durch diese Geschichte zu navigieren gedenke – behutsam, einen Schritt nach dem anderen – lässt er sich von einer unerschütterlichen Devise leiten: Meide alles, worüber du keine Kontrolle hast.

Die Fahrt von der Werkstatt ins Büro mit einem Taxi, dessen Fahrer unentwegt über andere Verkehrsteilnehmer grummelte und Konstantin von Kornweg nach einiger Zeit skeptisch durch den Rückspiegel beäugte, hatte ihn größte Überwindung gekostet. Er war nur eingestiegen, weil ihm in diesem Moment keine bessere Option eingefallen war. Sich zum Feierabend erneut eines zu bestellen, kam überhaupt nicht infrage.

Ebenso wenig wollte er jemanden aus der Firma behelligen, am allerwenigsten seine Schwester.

Und so gelangte Konstantin von Kornweg, so absurd das angesichts seiner Lebensphilosophie erscheinen mochte, zu dem Entschluss, es bliebe ihm nur die Fahrt mit der Straßenbahn. Eine Fahrt, die einen probaten Schutzschild erforderlich machte: das Buch seiner Sekretärin, über dessen Inhalt doch zu lächeln erlaubt sein musste.

Die Haltestelle lag nur einen Katzensprung vom Firmensitz im Gewerbegebiet entfernt. In die Innenstadt aber tuckerte die Tram fünfundzwanzig quälende Minuten lang. Zu seinem Glück fand er einen Platz ganz hinten im Wagen, mit dem Rücken zu fast allen Mitfahrern. Das beruhigte sein trampelndes Herz. Vom Hauptbahnhof aus waren es noch einmal zehn Minuten zu Fuß zu seiner Kellerkneipe, in der er, endlich angekommen, durchatmete.

Sein Thekenplatz ganz links ganz hinten an der U-förmigen Bar war frei, darauf konnte er sich verlassen. An zwei der kleinen Tische kauerten fahrige Vagabunden mit glasigen Augen. Bei seinem Eintreten mussten sie allein für einen kurzen, furchtvollen Blick zur Tür viel Kraft aufbringen. Am anderen Ende der Theke standen der übergewichtige Chef einer Fahrschule, der auf einer kubanischen Zigarre herumkaute, ein gedrungener Steuerfahnder mit hängenden Schultern und ein Schriftsteller im weißen Jackett. Seinen Hut, ebenfalls weiß, setzte er selbst dort nicht ab, wo die Sonne niemals schien.

»Das hat sie nicht getan. Das erfindest du doch«, gackerte der Steuerfahnder und schüttelte sich vor Lachen.

»Ich schwör's euch«, antwortete der Fahrlehrer und bekräftigte die just erzählte Zote über eine seiner Schülerinnen.

»Formidabel«, posaunte der Schriftsteller. »Das hat das Zeug zu einer Kurzgeschichte.«

In den riesigen Aschenbechern vor den Kneipenbrüdern türmten sich Kippen. Einige glimmten noch. Die Schwaden hingen im ganzen Raum. Konstantin von Kornweg mochte den beißenden Qualm eigentlich nicht. Selbst wäre er nie auf die Idee gekommen zu rauchen. Aber er schätzte die Ruhe dieses Etablissements, das den Menschen schon oben an der Eingangstür neben der zerbrochenen Laterne, dem verschmutzten Putz und den hingeschmierten Graffiti entgegenbrüllte, dass dies ein Club der Eingeweihten war. Das Passivrauchen war ein Preis, den er gewillt war zu zahlen – auch auf die Gefahr hin, an Passivlungenkrebs zu erkranken. Im Laufe der Zeit war er mangels Alternativen zu der Überzeugung gelangt, dass alles, was passierte, einem tieferen Sinn folgte.

Eine Antwort darauf, welchen Sinn seine Gesichtslähmung hatte oder welchen er selbst, suchte er noch.

Der Wirt hatte Oberarme wie andere Menschen Schenkel. Auf ihnen gab es immer wieder ein neues Tattoo zu entdecken. Sein vollrasierter Kopf über dem Stiernacken glich einer Bowlingkugel. Er guckte permanent grimmig, doch wenn er seine Stammgäste mit groben Beleidigungen bedachte, wenn er sie »Saukerle« schimpfte, garnierte er das meist mit einem brüllenden Lachen. In Wirklichkeit war er lammfromm – und er besaß die seltene Gabe der Sensibilität. Nach einem krachend gescheiterten Anlauf beim ersten Besuch hatte er nie wieder versucht, Konstantin von Kornweg ein Gespräch aufzuzwingen. Wann immer der Buchhalter reinschneite, also an jedem Montag, Mittwoch und Freitag, sofern keine ganz und gar unvorhersehbaren Ereignisse dazwischenfunkten, standen sofort eine Halbe und ein Kräuterlikör vor dem Gast, und der Wirt drehte ihm wieder den Rücken zu.

Konstantin von Kornweg kippte den Schnaps in einem hektischen Zug, ließ sich beim Bier etwas mehr Zeit und beobachtete die anderen aus der Ferne. Gelegentlich fragte er sich, ob auch er, wenn alles anders gekommen wäre, heute mit zwei, drei Kameraden in einer Kneipe wie dieser säße, mit ihnen söffe, nach zwei bis fünf Stunden anschreiben ließe und Arm in Arm mit einem Kumpan, sich gegenseitig stützend, die Stufen in die Wirklichkeit hinaufstürzte. Nur an Freitagen blieb für solche Gedanken kein Platz. Da füllte ihn ein Gefühl der Hoffnung aus. Immer so lange, bis er sich auf seiner Armbanduhr versicherte, dass es an der Zeit war, das Smartphone zu zücken und die Gewinnzahlen zu überprüfen.

Er wusste stets sofort, dass es wieder nicht hingehauen hatte mit dem Jackpot, weil er selbstverständlich jedes Mal mit denselben Zahlen spielte.

Und so steckte er sein Smartphone wieder ein, was dem Wirt als Zeichen galt, einen neuen Kräuterlikör hinzustellen, den Konstantin von Kornweg erneut in einem Zug kippte, diesmal weniger hektisch als resigniert. Für die zweite Halbe ließ er sich exakt eine Viertelstunde Zeit, klopfte auf die Theke, ließ die Scheine und Münzen für Rechnung und haargenau zehn Prozent Trinkgeld liegen und ging langsam zur Treppe.

Daheim wartete Chronos.

Das Schicksal liebt die Ironie. Du hast das vermutlich auch schon mal erfahren, oder wenigstens bei einem

Nahestehenden erlebt. Im Falle des Lächlers besteht die Ironie darin, dass jemand, der allem Ärger aus dem Weg geht, in eine Geschichte wie diese hineinstolpert. Dass er, der doch niemandem wehtun möchte, weil er sich selbst so sehnlichst das Ende seiner Schmerzen wünscht, darüber spricht, jemanden leiden zu lassen.

Nun, lass mich dir berichten, wie es zu der Szene mit dem blasierten Schmierfinken und dem bewaffneten Schnüffler in der heruntergekommenen Lagerhalle kommen konnte. Lass mich dir erklären, warum deine Hilfe gefragt ist und was von dir erwartet wird.

Keine Sorge, es ist kein Hexenwerk.

Zunächst musst du die weiteren Figuren in diesem Stück kennenlernen, musst etwas über Ursache und Wirkung erfahren. Damit du verstehst, wie sich aus einer Reihe mal mehr, mal weniger glücklicher Umstände diese Geschichte entwickelte.

Erster glücklicher Umstand, vorgefallen vor ein paar Monaten: Eine Frau, Mitarbeiterin in der Presseabteilung eines stolzen Traditionsunternehmens des hiesigen Mittelstands, ist schwanger. Ihre Wangen glänzen schon, ihr Bauch wächst mehr und mehr zur Kugel heran. Sie teilt ihrer Chefin mit, dass sie ihren Posten für ein Jahr räumen will, um sich ganz auf die Mutterrolle konzentrieren zu können. Die Firma muss einen Ersatz finden.

Da wittert ein Mann mit ambitioniertem Ziel seine Chance.

Kapitel zwei

Sie erwartete ihn im vierten Stock, dem obersten, Reich der Krawattenbinder und Kostümträgerinnen. Die Snobs schenkten ihm Lächeln oder Willkommensgrüße oder gar beides. Er staunte über die Wirkung seiner Verkleidung. Unter normalen Umständen hätten sie ihn selbst mit dem Arsch nicht angeguckt. Die Leiterin der Presseabteilung stellte ihm jeden Kollegen vor, der nicht gerade telefonierte, und er präsentierte je nach Bedarf einen starken Händedruck, einen einstudierten, selbstironischen Spruch oder einfach nur ein Augenzwinkern und den Hauch eines Mundwinkelzuckens. Dann widmeten sich die Krawattenbinder und Kostümträgerinnen wieder ihrer Arbeit. Die Zahnräder mussten weiterlaufen.

Die Männer studierte er genau, bestaunte Einstecktücher, Manschettenknöpfe und andere Accessoires, plante, sie zu kopieren. Auch ihre Körpersprache interessierte ihn. Wie sie sich aus ihren Stühlen erhoben, wie sie auf ihn zuschritten. Die Pressesprecherin und er gingen von Platz zu Platz. Nur der wuchtigen Doppelflügeltür hinter den schwarzen Designerstühlen und den Grünpflanzenkübeln näherten sie sich nicht. Sie war geschlossen.

Aber den Mann dahinter kannte er ja bereits.

Stattdessen führte sie ihn zu seinem Büro. Es war kaum so breit wie die Tür des Bosses. Sie blieb davor stehen und ließ ihm feierlich den Vortritt. »So, da wären wir. Es ist kein Königreich, ich weiß, aber es geht nach hinten raus.

Und das gilt hier als Privileg der VIPs.«

Tatsächlich verhinderte einzig das Fenster, dass man von einem besseren Kabuff sprechen musste. Darum steuerte er es auch sofort an, vorbei an einem aufgeräumten Schreibtisch mit einigen Mappen und einem Laptop darauf, das Kabel der externen Tastatur und Maus akkurat zusammengewickelt. Öffnen ließ sich das Fenster nicht. Kaum realisiert, erschien ihm der Geruch nach frischer Farbe äußerst penetrant.

Der Ausblick entschädigte für das Ungemach. Schräg unter ihm erhob sich inmitten einer kleinen Rasenfläche ein mächtiger Ahornbaum mit rot-gelb verfärbten Blättern. Ein Mann mit grüner Latzhose und schief sitzender Mütze rechte Laub zusammen. Auf einer Parkbank lehnten sich zwei Männer zurück und rauchten.

Mit solch einem Bild hatte er in einem Gewerbegebiet nicht gerechnet. Aber bei näherer Betrachtung ergab es einen Sinn. Der quaderförmige Neubau des Verwaltungsgebäudes mit seiner architektonisch verspielten Fassade machte insgesamt einen sehr modernen Eindruck. Und was wäre moderner für ein Industrieunternehmen, als seine Zuneigung zur Natur zu bekunden?

Sein Blick fiel auf das Nachbargebäude, genauer: auf das Büro ihm direkt gegenüber. Dort sah er eine junge Frau in Hosenanzug und weißer Bluse am Fenster stehen, die Haare zu einem Dutt gebunden. Obwohl sie zu weit entfernt stand, um das zu erkennen, glaubte er sofort zu wissen, dass ihre tief in den Augenhöhlen liegenden Kulleraugen betörend waren – und dass sie ihn direkt anstarrte. Er fragte sich, ob sie dort schon lange stünde und ob sie ihn an- oder auslachte. Ihre spitz zulaufende Nase verstärkte seine Assoziation einer Gazelle. Er widerstand der Versuchung, die Hand zu heben.

»Und, werden Sie es hier aushalten?«, erkundigte sich die Pressesprecherin in seinem Rücken. Als er sich umdrehte und sie ansah, hatte er das Gefühl, als halte allein die Höflichkeit sie in seiner Nähe, als dränge es sie zu gehen, weil sie eigentlich ganz andere Dinge zu tun hatte, als dem Neuen beim Ankommen zuzusehen.

»Selbstverständlich«, antwortete er und vollführte eine Probefahrt in seinem Bürostuhl.

Dabei stellte sich die Frage für ihn gar nicht. Die Bedingungen dieser Mutterschutzvertretung spielten für ihn nicht die geringste Rolle. Wichtig war nur, was am Ende heraussprang – je früher, desto besser.

»Wundervoll.« Sie schnappte sich die Mappen vom Tisch. »Am besten, Sie lesen sich erst mal ein. Die Kollegin hat Ihnen ein Übergabeprotokoll geschrieben und ein paar Artikel ausgedruckt. Themen, die demnächst relevant werden könnten.«

Er unterdrückte ein Lächeln, weil sie plötzlich wieder so schnell redete, und nahm Mappe eins entgegen. Sofort hielt sie ihm Mappe zwei hin. »Hier drin finden Sie alle wichtigen Informationen zu Ihrem Unternehmenseintritt: Compliance-Bestimmungen, Social-Media-Richtlinien, Zugangsdaten. Da müssen Sie unserer HR-Abteilung noch ein paar Dokumente unterzeichnen. Lästig, ich weiß, aber es muss sein.« Es folgte Mappe Nummer drei. »Der aktuelle Geschäftsbericht dürfte Sie interessieren. Und wenn Sie mit allem fertig sind, klicken Sie sich ein wenig durchs Intranet, machen Sie sich mit allem vertraut. Ich habe gleich noch einen Termin. Wir möchten gern ein Thema lancieren, und der freundliche Herr, der uns das ermöglichen soll, will uns im Gegenzug eine Anzeige in seinem Magazin verkaufen. Sie wissen ja, wie das läuft.«

Er nickte wissend. Als wüsste er es tatsächlich.

»Gut, Herr Mayer, was meinen Sie: Wollen wir später zu Mittag gemeinsam in die Kantine gehen? Oder haben Sie sich etwas mitgebracht?«

»Nein, gern gemeinsam in die Kantine.«

»In Ordnung, ich hole Sie gegen zwölf ab.« Sie lächelte, blickte sich noch einmal um, rümpfte die Nase, griff nach einer Fernbedienung, regulierte die Lüftung, zeigte ihm, wie es funktionierte. »Vielleicht lassen Sie Ihre Tür heute besser offen. Den Geruch müssen Sie entschuldigen, aber Sie merken schon: Wir haben uns für Sie hübsch gemacht.«

Als sie davonging, blickte er ihr hinterher, mit seinen großen, runden, schwarzen Augen, den Augen eines hungrigen Wolfs. Dann stieß er sich mit den Füßen vom Boden ab, um zurückzurollen. Ein Rad des Stuhls blockierte, das Gefährt driftete nach links ab und transportierte ihn genau in die Mitte des Schreibtisches.

Er hatte es geschafft. Unleugbar. Er war drin.

Wenn ihm jemand vor drei oder fünf oder acht Jahren erzählt hätte, dass er es einmal zum Mitarbeiter der Presseabteilung von Liebenich Acoustics bringen würde, er hätte ihn nach seinem Dealer gefragt, weil der hervorragende Drogen im Sortiment haben musste.

Und doch saß er jetzt hier, in einem geborgten Anzug, der schon leicht abgewetzt war und eigentlich zu eng für seinen durchtrainierten Körper. Offenbar fiel das aber niemandem auf. Die neuen Kollegen hatten bei der Willkommensrunde nicht den Eindruck gemacht, als guckten sie ihn schief an oder als belächelten sie ihn für sein Outfit. Das, so versicherte er sich, hätte er ja sofort registriert, dafür, so meinte er, besaß er Antennen. Sie hatten also auch nicht bemerkt, wie ungewohnt dieser Zwirn für ihn war. Genauso gut hätte er ein Superheldenkostüm anziehen können, das Gefühl wäre dasselbe gewesen. Aber er würde sich daran gewöhnen, genau wie an die Frisur, die sich »Out of bed« nannte.

»Voll lässig, total hip« war die laut der Frau mit der wirbelnden Schere, die ihm, einmal bei der Arbeit, gleich die Haare dunkel gefärbt hatte. »Wenn schon Typveränderung, dann richtig.«

Immerhin vertrug sich die neue Haarfarbe gar nicht mal so übel mit seiner Solariumsbräune. Die Frisur nahm seinem eckigen Gesicht außerdem einiges von seiner Verschlagenheit.

Die Typveränderung wirkte. Er nahm sie sich fast selbst ab.

Sein Leben lang hatten ihm die Menschen eingetrichtert, er werde es niemals zu etwas bringen. Die Mutigen schleuderten ihm das direkt ins Gesicht, die Feigen gaben ihm nur das Gefühl.

So interpretierte er das zumindest.

Nun hatte er es zu etwas gebracht. Er hatte alle Lügen gestraft. Allen voran seinen inneren Zweifler, diesen gehässigen Halunken. »Sie werden dich durchschauen«, hatte der einige Wochen zuvor, unmittelbar vor dem Bewerbungsgespräch, geflüstert, halb ängstlich, halb höhnisch.

Er hätte ihm fast geglaubt, ungeachtet seiner sorgfältigen Vorbereitung auf das Treffen, seiner detaillierten Planung und seiner tiefgreifenden Recherche, die aus ihm fast so etwas wie einen richtigen Medienmenschen machten.

Dann aber hatte sich die zweite Stimme in seinem Kopf gemeldet, die des Zorns und der Entschlossenheit, hatte geschimpft und ihn zurechtgeschüttelt. »Du erbärmlicher Schisser. Wie soll das funktionieren, wenn du dir jetzt schon ins Höschen machst?«

Dennoch: Niemals hatte er erwartet, dass alles so glatt gehen würde.

Anstandslos an der Empfangsdame von Liebenich Acoustics vorbeizukommen, war ein erster Mutmacher gewesen. Er redete sich sogar ein, sie flirte beim Gang durch die Eingangshalle mit ihm.

Er missinterpretierte allerdings nur ihre geschäftsmäßige Freundlichkeit.

Sie führte ihn in einen Raum mit ovalem Tisch; einen übersehenen Kaffeetassenfleck wischte er reflexartig weg. Die Multimedia-Anlage beeindruckte ihn, aber sie passte natürlich zu einem Unternehmen, das seine Kohle mit Lautsprechern und Mikrofonen scheffelte.

Lange allein blieb er nicht. Die Pressesprecherin stürmte ins Zimmer und auf ihn zu, bombardierte ihn mit einem wahren Wortschwall. »Herr Mayer, schön Sie endlich persönlich kennenzulernen«, beteuerte sie. »Haben Sie gut zu uns gefunden? In der Stadt ist ja wieder die Hölle los«, bedauerte sie. »Nehmen Sie sich doch etwas zu trinken«, bat sie. »Oder soll ich Ihnen etwas anderes bringen lassen? Einen Cappuccino vielleicht? Wäre überhaupt kein Problem, wirklich nicht.«

Er verzichtete, fühlte sich überrumpelt durch ihre Art. Dem Bild, das er sich anhand ihres Fotos auf der Unternehmenswebseite gebildet hatte, widersprach sie radikal. Im Internet wirkte sie mit ihrem streng gebundenen roten Haar und dem ernsten Blick wie eine Domina. Nun war sie mehr die Unschuld vom Lande. Ihr Verzicht auf Haarbänder verlieh ihren Sommersprossen und Lachfalten den passenden Rahmen.

Was er nicht weiß, was für dich als Information aber vielleicht ganz interessant ist, um die Pressesprecherin besser einschätzen zu können: Diese Offenheit spiegelt ihr Naturell ziemlich akkurat wider.

Was er wahrscheinlich nie erfahren wird: An ihrem Schlüsselbein trägt sie ein verstecktes Delfintattoo, das sie, sofern ihre Kinder es zulassen und nicht brüllend nach ihr verlangen, morgens im Bad gelegentlich minutenlang streichelt, um ganz ohne Wehmut in vergangene stürmische Zeiten zurückzukehren.

Kurz nach ihr schleppte sich die Personalleiterin ins Zimmer, die das komplette Gegenteil der Pressesprecherin darstellte. Sie war dicklich und zugeknöpft, sah mit ihrem strähnigen Haar und dem vergrämten Gesicht aus wie das Musterbeispiel einer alternden Gouvernante.

»Guten Tag«, presste sie zwischen schmalen Lippen hervor, stellte sich in aller Kürze vor und überließ die Gesprächsführung ihrer plauderfreudigen Kollegin.

Seine Verwirrung war komplett. Das retuschierte Foto der Personalleiterin im Internet ließ sie weitaus sympathischer erscheinen. Er war davon ausgegangen, sie im Sturm zu erobern, dass vielmehr die Pressesprecherin härter zu knacken sei.

Was er nicht weiß: Die scheinbar so mürrische kinder- und partnerlose Dame hat nur einen miesen Tag. In Wirklichkeit ist sie die Lebenslust in Person, lässt keinen Schlagermove aus und singt unter der Dusche aus voller Kehle.

Was er wahrscheinlich nie erfahren wird: Wann immer sie ihn sieht, stellt sie sich vor, ihm diesen kümmerlichen alten Anzug und alles darunter vom Leib zu reißen.

Was ihm im Nachhinein egal sein kann: Die beiden Frauen, die sich als die einzigen weiblichen Abteilungsleiter der Firma bestens verstehen, haben die anfängliche Verunsicherung ihres Bewerbers durchaus registriert. Jede für sich verfügt über eine hervorragende

Menschenkenntnis, was wiederum eine krachende Ironie in sich birgt, haben sie doch nicht den blassesten Schimmer, wer ihnen da wirklich gegenübersitzt.

»Na, bricht dein Kartenhaus schon zusammen?«, meldete sich sein innerer Zweifler wieder zu Wort.

Er ignorierte die Häme. Und beschloss, sich zu fangen. Wenn die zwei Good Cop, Bad Cop spielen wollten, sollten sie es tun. Er hatte nicht die ersten Hürden seiner Mission genommen, um so kurz vor dem Zwischenziel wie ein scheues Reh vor dem Gewehr zu erstarren.

Die Selbstgeißelung war erfolgreich. Er riss sich nicht nur zusammen. Er ging regelrecht in seiner Rolle auf. Beim Sprechen bewegte er sich in seinem Stuhl, um nicht steif zu wirken, seine Ausführungen unterfütterte er mit Gestik und Mimik, er philosophierte über Schall und Klang, er lobte den Verkaufsschlager des Unternehmens, obwohl er ihn für üblen Schrott hielt, und er griff, weil er glaubte, das mache einen lockeren, unbesorgten Eindruck, nach einer bereitgestellten Schale mit Schokoladentäfelchen.

Er verzog nicht einmal die Mundwinkel, als er beim Kauen feststellte, dass er sich eines mit Marzipan geangelt hatte.

Eigentlich vertraute Hermann Liebenich der Pressesprecherin und der Personalleiterin vollkommen. Seine Mädels, wie er sie liebevoll und ein wenig chauvinistisch nannte, würden den jungen Mann und die anderen Kandidaten für die vakante Vertretungsstelle einem Stresstest unterziehen, der zeigen würde, ob die Naseweise dem Druck hartnäckiger Journalisten gewachsen wären, einer sensations- und internetklickgeilen Meute, die ein immer distanzierteres Verhältnis zu Wahrheit und Sorgfalt pflegte.

Seine Mädels würden sicherstellen, den Job nicht einem zögerlichen Schwächling oder Haderer zu geben, einem Menschenschlag, mit dem Hermann Liebenich nichts anzufangen wusste, der ihn regelrecht aggressiv machte. Es gab für ihn an und für sich also keinerlei Anlass, sich mit dem Bewerbungsprozedere auseinanderzusetzen. Zumal er sich als Vorsitzender der Geschäftsführung und Hauptanteilseigner um existenziellere Dinge zu kümmern hatte.

Hermann Liebenich, Dr.-Ing. Hermann Liebenich, um ganz genau zu sein, war ein Mann von sechsundsechzig Jahren, der längst nicht daran dachte, dass es nun auch mal genug war, er seine Schuldigkeit getan hatte und bedenkenlos in Rente gehen konnte. Er konnte nicht. Weil es niemandem gab, der in seine Fußstapfen treten konnte. Oder wollte. Sein Vater und sein Großvater hatten das Familienunternehmen nach dem Zweiten Weltkrieg gegründet und gemeinsam am ersten Mikrofon geschraubt, er hatte aus Liebenich Acoustics in den vergangenen drei Jahrzehnten einen Global Player geformt. Und durch Zurücklehnen oder Zurückziehen formte man keinen Global Player, sondern durch Anpassungsfähigkeit und eisernen Willen.

Man könnte sich Hermann Liebenich hervorragend als Charakterdarsteller auf einer Bühne vorstellen, zum Beispiel in der Rolle des Julius Caesar. Oder in einem Hollywood-Film als Gangster des zwanzigsten Jahrhunderts, ein würdiger Nachfolger Marlon Brandos. Der Boss von Liebenich Acoustics besaß einen Wohlstandsbauch und ein von Furchen durchzogenes Gesicht. Das ließ ihn, anders als sein ergrauter Schopf, aber weniger alt, sondern vielmehr kampferprobt aussehen.

Das passte. Hermann Liebenich hatte weder Zeit noch Muße, Julius Caesar oder einen Mafioso zu spielen. Er hatte ein Mittelstandsunternehmen zu führen. Er verlangte von jedem, der am Erfolg seiner Firma partizipieren wollte, dieselbe Aufopferungsbereitschaft und Kompromisslosigkeit zum Wohle des Kollektivs. Menschen, die sich ihm in den Weg stellten, egal ob absichtlich oder aus Versehen, mussten damit rechnen, dass er sich vor ihnen aufbaute, dem Begriff Zornesröte eine neue Bedeutung verlieh, seine Augen zu Schlitzen verengte und mit seiner tiefen Stimme polternd Antworten verlangte.

Solltest du ihm jemals begegnen, was durchaus passieren kann, dann erinnere dich an meine Worte. Schreib sie dir hinter die Ohren. Lass dich nicht von ihm einschüchtern. Bleib standhaft. Antworte ihm mit völliger Ruhe und ohne zu stottern. Sonst verliert er jeglichen Respekt vor dir, sonst nimmt er dich nicht ernst.

Und das wäre fatal.

Für den Vormittag der Bewerbungsgespräche hatte Hermann Liebenich ursprünglich geplant, sich eine Strategie zurechtzulegen. Für ein anstehendes Treffen mit politischen Verbündeten und solchen, die es werden sollten, benötigte er einen Schlachtplan, der alle Eventualitäten berücksichtigte. Doch dann waren drei Umstände zusammengekommen, die dafür sorgten, dass er – und das geschah äußerst selten – sich ablenken ließ. Erst hatte er erfahren, dass ein Bürgermeister den Termin kurzfristig abgesagt hatte. Dann war ihm in der Eingangshalle dieser Bewerber über den Weg gelaufen, der ihn, ein Affront erster Güte, nicht gegrüßt, ja nicht einmal wahrgenommen hatte, weil er in eine Plauderei mit der Empfangsdame vertieft gewesen war. Und schließlich hatte an ihm das dumpfe Gefühl genagt, mit dem jungen Mann irgendwann irgendwo schon einmal konfrontiert gewesen zu sein, ohne zu wissen, zu welchem Anlass.

Stirnrunzelnd hatte er ihm hinterhergeschaut, war – auch das kam äußerst selten vor – inmitten der Halle stehen geblieben und dann in sein Büro zurückgeeilt. Nicht, um sich wieder an die Arbeit zu machen, von der es immer genug gab, sondern um alles stehen und liegen zu lassen.

Der Boss hatte das Bewerbungsgespräch zunächst mithilfe der versteckten Überwachungskameras und Mikrofone im Konferenzraum von seinem Computer aus verfolgt, war aber ums Verrecken nicht darauf gekommen, woher er diesen Ludwig Mayer kannte, auch nicht mithilfe der kopierten Bewerbungsmappe.

»Herrgottsakrament«, hatte er geschimpft, verärgert auf seine Schenkel geklopft – und sich aus seinem Chefsessel gehievt.

Die Personalleiterin und die Pressesprecherin zuckten auf das unerschütterlich selbstsichere Klopfen hin gleichzeitig zusammen. Der Bewerber, der das sah, zuckte nicht. Er ärgerte sich über die Störung seines Flows. Als die Tür aufging, ohne dass jemand »herein« gerufen hatte, wich der Ärger. Der Boss erschien, und im Körper des Mannes, dessentwegen sich Hermann Liebenich herunterbemüht hatte, machte sich eine siedende Hitze breit. Die Hand, die eben noch geschmeidig seine aktuellen Ausführungen dirigiert hatte, begann zu zittern. Er legte sie auf den Tisch und die andere darauf.

»Herr Dr. Liebenich, ist etwas passiert?«, erkundigte sich die Pressesprecherin und stand auf.

»Nein, nein, meine Liebe«, antwortete der Eindringling. »Ich hatte nur ein wenig Zeit und dachte mir, ich mache mir ein persönliches Bild von unserem Bewerber.« Der

Boss ging um den Tisch herum und streckte seine Hand aus. »Liebenich, angenehm.«

»Ludwig Mayer«, sagte Sebastian Vogt und hätte um ein Haar Sebastian Vogt gesagt.

Er musste sich erst daran gewöhnen, Ludwig Mayer genannt zu werden, musste aufpassen, sich auch selbst immer schön als Ludwig Mayer vorzustellen – und bei niemandem so sehr wie bei Hermann Liebenich, dem zu begegnen er an diesem Tag niemals gehofft, niemals erwartet hätte.

Sebastian Vogt hatte Ludwig gewählt, weil er sich keinen grundsolideren deutschen Vornamen vorstellen konnte, und Mayer, weil es Zehntausende mit diesem Nachnamen gab. Es war nicht sonderlich schwer gewesen, einen Lebenslauf zu fälschen und passende Urkunden zu beschaffen, die seine angebliche Eignung für die Stelle untermauerten. Egal, in welcher Welt man lebte, nichts ging über Kontakte; die einen waren eben glänzend, die anderen schmierig.

Aber nichts und niemand hätte ihn auf den Moment vorbereiten können, in dem Hermann Liebenich vor ihm stand.

»Jetzt gilt's«, riefen Sebastian Vogts innerer Zweifler und der Zornige im Chor.

Ludwig Mayer stand auf, schnappte nach der ausgestreckten Hand und packte seinen härtesten Händedruck aus. Er sah dem Boss tief in die Augen.

Alles oder nichts.

»Schön«, sagte Hermann Liebenich, schüttelte, lächelte, ging weiter. »Ich wollte Sie nicht unterbrechen. Sie waren gerade dabei, etwas auszuführen?«

Der Boss nahm neben der Personalleiterin Platz, und Sebastian Vogt glaubte zu erkennen, dass die sich fragte, was dieses Spiel solle. Er tat das auch, ließ es sich aber nicht anmerken.

»Ich war gerade dabei zu skizzieren, worauf wir bei einer möglichen neuen Pressekampagne meiner Ansicht nach den Fokus legen sollten. Völlig aus dem Bauch heraus, versteht sich, ich kenne Ihr Unternehmen schließlich bislang nur aus der Außenperspektive.«

»Ah ja, sehr interessant«, erwiderte Hermann Liebenich, lehnte sich zurück, nickte, schnellte vor, stützte sich mit den Ellenbogen auf die Tischplatte und beugte seinen Oberkörper nach vorn. »Darauf kommen wir gleich zurück. Aber erlauben Sie mir vorher ein, zwei kurze Fragen?«

»Selbstverständlich.«

Sebastian Vogt kopierte Liebenichs Haltung.

Hätte einer von ihnen zum Mittagessen Knoblauch gespeist, der andere hätte es garantiert gerochen.

»Wie viele Giraffen auf der Welt quälen sich aktuell mit einer Bindehautentzündung herum?«

Sebastian Vogt verzog keine Miene. »Da müsste ich mich erst schlau machen.«

»Was glauben Sie denn?«

»Dass Ihnen niemand diese Frage korrekt beantworten kann. Aber war Ihnen bewusst, dass fast alle Giraffen bisexuell sind?«

Hermann Liebenich verzog keine Miene. »Warum, glauben Sie, haben unsere Liebx3-Lautsprecher so häufig Störungen und generell eine so kurze Lebensdauer?«

»Haben sie das?«

»Lesen Sie denn keine Produktbewertungen im Internet? Wir produzieren praktisch Schrott. Unbrauchbaren Klump.«

»Wir wissen doch beide, was von Bewertungen im Internet zu halten ist. Und wenn einer der renommiertesten Autobauer weltweit seit Jahren auf Ihre Freisprecheinrichtungen und Lautsprecher vertraut, spricht das doch für sich.«

»Wir wissen doch beide, wie schnell auch das Renommee des renommiertesten Autobauers verblassen kann.«

»Und genau deswegen ruhen Sie sich ja auch nicht auf Ihren Lorbeeren aus, sondern investieren in Innovation. Glauben Sie mir, würde ich mir Sorgen um Ihr Renommee machen, ich hätte mich nicht bei Ihnen beworben.«

Hermann Liebenich lehnte sich zurück. Sein Lächeln war für Sebastian Vogt nicht zu deuten, aber er lächelte mit. »Ihnen ist bewusst, dass es sich bei Ihrer Stelle um eine befristete handelt, Herr Mayer?«

»Ein Jahr ist eine lange Zeit, Herr Dr. Liebenich. Da kann sehr vieles passieren.«

»Sie täuschen sich. Ein Jahr verfliegt. Aber diese Naivität schreibe ich Ihrer Jugend zu. Und nun erzählen Sie mir«, er blickte über seine rechte Schulter, »erzählen Sie uns, Herr Mayer, mit welcher Pressekampagnen-Idee Sie unser lahmendes Geschäft wieder in Galopp bringen möchten.«

Sebastian Vogt alias Ludwig Mayer erzählte.

Sebastian Vogt alias Ludwig Mayer bekam den Job, obwohl die Pressesprecherin und die Personalleiterin beide eine andere Kandidatin für geeigneter hielten, den Wunsch des Bosses aber akzeptierten – ohne zu ahnen, dass der einfach nur herausfinden wollte, woher er den jungen Mann kannte, ohne ihn fragen zu müssen.

Sebastian Vogt alias Ludwig Mayer kehrte einige Wochen später an den Ort seines Verbrechens zurück, bezog sein winziges Büro, blätterte in Compliance-Richtlinien, klickte sich durchs Intranet, saugte Informationen auf und malte sich währenddessen nur eines aus: Wie es sich anfühlen würde, die Existenz von Hermann Liebenich unwiederbringlich zu zerstören.

Kapitel drei

Die Polizeireporterin gähnte. Es hatte einen Mord gegeben. Eine halbe Stunde nach Redaktionsschluss. Oder fünfzehn Minuten vor Chopsuey, wie sie quäkend lamentierte. »Ich stand schon vor der verdammten Theke, als dieses Scheißdiensthandy meinte, bimmeln zu müssen.«

Paul Gram unterdrückte ein Schmunzeln. Er lümmelte in seinem Stuhl, die langen Haxen unter dem Konferenztisch ausgestreckt, wirbelte seinen Lieblingsstift von Finger zu Finger und starrte die Sitznachbarin ununterbrochen an, um herauszufinden, ob er sie, die Motzende, irgendwie aus dem Konzept bringen könnte, vielleicht sogar zum Lachen.

Kampfzwerg lautete in der Redaktion der heimliche Spitzname der sehr kleinen, sehr zierlichen Gestalt Ende vierzig, die rumpeln konnte wie eine Dampflok. Ihre dunklen Locken schleuderten dann hin und her wie Pogotänzer im Drogenrausch. Die Vorstellung, ausgerechnet dieses Fräulein berichte über böse, schwere Buben, amüsierte die Menschen. Allerdings längstens so lange, bis sie ihnen entgegentrat. Die Wenigen, die wie Paul Gram ihr wahres Ich kannten, zogen sie für ihre Attitüde gelegentlich auf.

»Dafür ist ein freier Tag fällig, ich sag's dir«, raunte sie in Richtung des Ressortleiters.

Paul Gram pikste sie unbemerkt von den anderen unterm Tisch in die Hüfte. Sie revanchierte sich mit einem zielsicheren Tritt gegen sein Schienbein, ohne ihn eines Blickes zu würdigen. Stattdessen funkelte sie weiter den Ressortleiter an.

Der aber ging nicht auf die Forderung ein. Er hielt sich an seinem Tablet fest und tat so, als würde er ein weiteres Mal ihren Bericht studieren, der seit halb sechs online stand, mit heißer Nadel gestrickt für die Frühaufsteher unter den Lesern und diejenigen, deren erste Tat des Tages der Griff zum Smartphone war.

Auf dem Tisch lagen frisch gedruckte Ausgaben der Zeitung, fast alle unberührt. Paul Gram konnte es nicht ertragen. Er schnappte sich eine, ließ es rascheln, schlug das Blatt auf und faltete es sich zurecht. Er hatte den Sportteil ohnehin noch nicht gelesen.

Wie jeden Morgen kamen die Lokalredakteure der auflagenstärksten Tageszeitung im Umkreis von hundert Kilometern zur Besprechung und Blattplanung in einem fensterlosen Raum zusammen, den jeder nur »das Loch« nannte – jeder bis auf den Ressortleiter. Zu viel Ablenkung schade der Produktivität, pflegte der zu posaunen, wenn er irritierten neuen Mitarbeitern ganz ernsthaft zu erklären versuchte, warum er die kurz nach der Jahrtausendwende ausrangierte Dunkelkammer als Konferenzzimmer so schätzte. Ein paar gerahmte Titelseiten glorreicher Tage und zwei einsame Urkunden errungener Journalistenpreise zierten die ansonsten kahlen Wände. Wer wie Paul Gram zumindest die letzten Ausläufer der alten Zeiten erlebt hatte und sich anstrengte, dem stieg die Erinnerung an Chemie und die gespannte Ungewissheit des Entwickelns in die Nase und zu Kopf. Alle anderen mussten mit dem überbordenden Karamellduft Vorlieb nehmen, den die miesepetrige Redaktionsassistentin versprühte.

»Gute Arbeit, vielen Dank für deinen Einsatz«, nuschelte der Ressortleiter schließlich und versuchte es mit einem

Lächeln, gegen das sich die Polizeireporterin immun zeigte.

»Ich finde, wir sollten über den Tatverdächtigen sprechen«, mischte sich der Volontär ein. »Wir haben jetzt schon ein Dutzend Leserkommentare, weil wir angeblich Informationen unterschlagen. Der Typ, den sie festgenommen haben, ist ja wohl ein Flüchtling.«

Die Polizeireporterin seufzte. »Vernommen haben sie ihn, nicht festgenommen. Er ist offiziell kein Beschuldigter.«

»Aber die Konkurrenz hat ...«, setzte der Volontär erneut an. Er war ein Kerl mit langen, schwarzen Haaren, die ständig sein halbes Gesicht verdeckten, ohne dass sie seine geisterhafte Blässe oder sein unkontrollierbares Akne-Problem verschleiern konnten. Paul Gram vermutete, der Volo zähle zu der Art Mensch, die es liebte, gehasst zu werden, weil er darin ein untrügliches Zeichen sah, in den Augen der anderen eine Bedrohung darzustellen. Dabei war er einfach nur furchtbar altklug und überheblich.

Die Polizeireporterin ließ ihn nicht aussprechen. »Ich bin vielleicht altmodisch, aber ich halte mich an Fakten. Punkt. Und jetzt muss ich los zur PK.«

»Gut, du schaffst doch die Online-Aktualisierung bis um zwei, oder? Und die Aufmacher-Reportage morgen, ja?«

Der Ressortleiter war ein Meister darin, Fragen wie Aufforderungen klingen zu lassen. Seine rasende Reporterin ließ die Tür zum Loch ins Schloss krachen, ohne vorher eine Antwort zu geben.

Kaum war sie draußen, schmückte ein Grinsen sein Gesicht. »So oder so. Die neuesten Klickzahlen sind fantastisch.« Das gesagt, schnappte er sich eine Zeitung und blätterte rasch. »Okay, hat noch jemand was zur heutigen Ausgabe? Nicht? Gut. Was machen wir morgen sonst noch?«

Einige schläfrige Kollegen zuckten hoch, als die schrille Stimme der Lifestyle-Beauftragten den Raum erfüllte.

»Im Zoo stellen sie heute die neuen Löwenbabys vor«, rief das Redaktionsnesthäkchen. Seit mittlerweile eineinhalb Jahren vernachlässigte die dauerbeschäftigte freie Mitarbeiterin ihre Magisterarbeit zugunsten ständiger Spät- und Wochenendschichten. Die Aussicht auf ein Volontariat hatte das bislang nicht verbessert. Eine flotte Schreibe und ihre quietschfidele Art zeichneten sie aus. An diesem Vormittag jedoch hatte Paul Gram den Eindruck, als sei sie unsicher und nervös. Immer wieder suchte sie den Augenkontakt mit dem Ressortleiter, der das genauso konsequent ignorierte wie Forderungen von Polizeireporterinnen nach einem freien Tag. Ob es da wohl einen Zusammenhang mit der Tatsache gab, dass sie dieselben Klamotten wie am Tag zuvor trug?

»Großartig. Das ist unsere zweite große Geschichte«, rief der Ressortleiter und schaute sie nur ganz kurz an.

»Was ist mit meiner Wohnungsnotstory? Die schieben wir jetzt schon seit Tagen«, erkundigte sich der Mann für die sozialen Themen und brachte beim Vorlehnen seinen tapferen Stuhl zum Ächzen. Mit Mitte fünfzig zählte er zu denen, die zu alt für den Wandel und zu jung für die Rente waren.

»Schieben wir noch mal. Das musst du doch verstehen. Wir haben schon den Mord und die Tierbabys. Wir sollten nicht alles auf einmal verbraten.«

»Das muss aber bald mal mit. Sonst ist das kalter Kaffee.«

Es war ein halbherziger Protest, und Paul Gram kam nicht umhin, Mitleid zu hegen für den Kollegen, dessen Aura er einst bewundert hatte. Damals, vor fast zwanzig Jahren, als die träumerische Jungversion von Paul Gram mit einem Abischnitt von 3,2 und einer Überdosis an Selbstvertrauen in die Redaktionsstube gestiefelt war, um fortan das zu tun, wofür er sich geschaffen wähnte: Geschichten zu erzählen.

Paul Gram nahm in jüngster Zeit nur noch selten an den Blattkonferenzen teil, und wann immer er es tat, wusste er wieder, warum er es sonst vermied. Doch das vorangegangene Wochenende hatte ihn in einer derart blendenden Laune hinterlassen, dass er beschlossen hatte, es sei mal wieder an der Zeit für eine Stippvisite. Entzückt vom dichten Nebel und vom Nieselregen hinterm Fenster war er am Sonntag früh aus dem Haus gegangen und in das Auto gestiegen, das er sonst nie benutzte, weil er den Kontakt zu Menschen in öffentlichen Verkehrsmitteln schätzte. Sie inspirierten ihn zu neuen Ideen.

An diesem Morgen jedoch hatte er sich nach totaler Einsamkeit gesehnt und deshalb das vermeintlich schlechte Wetter gepriesen, das laut Vorhersage noch ein paar Tage in dieser Form anhalten sollte. Er war an den Fuß einer Bergkuppe eine halbe Stunde außerhalb der Stadt gefahren und hatte sich bepackt mit einem Rucksack auf gen Gipfel gemacht, zu den eingestürzten Gemäuern einer mittelalterlichen Burg. Dort hatte er sich niedergelassen, eine Packung Paprikachips herausgeholt und genossen, dass das einzige Geräusch in seiner Nähe dem Mahlen seiner Zähne entsprang. Nach einer halben Stunde war er den Berg wieder hinuntergestiegen und nach Hause gefahren, zu zwei Cheeseburgern mit extra Bacon und Fritten vom Lieferservice.

Stille, fand Paul Gram, konnte wundervoll sein. Er musste sich ab und zu von dieser sonderlichen Welt absondern, um nicht Gefahr zu laufen, dem allgemeinen Wahnsinn zu verfallen.

Deshalb wollte er nach der Redaktionskonferenz auch schnellstens in seine drei mal zwei Meter große Bürozelle fliehen, die er als Luxus empfand, weil er sie mit niemandem teilen musste. Doch als die mürrische Runde auseinanderging, hielt ihn der Ressortleiter auf.

»Du Paul, ich hab' da was mit dir zu besprechen. Muss zwar gleich weiter zur Sitzung des Digitalen Arbeitskreises, aber ein paar Minuten habe ich. Du auch?«

Er hätte so gern nein gesagt.

»Für dich habe ich immer Zeit.«

Paul Gram musterte den Ressortleiter aus seinen tiefblauen Augen heraus und fragte sich nicht zum ersten Mal, ob der eigentlich die leiseste Ahnung hatte, für was für einen Schaumschläger er ihn hielt.

Es war ihm noch immer unbegreiflich, warum der Schaumschläger so vielen als Wunderknabe galt, vor allem jenen, die es aus zuweilen unersichtlichen Gründen zu Entscheidungsträgern gebracht hatten. Sie vergötterten den Jungen, der mit vierundzwanzig sein eigenes Onlineportal mit lokalen News gegründet hatte und seitdem wie ein Derwisch durch die Branche fegte. Dabei hatten die großen Verleger ihn anfangs noch belächelt und erst reagiert, als aus dem Zwergenmogul ein ernsthafter Konkurrent geworden war. Zu viele Leser hatten ihr Zeitungsabo mit dem Hinweis gekündigt, sie würden von nun an lieber auf unabhängige (und obendrein kostenlose) Nachrichten vertrauen. Der Verlag hatte das Portal daraufhin aufgekauft, zum Szeneguide erklärt, ein paar überforderte und unterbezahlte Studenten drangesetzt und den Gründer zum stellvertretenden Lokalchef seines Flaggschiffs ernannt. Da war der gerade achtundzwanzig geworden und fortan in grellen Klamotten und mit einem umgedrehten Basecap auf dem Schädel durch die Redaktion gestiefelt, um jedem zu erklären, dass er nicht der Feind sei. Dass er die gedruckte Zeitung liebe, es aber neuer Konzepte bedürfe, um gemeinsam dieses wunderbar traditionsreiche Medium wieder groß zu machen.

Wenige Monate später kippte Paul Grams Mentor, der damalige Ressortleiter und Herzinfarkthochrisikopatient, in einer Stadtratssitzung um – im Dienst gefallen während der Haushaltsberatungen. Und sein Vize, der schon damals nicht und auch seitdem nie im Leben auf die Idee gekommen wäre, für die Zeitung Termine dieser Art wahrzunehmen, stieg diskussionslos zum Nachfolger auf.

Seit drei Jahren trug er nun weiße Hemden anstelle bunter Shirts und auf dem Kopf statt eines Basecaps eine halbe Tube Haargel. Am lebendigsten wirkte er während gut besuchter Leserevents, bei denen er dem Oberbürgermeister vorher abgesprochene freche Fragen stellte.

»Wir haben uns schon eine Weile nicht gesprochen. Ich wollte mal hören, was es Neues gibt.«

Das Büro des Ressortleiters bestach durch seine breiten Fensterfronten zur Süd- und zur Westseite hin. Er wühlte in Unterlagen, während er zu Paul Gram sprach. Der saß ihm gegenüber – zurückgelehnt und mit vor dem Bauch gefalteten Händen. Dem Bauch, den sein Vater bei seinem jüngsten Besuch fies grinsend getätschelt und dabei gefragt hatte, wie es sich anfühle, wenn das Alter an einem nage. Es war eine Unverschämtheit sondergleichen gewesen, die Paul Gram ausgerechnet jetzt wieder einfiel und die ihn, väterlicher Scherz hin oder her, massiv verunsicherte, was er freilich nie im Leben zugegeben hätte. Seine Erscheinung war unverzichtbarer Bestandteil seines Kapitals in der Welt außerhalb seiner hochgeschätzten Intimität. Deswegen achtete er tunlichst auf Harmonie und Symmetrie, angefangen beim immer gleich kurzen Haarschnitt und dem ewigen Drei-Tage-Bart, der seinem Gesicht mit den feinen Zügen Charakter verleihen sollte.

Du musst wissen: Paul Gram ist niemand, der sich häufig hinterfragt. Aber wenn er es täte, müsste es ihm absurd vorkommen, wie sehr jemand, der davon überzeugt ist, dass jeder in seiner eigenen Welt lebt, darauf erpicht ist, einen bleibenden Eindruck bei anderen zu hinterlassen. Aber es funktioniert, du wirst das bald selbst erfahren. Was ihn auszeichnet, ist diese explosive Mischung aus Stolz und Selbstgefälligkeit, die vielen Journalisten eigen ist und die ihnen, wenn sie nicht aufpassen, gewaltig um die Ohren fliegt.

Ein Bauchansatz, so fand er jedenfalls, war das letzte, was er gebrauchen konnte.

»Geht's dir gut, Paul?«

»Ich kann nicht klagen.«

»Gut, das ist gut«, erwiderte der Ressortleiter, hob den linken Zeigefinger, sagte »kleinen Moment, bitte« und überflog zwei Ausdrucke, die von der anderen Seite des Tisches wie Protokolle aussahen.

Zehn Sekunden lang herrschte Stille, dann legte er die Unterlagen beiseite. »Habe ich dir schon gesagt, dass diese Geschichte mit dem IS-Vater großartig war? Ein Meisterstück.«

Zu loben war für ihn die antrainierte Methode, hinterher zu verlangen. Paul Gram wusste also genau, was kommen würde.

Aber es stimmte. Das Porträt des von Kummer erfüllten Gastarbeiterkinds mittleren Alters, das seinen Sohn als IS-Kämpfer in Syrien vermutet und loszieht, um ihn zurückzuholen, war ein feuchter Reportertraum. Eine Story über die Perspektivlosigkeit und Wut der heimatlosen dritten Generation, die weder in dem Land, in das sie hineingeboren worden war, noch in jenem, aus dem ihre Großeltern stammten, als erwünscht gilt, geschweige denn als akzeptiert. Das Ganze gewürzt mit der hilflosen Stimme der Eltern, die nicht verstehen, was da geschieht mit der Welt, woher der plötzliche Fanatismus ihres früher kaum religiösen Sohns kommt, dem einzigen Sprössling, den Allah ihnen geschenkt hat. Es war eine Geschichte, die eigentlich zu gut war, um wahr zu sein.

Und uneigentlich auch.

»Danke, danke. Hast du schon. Aber deine Wertschätzung freut mich sehr.«

»Gibt's was Neues? Ist ja jetzt schon wieder zwei Wochen her. Kannst du irgendwas weiterdrehen?«

»Leider nicht. Ich habe versucht, ihn zu kontaktieren, aber niemand weiß, wo er steckt, auch seine Frau nicht.«

Der Ressortleiter nickte und bemühte sich vergeblich darum, betrübt dreinzublicken. »Und sonst? Der Chef hat sich nämlich bei mir erkundigt, was unser emsiger Investigativmann so treibt. Das waren seine exakten Worte.«

Paul Gram kannte das Spielchen. Er besaß große Freiheiten in der Redaktion, war von allen ungeliebten Wochenend- oder Blattmacherdiensten befreit, bekam nur in äußersten Notfällen Termine aufs Auge gedrückt, musste nicht an den Konferenzen teilnehmen. Im Gegenzug verlangte man von ihm regelmäßig einen Scoop. Einen Kracher, bei dem sich jeder, ob Kollege, Konkurrent oder Leser, fragte, wie dieses Schlitzohr da schon wieder an Informationen gekommen war, die sonst keiner hatte.

Es war nicht so, dass diese Begünstigungen nicht von Zeit zu Zeit infrage gestellt wurden, dass ihn alle mochten und seine Verdienste schätzten. Aber die meisten taten es, und er war froh darüber, dass es vor allem die Entscheidungsträger taten, die er so leidenschaftlich verachtete.

»Also gut, dir kann ich's ja sagen. Ich bin da an einer ganz heißen Sache dran, aber ich brauche noch ein paar

Tage. Es geht um Tarifflucht, Scheinselbstständigkeit, ausgebeutete Mitarbeiter.«

»Geil, wo?«

»Bei uns«, sagte Paul Gram mit ausdrucksloser Miene.

»Haha, sehr witzig«, antwortete der Ressortleiter und konnte es trotzdem nicht vermeiden, bleich zu werden.

»Keine Sorge«, beruhigte ihn sein Gegenüber. »Es geht um etwas anderes. Ich kann noch nicht darüber sprechen, aber es ist groß. Sehr groß.«

Kapitel vier

Matthias Caspar war wie sein Auto: voller sichtbarer und unsichtbarer Makel. Die altersschwache Karre hatte ihre beste Zeit längst hinter sich. Sie zählte dreizehn Jahre, ihr Besitzer dreimal so viel. Am Gefährt knabberte der Rost, am Steuermann der Zweifel. Er wartete noch immer darauf, dass seine beste Zeit endlich begann.

In diesen Samstagmittagsstunden wartete er in seinem Auto. Nicht auf beste oder auch nur bessere Zeiten. Sondern darauf, dass etwas passierte. Das war sein Job. Oder der Teil seines Jobs, der ihn am heftigsten anödete. Erst recht, wenn wie heute einfach nichts passierte. Und er nur dasitzen konnte, ein Hörbuch hören und Pistazien im Akkord essen, die er aus dem viel zu kleinen Loch einer Mammutpackung pulte, die Schale öffnete, die eine Hälfte im Fußraum der Beifahrerseite verschwinden ließ, den Kern in den Mund warf und die zweite Hälfte der Umhüllung zu den anderen bugsierte.

Zu warten kostete Kraft. Egal, ob man auf jemand anderen wartete, eine Zielperson etwa, oder auf sich selbst.

Matthias Caspar sah müde aus. Er sah mittlerweile sogar dann müde aus, wenn er hellwach war. Hinter den riesigen Gläsern seiner altmodischen Brille verkrochen sich winzige Augen, er war chronisch blass, kämmte sich selten und bewegte sich häufig wie in Zeitlupe. Einiges, vor allem die ungeordnete Frisur und das apathische Auftreten, war zwar Maskerade – es gehörte zu seiner Strategie, unterschätzt zu werden, weil es ihm dann einfacher fiel, seine Kontrahenten zu überrumpeln.

Aber das Problem mit Maskeraden ist: Wer sie zu lange aufrechterhält, vergisst sein eigenes Gesicht.

An diesem Tag war Matthias Caspar exakt so müde, wie er aussah. Dick eingepackt in einen Wintermantel saß er hinter dem Lenkrad seines Wagens, mit dem er sich zu Beginn seiner Schicht vier Stunden zuvor an einer strategisch klugen Stelle des Parkplatzes positioniert hatte. Er wollte den Hinterausgang des Wohnkomplexes jederzeit im Blick haben, damit er, sobald etwas passierte, blitzschnell reagieren konnte.

Falls die Zielperson herauskäme zum Beispiel.

Oder falls es nötig wäre, das Handy ans Ohr zu pressen und die Lippen zu bewegen. Damit niemand Verdacht schöpfte, weil er an einem gottverdammten Herbstdepressionstag lethargisch in seinem Auto hockte, während es draußen beständig nieselte und ein nasser Nebel die Stadtlandschaft umhüllte.

Oder falls er dem Kollegen, der den Vordereingang nicht aus den Augen ließ, per Funk Bescheid geben musste, Bescheid geben durfte, dass sich etwas tat – endlich.

Aber nichts Derartiges passierte. Immer noch nicht.

Also starrte Matthias Caspar weiter auf den Hinterausgang, steckte gleichzeitig aber so tief in seinen Erinnerungen, dass er begann, den Erzähler seines Hörbuchs zu missachten. Und aß weiter Pistazien.

Die, so hatte er im Internet gelesen, seien gesund und würden beim Abnehmen helfen. Das war zwar nicht der erste Grund, warum er sie bei Observationen wie dieser manisch in sich hineinschaufelte – tatsächlich half es gegen das völlige Wegdämmern und er brauchte das Gefühl, etwas zu tun zu haben, wenn er stundenlang nichts Produktives tat. Aber es war eine angenehme Vorstellung, wenn diese eine Tat seinem Körper zugutekam. Denn seit er aufgehört hatte, regelmäßig Sport zu treiben, also seit dem Ende seiner Laufbahn als Polizist vor drei Jahren, war er zum eigenen Entsetzen mehr und mehr in die Breite gegangen, ein Vorgang, dem er hilf- und tatenlos zusah. Hilflos, weil er neuerdings tatenlos blieb. Und tatenlos, weil ihm alle früheren Versuche, dagegen anzukämpfen, bald sinnlos vorgekommen waren und ihm nun der Wille zur kontinuierlichen Anstrengung fehlte.

Es war ein schwacher Trost, dass jetzt, anders als früher, sein riesiger Kopf wenigstens nicht mehr zu groß für seinen Torso war. Seine Problemzonen hatten sich lediglich nach unten verlagert. Dorthin, wo alte Muskeln verkümmerten und sich neues Fett breitmachte.

Sein neues Leben, zurück in der alten Heimat, fern der missglückten Karriere, hatte er sich anders vorgestellt.

Als Kind hatte Matthias Caspar zunächst Rennfahrer werden wollen. Und dann, da war er schon etwas älter, das Gegenteil seines Vaters. Er hätte sich vielleicht damit anfreunden können, wie der Großvater zu werden, aber nicht wie der Vater. Dummerweise hätte er nicht wie sein Großvater werden können, ohne auch ein bisschen wie sein Vater zu sein.

Die Alternative offenbarte sich ihm an einem brüllend heißen Ferientag im August. Matthias, der es kaum erwarten konnte, vierzehn zu werden, war mit zwei Internatsfreunden mit dem Fahrrad auf dem Weg ins Freibad, dem einzigen Ort, an dem sich die Hitze ertragen ließ. Da kamen ihnen kurz vor dem Ziel zwei Polizeiautos mit Blaulicht und Sirene entgegen.

»Los, hinterher«, rief Matthias und machte kehrt. Er raste den eben bezwungenen Anstieg wieder hinab. Schneller als seine mühevoll hinterherstrampelnden Kumpels kam er am Tatort an, einer überfallenen Bank, an der es eigentlich nichts mehr zu sehen gab, nicht für ihn und erst recht nicht für die japsenden Kameraden. Der Täter war mit der Beute geflohen, sie schnappten ihn ein paar Tage später. Doch für Matthias zählte nur die Erinnerung an sein Herzklopfen beim Verfolgen des Polizeiwagens, die Erinnerung an den Fahrtwind auf seinem verschwitzten, nackten Oberkörper. Niemals zuvor hatte er sich so wach und so berauscht gefühlt – und Räusche hatte es in diesen Ferien durchaus gegeben, sofern es sich einrichten ließ, bei einem Freund zu übernachten.

Dieses Gefühl blieb. Von diesem Zeitpunkt an stand für ihn fest, was aus ihm werden sollte.

In einem Moment höchster Dramatik der Hörbuch-Geschichte, die Matthias Caspar nicht hörte, weil er woanders war, legte der Erzähler alles in die Waagschale, was seine Stimme hergab – und drang durch. Matthias Caspar kehrte in die Gegenwart zurück. Der Regen draußen hatte zugenommen. Ein paar Kinder mit überdimensionierten Schulranzen huschten an ihm vorbei und sprangen – mit Anlauf – in Pfützen. Wenig später sah er ein Großmütterchen im Regenponcho, wie es mit gekrümmtem Rücken zwei Einkaufstüten nach Hause schleppte. Und schon zum zweiten Mal während seiner Observation geriet ein Typ im Jogginganzug in sein Blickfeld, der sich zum Rauchen an die Briefkästen lehnte und mit geschlossenen Augen inhalierte. Die Zielperson aber zeigte sich noch immer nicht.

Seinen Vorsatz, Polizist zu werden, hatte er zunächst für sich behalten. Erst Jahre später erzählte er, aus einer Laune heraus und weil er ihn ärgern wollte, seinem Vater davon.

»Du willst Polizist werden? Dass ich nicht lache!«, höhnte der.

Der Verhöhnte aber ließ sich nicht von seinem Weg abbringen. Auch nicht von seinem Großvater, der ihn auf sanftere Weise zu überzeugen versuchte, einem Einstieg ins Familienunternehmen doch eine faire Chance zu geben und die Tradition fortzuführen. »Dein Vater wird nicht ewig am Ruder stehen. Dann kommt deine Zeit.«

Er wollte aber nicht warten, bis seine Zeit käme. Schon früh übte er sich darin, Gefühle zu unterdrücken, weil er glaubte, das sei eine wichtige Voraussetzung für einen Job bei der Polizei. Zu seinem eigenen Stolz gelang ihm das wunderbar. Bestärkt bewarb er sich für die Ausbildung zum gehobenen Dienst in der Hauptstadt, die weit genug von seinem Elternhaus entfernt lag und obendrein der Ort sein musste, an dem die Arbeit am spannendsten war. Auf den Eignungstest bereitete er sich mit eiserner Disziplin vor.

Wenige Wochen später wedelte er seinem verdutzten Vater mit der Zulassung vorm Gesicht herum. »Lachst du jetzt immer noch?«

Es war der glücklichste Tag seines Lebens.

Den glücklichsten Tag seines Lebens aber hinter sich zu wähnen, wurde für ihn zur Qual. Vergeblich wartete er darauf, dass ein noch glücklicherer kam und den alten ablöste. Er wartete immer panischer, der Mensch zehrt schließlich von der Hoffnung auf mehr. Gern hätte er behauptet, der Tag seiner Hochzeit sei der glücklichste seines Lebens gewesen. Schließlich hob man gemeinhin diesen Tag auf ein Podest, was viel über das Nachfolgende aussagte: die Ehe also. In der konnte es demnach ja nur noch bergab gehen – was in seinem Fall auch zutraf. An seinem Hochzeitstag war er erfüllt von Liebe zu der Frau, deren Namen er sogar annahm. Freilich war das vor allem ein Seitenhieb, nein:

ein Schwinger, gegen seinen Vater, dessen Familiennamen er nicht mehr tragen wollte und auch nach der Scheidung nicht zurücknahm. Doch *der glücklichste Tag seines Lebens*? Nein, dieses Prädikat erreichte der Hochzeitstag nicht. Und auch nicht der Geburtstag seiner Tochter, deren Nabelschnur er durchschneiden durfte. Noch so ein Kandidat, noch so eine Enttäuschung, denn beide Tage und die vielen anderen, die das Potenzial besaßen, als glücklichster in seinem Leben zu gelten, hatten alle nur eines gemeinsam: den deprimierenden Gedanken, sich das noch eine Spur emotionaler vorgestellt zu haben.

All das kam ihm in den Sinn, während er den Hinterausgang des Wohnhauses anstarrte und Pistazien in sich hineinstopfte, bis auch seine zweite Großpackung verbraucht war und die Überbleibsel der vernichteten Kerne im Fußraum rechts neben ihm einen Hügel beträchtlichen Ausmaßes bildeten.

Drei Stunden später wartete Matthias Caspar noch immer vergebens, mittlerweile nicht nur allein auf die Zielperson, sondern auch auf seine Ablösung, die ihn ebenfalls hängen ließ. Er saß in seinem Wagen und kontrollierte alle sechzig Sekunden sein Handy, ohne eine Nachricht vom säumigen Kollegen zu finden. Seine rechte Hand steckte in seiner Hose und er wackelte hin und her, bis er es irgendwann nicht mehr aushielt. Er schnappte sich die leergetrunkene Wasserflasche neben dem Pistazienhügel und gab sein Bestes, nicht daneben zu pinkeln.

Hinterher fühlte sich Matthias Caspar zwar erleichtert, glaubte nun aber, das Autodach seines Autos müsse ihm jede Sekunde auf den Schädel fallen. Erneut, zum dritten Mal, sah er den Jogginghosenträger eine qualmen. Von der Zielperson fehlte nach wie vor jede Spur.

Es war ausgeschlossen, dass sie ihre Wohnung verlassen hatte, also saß sie wohl tatsächlich drin, lag womöglich sogar im Bett, ausnahmsweise wirklich krank. Der Chef des Elektrikers hatte Matthias Caspars Detektei beauftragt. Mehrfach hatte sich sein Arbeitnehmer krankgemeldet und war am dritten Tag wieder putzmunter in den Betrieb marschiert, gerade rechtzeitig also, um kein Attest wegen Arbeitsunfähigkeit abliefern zu müssen. Dann war dem Handwerksmeister auch noch zu Ohren gekommen, sein Mitarbeiter arbeite auf eigene Rechnung bei den Kunden, die sich nach einem Kostenvoranschlag nicht wieder gemeldet hatten. Ihn auf frischer Tat beim Blaumachen oder bei der Schwarzarbeit zu erwischen, im besten Fall bei beidem, so lautete die Aufgabe für Matthias Caspar und seine Mitstreiter.

Nun deutete vieles darauf hin, dass der Auftraggeber eine Fehlinvestition getätigt hatte.

Früher, als Leiter von Einsätzen zur Beweissicherung bei der Polizei, hatte er jedes Mittel des Gesetzes ausgeschöpft und war manchmal, wenn sich mit Gefahr im Verzug argumentieren ließ, auch einen winzigen Schritt weitergegangen, um einen Verdacht zu erhärten. Als Detektiv, so war seine Annahme gewesen, spielten diese rechtlichen Korsetts eine untergeordnete Rolle, gehörte es doch für einen Schnüffler zum guten Ton, sich im Schatten der Legalität zu bewegen.

Das Gegenteil aber war der Fall. Matthias Caspars Chef ließ keine Gelegenheit aus, seinen Untergebenen einzubläuen, Persönlichkeitsrechte der Zielpersonen ja zu beachten und bloß keine krummen Dinger mit GPS und dergleichen zu drehen. Der gute Ruf der Detektei stünde schließlich auf dem Spiel.

Ja wirklich, das Leben als Privatdetektiv hatte sich Matthias Caspar anders vorgestellt.

Um seinen Observationsbericht zu schreiben, fuhr er nach einer weiteren ereignislosen Stunde in die Detektei. Sie lag in einem vollverglasten Businesscenter in der Innenstadt. »Transparenz ist gut fürs Geschäft«, wurde der Chef nicht müde zu betonen, ein drahtiger Endfünfziger, den man selten lächeln sah und der noch seltener in diesem transparenten Büro anzutreffen war, weil er entweder selbst einem Fall nachging oder auf einen neuen Ultramarathon trainierte.

Wenigstens verfügte das Businesscenter über eine Tiefgarage. Das ersparte Matthias Caspar die Mühe, sich im Regen aus seinem Auto zu schälen. Er nahm den Aufzug in die siebte Etage, die komplett der Detektei vorbehalten war. Wie üblich an einem Samstagabend war sie die einzige, auf der Menschen arbeiteten, die keinem Reinigungsunternehmen angehörten. Oben angekommen bog er links ab und durchquerte einen Gang, an dessen Seiten nicht wenige der von schmalen Lichtkegeln erhellten Kojen besetzt waren. Die Kollegen überboten sich gegenseitig in der Geschwindigkeit des Tastaturhackens. Viele drängte es nach Hause, zu Partner und Kind. Oder zumindest weg von diesem Ort, an dem es bestialisch stank, weil irgendein Depp wieder Essen vom Asiaten um die Ecke eingeschmuggelt hatte.

Matthias Caspar kam nicht bis zu seinem Arbeitsplatz. Die Assistentin des Chefs hielt ihn auf.

»Matthias, warte mal bitte.«

Er drehte sich um. Überrascht. Erwartungsfroh. Sie war Ende zwanzig und überragte ihn um wenige Zentimeter. Das bedeutete, dass er, wenn er geradeaus schaute, praktisch immer genau auf die beiden winzigen Muttermale in ihrem Gesicht blickte, die er zu gern küssen wollte, eines unter ihrem linken Mundwinkel, das zweite rechts neben ihrem Nasenflügel. Die Schönheitsflecke verliehen ihr in seinen Augen einen besonderen Anreiz, aber er mochte eigentlich alles an ihr.

Er mochte es, wenn sie auf den Spitzen ihres schulterlangen Haares herumkaute, sobald sie glaubte, unbeobachtet zu sein – unbeobachtet! In einer Detektei!

Er mochte es, wenn sie beim Mittagsessen im Pausenraum den Mund verzog, weil sie wieder eine neue Diät ausprobierte, die sie schon am ersten Tag ankotzte. Sie hielt ihren Hintern für zu fett. Wenn sie von ihm davonlief und dieser Arsch in ihrer Jeans rhythmisch hin und her wogte, stellte er sich träumerisch vor, in ihn hineinzukneifen oder ihn sanft zu versohlen, ihr Einverständnis vorausgesetzt, versteht sich.

Er mochte sogar ihre schnippische Art.

»Was glotzt du denn so?«

»Du hast doch mich gerufen.«

»Ja, dein Vater hat angerufen. Du sollst dich melden, unverzüglich, egal zu welcher Uhrzeit.«

Sie hielt ihm einen Zettel hin.

Jetzt glotzte er wirklich. »Mein Vater? Bist du sicher?«

Sie verdrehte die Augen. Wedelte mit dem Zettel. »Du bist der Privatdetektiv, nicht ich. Finde es heraus.«

Und als sie davonlief, vergaß er völlig, ihr auf den Arsch zu starren.

Gehe ich recht in der Annahme, dass du erraten hast, wer der Vater von Matthias Caspar ist?

Ich hätte dir natürlich von Anfang an erzählen können, dass er ein Liebenich ist, aber ich wollte, dass du selbst dahinterkommst. Wo bliebe sonst der Spaß? Und außerdem: Wenn sich ein Mosaik Steinchen für Steinchen zusammensetzt, erkennen wir nicht nur die Schönheit des Ganzen, sondern auch die der Einzelteile. Und dir Schönheit, ja Wahrheit zu zeigen, ist meine Verpflichtung.

Ich weiß, ich schulde dir eine Erklärung, wer ich bin und warum ich zu dir spreche. Ich sagte dir ja schon, dass ich dich durch diese Geschichte navigieren soll. Meine Aufgabe ist es, sicherzustellen, dass du gut informiert und sicher an den Punkt kommst, an dem es für dich, für mich, für uns alle ernst wird.

Ich habe dir von Anfang an gesagt, dass du ein Teil dieser Geschichte bist. Du kannst also nicht auf die vierte Wand zählen, weil sie hinter dir liegt. Du bist aber nicht nur wichtig für diese Geschichte, sondern für unser aller Existenz, unser aller Wohlbefinden. Das macht meine Aufgabe so bedeutsam. Denn ich bin dein Diener.

Ja wirklich, ich schmiere dir keinen Honig ums Maul, ich sage die Wahrheit. Unsere Welt braucht dich.

Nun könntest du das natürlich für Blödsinn halten. Oder es könnte dich überfordern und den Wunsch in dir wecken, dich aus der Verantwortung zu stehlen, indem du dieses Buch zuklappst und mich zum Teufel jagst.

Aber lass dir gesagt sein: Es würde nichts ändern. Die einzige Konsequenz wäre, dass du in Ungewissheit verharren würdest.

Wirst du mir also weiter folgen? Glaubst du mir, dass ich dir wohlgesonnen bin?

Falls ja, hast du jetzt einen ersten Eindruck von unseren wichtigsten Figuren bekommen. Du weißt, dass Sebastian Vogt – oder Ludwig Mayer, wie er sich nennt – für Hermann Liebenich arbeitet und einen Hass auf ihn pflegt. Den Grund kennst du noch nicht, wirst ihn aber bald erfahren. Du weißt auch, dass Matthias Caspar und sein Vater nicht das beste Verhältnis zueinander haben.

Du weißt noch nicht, wie Paul Gram und Konstantin von Kornweg in all das hineinpassen. Dazu komme ich nun nach und nach. Der erste Dominostein ist bereits gekippt. Weitere werden folgen.

Du erinnerst dich: Mosaik! Schönheit! Wahrheit!

Wir haben es hier mit einer tragischen Geschichte zu tun, aber sie ist auch ein bisschen komisch und absurd.

Sie ist wie das Leben selbst.

Kapitel fünf

Die Straße seiner Kindheit hatte sich nur unmerklich verändert. Matthias Caspar kam sie dennoch fremd vor. Seit seinem Auszug war er nicht mehr hier gewesen, nicht mal zur Trauerfeier nach der Beerdigung. Ob es seine Mutter nun verstanden hätte oder nicht – er vermutete, sie hätte es nicht –, aber er konnte nicht einfach so tun, als wäre nichts gewesen. Auch der Tod änderte daran nichts.

Als er die penibel gesäuberte Allee mit den leicht im Wind wiegenden Kastanienbäumen entlangfuhr – in einem Fahrzeug, das bei sämtlichen hinter ihren Vorhängen hervorlinsenden Nachbarn die Alarmglocken schrillen lassen musste, seinem verbeulten und verrosteten Fahrzeug, das er trotz aller Makel liebte, weil es ihn nie im Stich ließ, wenn es darauf ankam –, war es ihm, als säße sie auf dem Beifahrersitz und rede wieder auf ihn ein. Vergnügt diesmal, weil er endlich, endlich heimkehrte und diese lächerliche Fehde beendete. Jahrelang hatte er sich mit seiner Mutter nur an neutralen Orten getroffen und selbst dann keinen Schritt in das Geisterhaus gesetzt, wenn der Vater auf Geschäftsreise war und ein Ozean zwischen ihnen lag. Nun flog die Vergangenheit vorbei wie die Daumenkinos mit den fliegenden Pferden und rasenden Rennautos, die ihn als kleiner Junge so fasziniert hatten.

Eine entscheidende Sache war diesmal anders. Sein Vater hatte »bitte« gesagt.

Matthias Caspar legte die letzten fünfhundert Meter im Schritttempo zurück. Im Vorbeirollen spähte er in die Einfahrten. Je weiter er der Straße folgte und sich dem höchsten Punkt der Anhöhe näherte, desto herrschaftlicher waren die Häuser und desto größer war der Abstand zwischen ihnen. Obwohl sich die Sonne pünktlich zum Sonntag zu scheinen erbarmte, wenngleich nur mit schwachen Strahlen, sah er nirgendwo Menschen, schon gar keine Kinder.

Auch das hatte sich also nicht verändert.

Vor der Villa seines Vaters parkte er den Wagen – genau davor, die besorgten Nachbarn sollten das Schauspiel mit dem verlorenen Sohn ruhig mitbekommen. Er stellte seine Füße auf den Asphalt, schaute einmal an sich herunter, zupfte eine Fluse von der Hose, atmete tief durch und hievte den Rest seines Körpers ins Freie.

Eine der Nachbarinnen, früher stets akut besorgt, hörte er durch ein offenes Fenster. Mit krächzender Stimme sang sie eine Arie, völlig talentlos, unterbrochen von einer leiseren Männerstimme, ihrem Gesangslehrer, wie Matthias Caspar ganz richtig vermutete. Er gönnte dem Mann ein großzügiges Schmerzensgeld.

An Briefkasten und Klingelschild der Liebenich-Residenz standen keine Namen mehr, sondern Initialen, die seines Vaters und noch immer die seiner Mutter. Das Gartentor fand er angelehnt vor – ein Lieferjunge oder der Gärtner mussten vergessen haben, es ordnungsgemäß zu schließen. Er war schon durchmarschiert, mit einem strammen Salut zur alten Überwachungskamera und mit knirschenden Schritten auf dem Kiesweg, da stockte er, blieb stehen, überlegte, machte noch einmal kehrt und griff in seine Hosentasche.

Es war eigentlich nicht wichtig, aber es interessierte ihn trotzdem: Der alte Schlüssel passte nicht mehr.

Als er sich umdrehte, sah er seinen Vater zwischen der mittleren und der rechten Steinsäule vor dem Hauseingang stehen, die Hände hinter dem Rücken verschränkt. Er trug seinen Sonntagsanzug.

»Guten Tag, Sohn«, sagte er. Mehr nicht.

Matthias Caspar ging auf ihn zu, den Schlüsselbund noch in der Hand. Er hielt ihn seinem Vater unter die Nase. »Du hast also die Schlösser austauschen lassen, was?«

»Herrje, du beziehst das doch nicht etwa auf dich? Ich hatte Schwierigkeiten mit zwei unverschämten Bediensteten, die ich entfernen musste. Der Austausch war eine reine Vorsichtsmaßnahme.«

»Na, wenn das so ist ...«

Es sollte provozierend klingen. Doch Hermann Liebenich ließ es ihm durchgehen. Matthias Caspar wertete das als untrügliches Zeichen dafür, dass der Alte tatsächlich ein massives Problem hatte, für dessen Lösung er seine Hilfe benötigte. Sein Vater ließ ansonsten nicht unwidersprochen in einem solchen Ton mit sich reden.

Der Privatdetektiv besaß durchaus Kombinationsgabe. Hermann Liebenich hatte ein massives Problem. Und verfügte – das war das Schlimmste – über keinerlei Erklärung. Weder dafür, wie dieses Problem überhaupt hatte entstehen können, noch, warum er es nicht vorhergesehen hatte.

Es hatte eigentlich ein gemächliches Wochenende werden sollen – einmal im Monat gönnte sich Hermann Liebenich einen freien Samstag und Sonntag. Zwar pflegte er selbst an freien Samstagen und Sonntagen vor dem Morgengrauen aufzustehen, um es sich noch im Schlafrock bei einer Tasse Filterkaffee von stählerner Stärke auf einer rückgratschonenden Wellnessliege im Wintergarten gemütlich zu machen und die Zeitung zu studieren, erst den

Wirtschafts-, dann den Lokalteil. Doch tat er das, anders als an den üblichen Tagen, weniger, um sich zu informieren, sondern zuvorderst, um sich zu entspannen.

Normalerweise gelang ihm das. An diesem Samstag jedoch hatte er sich bei der Lektüre beinahe an seinem Morgentrunk verschluckt. Um ein Haar wäre ihm seine Tasse aus der Hand gerutscht – Aufschrift: *Wenn der Keks spricht, haben die Krümel Pause*, ein spätes Geschenk seiner vor zwei Jahren verstorbenen Frau. Der Aufmacher im Lokalteil lautete: *Korruptionsgerüchte erschüttern Rathausspitze*, Untertitel: *Bei der Vergabe von Aufträgen soll es zu Mauscheleien zwischen politischen Entscheidungsträgern und Vertretern der lokalen Wirtschaft gekommen sein.*

Hermann Liebenich wusste sofort, dass er den Namen seiner Firma nicht in dem Artikel finden würde, die Zeitung hätte angerufen und um eine Stellungnahme gebeten. Und dennoch fürchtete er zu wissen, worauf der Text anspielte. Er las die Zeilen wie elektrisiert.

Es dauerte ein paar Minuten, bis sich sein Herzschlag wieder etwas beruhigt hatte, aber er entsprach längst nicht den Werten eines freien Samstages. Die Zeilen bargen wenig Handfestes, stützten sich ganz auf eine namentlich nicht genannte Quelle, die Belege für einen besonders schweren Fall von Unregelmäßigkeiten bei einem öffentlichen Auftrag zu besitzen vorgab. Ein gleichermaßen nicht genanntes ranghohes Mitglied der Rathausspitze sei unmittelbar verwickelt. Offenbar war sich der Autor selbst nicht sicher, wie vertrauenswürdig sein Informant war. Er hielt sich merklich zurück, war darauf bedacht, sich nicht an den Karren fahren zu lassen, sollte sich alles als gemeine Verleumdung herausstellen. Sein Fokus lag vielmehr darauf, über die Wellen zu berichten, die die Nachricht innerhalb der Stadtverwaltung ausgelöst hatte. Einen Sprecher zitierte er mit den Worten, es handele sich um eine »unvorstellbare Anschuldigung«. Aber solange keine eindeutigen Belege für ein schuldhaftes Verhalten vorlägen, stünde der Oberbürgermeister selbstverständlich felsenfest hinter seinen Referatsleitern und Verwaltungsmitarbeitern.

Hermann Liebenich schaute auf die Uhr. Es war kurz vor sieben. Alles in ihm drängte danach, den Bürgermeister für Allgemeine Verwaltung anzurufen, aber er wusste, dass der an Freitagabenden gern mal einen über den Durst trank. Erst recht, wenn er gestresst war. Und wenn die vierte Gewalt das Rathaus mit Vorwürfen konfrontierte, die einzig auf ihn zurückfallen konnten, steckte er das sicher nicht leichtfertig weg. Zumal: Besonders nervenstark war ihm dieser Politbubi bislang nicht erschienen. Ein Anruf versprach demnach wenig Ertragreiches und wahrscheinlich war es sowieso sinnvoller, dem Bürgermeister von Angesicht zu Angesicht entgegenzutreten.

Also sprang Hermann Liebenich auf und eilte ins Bad. Zu langes Grübeln galt ihm als Zeichen von Schwäche.

Es war ein Jahr her, dass dem Boss von Liebenich Acoustics die Ausschreibung für die lukrative Neuausstattung aller Sitzungsräume des Rathauses und einiger Bezirksämter mit zeitgemäßer digitaler Technik auf den Tisch geflattert war und er beschlossen hatte, dass er sich einen solchen Auftrag nicht entgehen lassen konnte. Und wenn ein Hermann Liebenich beschloss, sich einen Auftrag nicht entgehen zu lassen, dann entging er ihm nicht.

Es war in der Vergangenheit immer mal wieder notwendig gewesen, sich gewisser Mittel zu bedienen, die manche nicht gutheißen würden, aber diese Moralapostel waren entweder Versager oder Ahnungslose, im schlimmsten Fall beides. Jeder Macher von Rang wusste, dass man fraß oder gefressen wurde, immer wieder aufs Neue.

Warum also sollte er, ein Leistungsträger, der Hunderte von Jobs geschaffen und erhalten hatte, der dafür sorgte, dass diese Menschen sich keine Sorgen um Nahrung, Kleidung und die Heizung im Winter für sich und ihre Familien machen mussten, sich dafür rechtfertigen, wenn er hin und wieder in gewisse Graubereiche abtauchte?

Wirtschaftsspionage betrieben alle, die einen im Kleinen, die anderen im Großen. Und dass sich mit unschuldigen Geschenken oder kleinen Gefälligkeiten manchmal vieles erreichen ließ, war unter Geschäftsleuten seines Kalibers kein Geheimnis. Moralische Bedenken waren ein Luxus derer, die keine Verantwortung trugen.

Schon in ihrem ersten Gespräch über die Sache hatte er dem Bürgermeister klargemacht, dass dieser Auftrag unbedingt an ein renommiertes Unternehmen in der Region zu gehen habe, auf keinen Fall an eines aus einer anderen Stadt oder gar dem Ausland. Es ginge schließlich auch um eine Koalition zugunsten des Wirtschaftsstandorts, für dessen Stärke er, Hermann Liebenich, jederzeit bereit sei zu kämpfen, zum Wohle aller Bürger ihrer schönen Region.

Er kannte den Bürgermeister, einen für sein Amt sehr jungen und sehr blassen Schlacks mit völlig indiskutabler Minipli-Frisur, aus dem Tennisverein und von Veranstaltungen des Lions Clubs und hatte ihn – trotz dieser unsäglichen Blässe, die Hermann Liebenich als Manifestation mangelnder Durchsetzungskraft galt – als einen vernunftbegabten Menschen erlebt, der Win-win-Situationen erkannte. Einen Menschen, der keine Zweifel daran aufkommen ließ, in der Lage zu sein, Strippen gewinnbringend zu ziehen. Der aufsehenerregende Prozess seiner Berufung ins Amt, bei dem einige Vertreter des politischen Gegners das Zünglein an der Waage gespielt hatten, belegte das.

Nur: Wie vorsichtig war der Bürgermeister bei ihrem gemeinsamen Projekt vorgegangen?

Falls der Artikel auf ihren Deal anspielte, woran Hermann Liebenich wenig Zweifel hegte, konnte er mit felsenfester Sicherheit ausschließen, dass die undichte Stelle aus seinem Umfeld kam. In diesem Fall hatte es, anders als bei früheren Interventionen, bei denen Aktionen größeren Aufwands nötig gewesen waren, keine Eingeweihten bei Liebenich Acoustics gegeben. Das war seine Herzensangelegenheit, und er hatte sehr gründlich darauf geachtet, keine Spuren zu hinterlassen.

Wie das auf Seiten des Bürgermeisters aussah, wusste er nicht – lag etwas außerhalb seines Einflussbereichs, pflegte er von den Verantwortlichen Resultate zu erwarten, nicht deren Lösungsweg zu hinterfragen. Womöglich hatten im Auswahlverfahren eindringliche Worte allein nicht ausgereicht, die anderen Jurymitglieder davon zu überzeugen, dass Liebenich Acoustics das wirtschaftlichste Angebot abgegeben hatte. Womöglich hatte der Bürgermeister Nebendeals laufen, für die er nun büßte – und Hermann Liebenich gleich dazu.

Es führte kein Weg daran vorbei, dem Mann einen Besuch abzustatten und ihn zur Rede zu stellen. Also setzte sich Hermann Liebenich entgegen seiner eigentlichen Pläne in seinen Zweitwagen, fuhr ans andere Ende der Stadt und besorgte auf dem Weg beim Bäcker Brötchen, die noch so heiß waren, dass ihm die Verkäuferin empfahl, die Tüte offen zu lassen. Um ziemlich genau acht Uhr klingelte er an der Haustür seines Mitverschwörers.

Es dauerte eine halbe Minute, bis der Hausherr auftauchte, in fleckiger Schlafanzughose und schlabberndem T-Shirt. Sein Kopf war leicht nach links gekippt, seine Augen klein. Doch die riss er in Sekundenschnelle auf, als er sah, wer vor ihm stand.

Der Bürgermeister trat zur Seite, ließ Hermann Liebenich eintreten und unterschätzte beim Zuschlagen der Tür seine Kraft. Das Geräusch, als sie ins Schloss krachte, ließ den Hausherrn zusammenzucken.

»Haben Sie den Verstand verloren, hier einfach so aufzutauchen?«, flüsterte er, als fürchte er, irgendjemand könnte sie belauschen.

Seine Frau jedenfalls war nicht da, das war bekannt, die weilte seit zwei Wochen an der Küste, offiziell aus Kurgründen. Bei einem Zusammentreffen im Lions Club, der liebsten Gelegenheit erfolgreicher Männer, ihren Neid auf die noch erfolgreicheren und ihre Schadenfreude über Missgeschicke derselben zur Schau zu tragen, hatte man sich hinter vorgehaltener Hand über den wahren Grund der Abwesenheit ausgetauscht. Es hatte da einen Ausrutscher des Bürgermeisters mit einer aufstrebenden Parteigenossin gegeben, der die werte Gattin dazu bewogen hatte, fürs Erste bei ihrer Schwester abzutauchen.

»Jetzt werden Sie mal nicht paranoid. Das hier ist kein Agentenfilm«, antwortete Hermann Liebenich und präsentierte die Brötchentüte. »Ich besuche einen Vereinskameraden und Strohwitwer und bringe ihm Frühstück vorbei. Eine völlig harmlose Sache.«

»Ich nehme an, Sie haben heute schon Zeitung gelesen. Sonst wären Sie nicht hier. Also wissen Sie genau, dass Ihr Besuch alles andere als eine harmlose Sache ist.«

Hermann Liebenich hielt sein Lächeln aufrecht. Einer musste ja einen kühlen Kopf bewahren. Er war etwa zehn Zentimeter kleiner als sein Gegenüber, doch der fahrige Politiker ließ seine Schultern derart hängen, dass sie sich praktisch auf Augenhöhe begegneten, rein körperlich gesehen. In jeder anderen Beziehung bestand für Hermann Liebenich keinerlei Zweifel, wer über wem thronte.

»Lassen Sie uns doch erst einmal diesen unwirtlichen Flur verlassen und ins Esszimmer gehen«, schlug er vor und wartete die Antwort gar nicht erst ab, sondern verließ den unwirtlichen Flur. »Haben Sie Marmelade im Haus?«

Der Zustand des Bürgermeisters besserte sich auch in der darauffolgenden Stunde kaum, was Hermann Liebenich im Sinne der Stadt darauf hoffen ließ, dass er nicht regelmäßig einer Krise wie dieser ausgesetzt war.

Ja, er könne mit an hundert Prozent grenzender Wahrscheinlichkeit ausschließen, dass es in der jüngeren Vergangenheit einen zweiten vergleichbaren Fall gegeben habe, der Artikel müsse also auf ihre Vereinbarung abzielen.

Und nein, er könne sich nicht erklären, wie der Journalist an seine Informationen gekommen sei, er zermartere sich schon die ganze Zeit den Kopf. Von der Minute an, in der er zunächst über den Flurfunk im Rathaus von den Vorwürfen erfahren habe, noch bevor der persönliche Referent des Oberbürgermeisters in sein Büro marschiert sei, um ihn offiziell zu unterrichten und sich strengen Blickes zu erkundigen, wie er sich eine solche Presseanfrage erkläre.

Er konnte sie nicht erklären. Gegenüber dem Referenten nicht und sich selbst gegenüber noch weniger. Er habe eigentlich alle nötigen Vorsichtsmaßnahmen walten lassen.

»Eigentlich! Und uneigentlich?«

»Uneigentlich eigentlich auch«, stotterte der Bürgermeister und massierte sich die Stirn. »Ich kann mir wirklich nicht erklären, wie das passieren konnte. Das müssen Sie mir glauben.«

Es war offensichtlich, dass sich Hermann Liebenich selbst der Sache würde annehmen müssen, dass es an ihm hängenbliebe herauszufinden, wie viel der Schreiberling wusste. Ob er ein kleiner Wichtigtuer war, der ohne fundierten Hintergrund eine Story raushaute, die ihm mehr zufällig in den Schoß gefallen war, ohne dass er ihre Dimension einzuschätzen wusste, oder ob er die große Enthüllung nur Schritt für Schritt vorbereitete, weil sich Skandale besser verkauften, wenn man immer noch einen draufsetzte.

Fakt war, dass es zu der großen Enthüllung nicht kommen durfte. Dass eher die Hölle zufrieren würde, bevor der Name Hermann Liebenich durch den Schmutz gezogen wurde.

Fakt war aber auch, dass er Hilfe brauchte, erst recht, nachdem seine Recherchen ergeben hatten, dass der Journalist tatsächlich über ein gewisses Renommee verfügte.

Fakt wurde, nach intensivem Abwägen, intensiver, als er es sich sonst erlaubte, dass diese Hilfe nur von einer einzigen Person kommen konnte. Selbst wenn das bedeutete, dass er, Hermann Liebenich, so tun müsste, als bereue er etwas.

Hermann Liebenich hatte noch nie ein Problem damit gehabt, über seinen Schatten zu springen, wenn es die Lage verlangte. Nur Holzköpfe glaubten, der einzige Weg durch die Wand führe mit dem Schädel voraus.

Also schritt er zum Telefon, rief die Auskunft an, ließ sich verbinden und hinterließ eine Nachricht.

Matthias Caspar hatte an diesem Samstagabend lange gezögert, bis er sich zu dem verlangten Rückruf durchrang. Er hatte sogar kurz erwogen, den Befehl zu ignorieren, aber dann doch nicht riskieren wollen, die ganze Nacht kein Auge zuzutun, weil er sich fragte, was der Alte plötzlich wollte. Nach Verfassen seines erwartungsgemäß kurzen Observationsberichts fehlten ihm weitere Ausreden. Noch in der Detektei griff er zum Hörer – die Kollegen hinter sich zu wissen, gab ihm ein irrationales Gefühl von

Sicherheit, obwohl sie ihm bei einem Telefonat mit seinem Vater in keiner Weise helfen konnten. Seine Furcht wich einem lauten Lachen, so laut, dass einige der Kollegen ihm halb verwunderte und halb böse Blicke zuwarfen, als ihm sein Vater, der sich wie gewohnt nicht lange mit Nebensächlichkeiten aufhielt, offenbarte, dass er seine Hilfe brauche.

Restlos sprachlos war Matthias Caspar, als der Alte dieses Wort nachschob, von dem er sich nicht erinnern konnte, es jemals aus seinem Mund gehört zu haben: »Bitte.«

Doch das ganze Gefühl von Überlegenheit war passé, als er im Wohnzimmer seines Elternhauses stand, in dem sich ein neuer Fernseher, eine neue Sofagarnitur und verdammt viele Erinnerungen fanden. Matthias Caspar ging ans Fenster und starrte hinaus, starrte hinunter auf die Stadt, in der Hoffnung, sein Vater durchschaue nicht, dass er sich plötzlich wieder klein fühlte, dass ihn das Gefühl beschlich, in eine Falle getappt zu sein.

Dann drang Essensgeruch in seine Nase. Er schnupperte, drehte sich um, erblickte den Vater, der seine Neugierde registrierte.

»Du hast hoffentlich Hunger mitgebracht? Ich habe Bœuf Stroganoff kommen lassen. Spezialität meines Lieblingsküchenmeisters.«

Matthias Caspars Magen begann erwartungsfroh zu knurren. »Was soll das? Willst du auf Sonntagstisch machen? Sind wir plötzlich wieder eine Familie?«

»Nein, ich pflege bei meinen Geschäftsessen einen gewissen Stil. Ganz abgesehen davon glaube ich nicht, dass jemand, der seine Frau und seine kleine Tochter sitzen gelassen hat, in der Position ist, mir Vorträge über Familientraditionen zu machen. Oder, Herr Caspar?«, antwortete Hermann Liebenich.

Matthias Caspar schnaubte, schließlich hatte der Vater seine Enkelin nur ein einziges Mal besucht, zur Taufe, und danach nie wieder Anläufe unternommen, sie wiederzusehen – Anläufe, die Matthias Caspar selbstverständlich mit aller Macht torpediert hätte. Er schnaubte, aber er erwiderte nichts. Er war solcher Diskussionen mit seinem Vater vor langer Zeit müde geworden.

Die Zeitung lag schon auf dem Tisch bereit. Hermann Liebenich nahm zwei Bissen des Essens. Dann tupfte er sich mit der Serviette den Mund ab, trank einen Schluck Wein und warf seinem Sohn die Ausgabe hin. »Hast du gestern Zeitung gelesen?«

Matthias Caspar ließ seine Gabel erst noch ein drittes und viertes Mal in seinem Mund verschwinden, bevor er das Besteck weglegte. Eines musste er seinem Vater lassen: Geschmack besaß er.

»Seite vierundzwanzig oben«, befahl der.

Matthias Caspar las, ohne erkennen zu lassen, was in seinem Kopf vorging. Als er fertig war, legte er die Zeitung beiseite und aß weiter, trank seinerseits einen großen Schluck Wein, betrachtete Glas und Inhalt, schwenkte, trank einen weiteren Schluck und nickte anerkennend.

»Du steckst also in Schwierigkeiten? Hast die Kontrolle verloren? Passiert dir doch sonst nicht«, spottete er schließlich.

Hermann Liebenich ging nicht darauf ein. »Ich möchte, dass du herausfindest, was dieser Journalist weiß und von wem er es weiß. Und wie du dir vorstellen kannst, ist es eilig. Deswegen nutze ruhig alle Möglichkeiten, die dir zur Verfügung stehen, wenn du verstehst, was ich meine.«

Matthias Caspar lächelte. Schwieg wieder für ein paar Sekunden. »Also ich habe das richtig verstanden: Du bittest mich um Hilfe. Mich. Es ist dir also auf einmal nicht mehr unsäglich peinlich, dass ich Privatdetektiv bin?«

»Siehst du, mein Sohn, du gehst da von falschen Annahmen aus. Es war mir nie peinlich, was du gemacht hast. Alles, was ich getan habe, diente nur einem Ziel: dich anzuspornen, etwas aus deinem Leben zu machen.«

Findest du das nicht auch amüsant: Wie Menschen, die sich nahestehen oder nahestehen sollten, einander die dreistesten Lügen an den Kopf werfen? Lügen, die ihnen im Umgang mit Fremden niemals in den Sinn kämen? Sei es, weil sie den anderen nicht verletzen wollen. Oder weil sie just das bezwecken. Oder sei es, weil sie nicht in die Verlegenheit kommen wollen, etwas erklären zu müssen.

Es dürfte dir bewusst sein, dass Hermann Liebenich ein geübter Lügner ist, wobei er sich eher als Wahrheitsbeuger oder Wahrheitserneuerer sieht. In der Regel jedenfalls. Denn ihm ist schmerzhaft bewusst, dass seine Beteuerungen meilenweit von jeder Wahrheit entfernt liegen. Die Tatsache, dass sich sein Sohn mit Händen und Füßen dagegen gewehrt hat, in seine Fußstapfen zu treten, ist die bitterste Enttäuschung seines Lebens gewesen. Zugeben würde er das niemals.

Und dann lacht ihn Matthias Caspar aus. Weil er seinem Vater natürlich kein Wort glaubt. Kannst du dir vorstellen, wie sehr er deswegen kocht?

»Warum ich? Hast du nicht irgendwelche Schergen, die sich um Probleme wie diese normalerweise kümmern?«

»Ich brauche jemanden, dem ich absolut vertrauen kann.«

Matthias Caspar lachte erneut. »Und das bin ich?«

»Ja, weil es um die Familienehre geht. Und letztlich um dein Erbe. Außerdem könnte ich mir vorstellen, dass du bei deinem Gehalt und bei der Höhe deiner Unterhaltszahlungen ein kleines Zusatzhonorar ganz gut gebrauchen könntest.«

Diesmal lachte Matthias Caspar nicht. »Dir ist aber schon klar, dass ich nicht einfach einen Nebenjob annehmen kann. Ich müsste mir das von meinem Chef genehmigen lassen.«

»Lass das mal meine Sorge sein«, erwiderte Hermann Liebenich und schenkte Wein nach.

Seinen Sohn wunderte die Antwort kein bisschen. »Ich muss mal auf die Toilette«, log er und ging davon, den Torkelnden mimend.

Den Weg kannte er, das renovierte Bad noch nicht. Er setzte sich auf die Schüssel, schloss für eine halbe Minute die Augen, schlug sich zweimal kräftig auf die Wangen, atmete wie schon vorhin in seinem Auto tief durch und kehrte an den Esstisch zurück, an dem sein Vater die ganze Zeit über regungslos dagesessen hatte und dies noch immer tat, als sein Sohn in sein Blickfeld zurückgekehrt war.

»Na gut. Dann weih mich mal ein. Und lass kein Detail aus.«

Sie saßen danach noch eine Stunde zusammen, Matthias Caspar hatte irgendwann darauf bestehen müssen, keinen Wein mehr nachgeschenkt zu bekommen. Er erbat sich Bedenkzeit und bekam sie bis zum nächsten Morgen.

Dabei wusste er längst, dass er zusagen würde. Er wusste es, weil dieser Auftrag genau dem entsprach, was der Job des Privatdetektivs ihm verheißen hatte, als er sich entschied, das Angebot auszuschlagen, stellvertretender Leiter seines Hauptstadtreviers zu werden, als er beschloss, den Polizeidienst mit all seiner Ödnis und Routine zu verlassen. Nichtsahnend, dass eine neue Ödnis und Routine, eine sehr ähnliche, nur auf ihn wartete. Und nun offenbarte ihm ausgerechnet sein Vater einen Ausweg, selbst wenn es nur ein temporärer war.

Er war schon fast zur Haustür hinaus, da drehte er sich noch einmal um. »Ich möchte mein altes Kinderzimmer sehen.«

Hermann Liebenich zögerte, machte dann aber den Weg frei. Er ließ seinen Sohn die Treppen hinauf ins Dachgeschoss vorgehen.

Dort, wo früher Sportlerposter gehangen hatten, stand jetzt eine kleine Bar vor einer holzvertäfelten Wand. Gegenüber hing eine elektronische Dartscheibe, in der Mitte des Raumes stand ein Pool-Billard-Tisch. Matthias Caspar guckte sich um, ohne ein Wort zu sagen.

Stattdessen durchbrach sein Vater die Stille. »Was hast du erwartet? Ein Museum? Dein altes Zeug steht unten im Keller, wenn du es haben möchtest. Aber du hast dich ja bislang nicht dafür interessiert.«

Matthias Caspar nahm die weiße Kugel in die Hand und ließ sie in Richtung Loch rollen. Sie blieb an der Kante hängen.

Er verließ sein altes Reich eilig und drehte sich nicht mehr um, auch nicht, als er auf der Treppe im Gehen doch noch einmal den Mund öffnete. »Sag Vater, wie viele ungenutzte Räume hast du in diesem Haus?«

Kapitel sechs

Zu Beginn lief alles vollkommen glatt. Es war so simpel, dass ihn seine Mission, ja das ganze Privatdetektiv-Spiel, ein wenig langweilte. Die ersten Hinweise auf dem Weg zur Lösung des Falles fielen ihm praktisch zu. Er musste nur etwas grob werden und sein erster Informant sang wie eine Schwalbe. Doch nun fehlte ihm der Schlüssel zum nächsten Schritt. Paul Gram stand vor einer virtuellen Tür und hatte keinen Schimmer, wie er hineinkommen sollte. Sie ließ sich nicht öffnen, sie ließ sich nicht aufbrechen, sie stand ihm im Weg.

Irgendetwas musste er übersehen haben.

Doch bevor er herausfinden konnte, was es war, klopfte der Ressortleiter an die Tür zu Paul Grams Bürozelle. Die ließ sich leicht öffnen, die musste man nicht aufbrechen – und der Ressortleiter war offenbar der Ansicht, er müsse nicht einmal auf eine Aufforderung warten, bevor er hereintrat.

Gedankenschnell klickte Paul Gram auf seine Maus. Das Browsergame verschwand vom Bildschirm. An seiner Stelle erschien die Website der städtischen Verwaltung.

Nicht umsonst stand der Monitor so auf dem Tisch, dass von draußen niemand einen Blick darauf werfen konnte.

»Da ist ja mein Goldjunge«, stellte der Gast fest und blieb auf halbem Weg stehen. »Ich hab' dich heute Morgen in der Konferenz vermisst.«

»Ja, ich hab's nicht rechtzeitig geschafft. Ich musste in die Stadt, recherchieren.«

Die einen nannten es recherchieren, die anderen umdrehen, weiterschlummern, weiterträumen.

Der Ressortleiter nickte. »Gut, gut. Ich hab's heute Morgen schon gesagt, aber dann sage ich's dir eben jetzt noch mal unter vier Augen: Hervorragende Arbeit, mal wieder, vielen Dank!«

Das hinter sich gebracht, kam er doch tiefer in den Raum hinein, nahm Paul Grams Jacke von dessen Garderobenstuhl, ohne sich zu einem »Ich darf doch?« durchzuringen, und ließ sich fallen. Einen Ellenbogen auf die Lehne gestützt, sein Kinn zwischen Daumen und Zeigefinger eingeklemmt, hockte er da und linste auf den Computerbildschirm.

»Hör mal«, sagte er schließlich. »Der Chef hat heute schon einen Anruf aus dem Rathaus bekommen. Anscheinend sind die dort ziemlich nervös. Wir sollen auf dich einwirken. Sie wollen Belege für deine Vorwürfe sehen, damit sie dem nachgehen können. Und solltest du keine vorweisen können, verlangen sie eine Gegendarstellung.«

»Es sind nicht meine Vorwürfe«, nuschelte Paul Gram.

»Was bitte?«

Es war nicht ganz klar, ob ihn sein Ressortleiter einfach nicht verstanden hatte oder ob er eine andere Antwort erwartete.

»Siehst du, das passiert, wenn Menschen meine Artikel nicht richtig lesen. Ich habe nicht behauptet, es gebe Belege für Korruption im Rathaus. Ich habe berichtet, dass entsprechende Vorwürfe kursieren.«

Der Ressortleiter hustete. Es war nicht ganz klar, ob er leicht erkältet war oder sich an der Luft verschluckt hatte.

»Hast du Belege vorliegen oder nicht?«

»Ich habe Belege vorliegen und prüfe sie gerade. Entweder unser guter Bürgermeister hat mächtig Dreck am Stecken, oder jemand gibt sich größte Mühe, es so aussehen zu lassen. Aus Rache oder irgendwelchen politischen Eitelkeiten. So oder so: Die Story bleibt heiß. Und das ist es doch, was du hören willst, oder?«

Der Ressortleiter wurde rosa. Das war seine Version von Erröten. »Wer ist dein Informant?«

»Kann ich dir nicht verraten. Noch nicht. Aber es ist ein ziemlich hohes Tier.«

Der Ressortleiter verharrte für einen Moment regungslos. Dann sprang er auf und klopfte zweimal auf den Tisch. Im Hinausgehen rief er: »Halt mich auf dem Laufenden«.

Es war nicht die einzige Begegnung dieser Art, die Paul Gram an diesem Montag über sich ergehen lassen musste. Nahezu jeder, der ihm auf den Redaktionsfluren begegnete, hielt ihn auf, grinste ihn an, gierte nach Stoff. Nach Informationen.

Auf der Toilette stand der weißhaarige Leiter des Wirtschaftsressorts neben ihm, ohne dass der seinen Gedanken nachhängende Paul Gram es zunächst mitbekam. Die glockenhelle Stimme des Ökonomen bereitete ihm jedes Mal aufs Neue Gänsehaut.

»Sehr interessante Geschichte, die Sie da ausgegraben haben, Herr Kollege Gram. Was meinen Sie, können wir uns beizeiten darüber unterhalten, inwieweit hiesige Unternehmen in die Sache verwickelt sind? Heute Nachmittag zum Beispiel?«

Paul Gram beendete unter der Last des Beobachtetwerdens die maßgebliche Prozedur, deretwegen er am Pissoir stand, ging zum Waschbecken und vertröstete auch diesen Ressortleiter. »Sobald ich sicher bin, inwieweit sie wirklich verwickelt sind, komme ich auf Sie zu.«

Beim Mittagessen in der Kantine, das er am liebsten allein zu sich nahm, gesellten sich der Chef vom Dienst und der stellvertretende Chefredakteur zu ihm. Paul Gram hatte gerade ein Brathähnchen verspeist, das vor seinem Tod in einen wochenlangen Hungerstreik getreten sein musste. Die dazu servierten Pommes waren matschig. Nun freute er sich auf seinen Nachtisch, eine exquisite Auswahl an Schokoriegeln aus der Cafeteria, als die Redaktionsoberen ihm den Genuss verdarben.

»Hallo Herr Gram, wir dürfen uns doch zu Ihnen setzen, nicht?«, fragte der Vizechef und tat es einfach. »Sagen Sie, wann dürfen wir damit rechnen, dass Sie Ihre neueste Story weiterdrehen?«

Selbst seine Hoffnung, nach der Mittagspause würden sich die Nervensägen endlich mit der Zeitung von morgen oder ihren halbprivaten und halbberuflichen Aktivitäten in diversen Social-Media-Kanälen beschäftigen, wurde enttäuscht. Er war gerade an seinen Arbeitsplatz zurückgekehrt, um ein neues Level des Detektivspiels anzugehen, als der Nächste an seine Bürotür klopfte. Wenigstens war es diesmal einer, der den Anstand besaß zu warten, bis Paul Gram ihn hereinbat.

Der Redakteur war nur wenige Jahre älter als er, verfügte aber bereits über eine stattliche Sammlung grauer Haare. Er war zuständig für die kommunalpolitische Berichterstattung, was eine stichhaltige Erklärung für sein vorzeitiges Altern war. Seine Ärmel trug er in der Redaktion stets hochgekrempelt, die obersten beiden Knöpfe seiner Hemden waren immer geöffnet. Kam er vom stillen Örtchen, war es sein Hosenstall mitunter auch. Er war bekannt für seine chronische Zerstreutheit und galt dennoch als begnadeter Mann der Recherche.

»Ich nehme an, wenn du noch ein Lob für deine Geschichte hörst, explodierst du vor Stolz«, sagte er zur Begrüßung.

Paul Gram konnte sich ein Lachen nicht verkneifen. Sein Besucher blieb an der geschlossenen Tür stehen und lehnte sich an, die Hände in die Hüften gestemmt, im Gesicht ein verschwörerisches Lächeln.

»Ich will dich gar nicht lange aufhalten, keine Sorge. Mich würde nur interessieren: Kenne ich deinen Informanten?«

Paul Gram tat so, als würde er nachdenken. »Nein, ich denke nicht.«

»Wer ist es?«

»Meine Lippen sind versiegelt.«

»Ach komm schon. Mir kannst du's doch verraten. Ich könnte dir sicher ein paar nützliche Kontakte herstellen.«

Jetzt imitierte Paul Gram das Lächeln des anderen. »Lass mich noch ein bisschen selber graben. Ich komm' auf dein Angebot zurück.«

Der Kollege schlüpfte scheinbar halbwegs zufrieden wieder aus dem Zimmer. Aber natürlich hatte Paul Gram nicht vor, auf das Angebot zurückzukommen. Denn wenn er bei seiner Story eines nicht gebrauchen konnte, dann war es die Einmischung eines anderen.

Aus gutem Grund.

Zu seinem zehnten Geburtstag hatte Paul Gram von seiner strenggläubigen Tante eine silberne Halskette mit Kreuz geschenkt bekommen. Er hatte sich artig bedankt und sofort beschlossen, dieses Geschenk bei nächster Gelegenheit in einer Schublade seines großen, unordentlichen Elternhauses verschwinden zu lassen.

Als ihn seine Mutter beim Versuch ertappte, das verhasste Präsent für immer zu verlegen, hatte sie gelächelt und seine Hand genommen. »Paulchen, du darfst dieses Kreuz nicht als religiöses Symbol betrachten.« Im Hause

Gram galt Religion generell als verpönt – Religion, nicht Glaube! »Sieh es als Motiv einer Welt, in der jeder Gegenstand das sein kann, was du mit ihm verbinden möchtest.«

Es war nur eine von vielen Lektionen seiner Eltern mit dem Ziel, ihm klarzumachen, dass er sich keinerlei Gesetzen und Gesetzmäßigkeiten unterzuordnen habe, die ihm missfielen, notfalls nicht einmal jenen der Moral, wobei sie ihrer Hoffnung nachdrücklich Ausdruck verliehen, dass er deren Berechtigung einsehe und teile. Aber es war die Lektion, an die er sich am häufigsten erinnerte, weil er das Kreuz noch heute trug. Und immer, wenn ihn jemand darauf ansprach, im Schwimmbad, beim Sport, nach dem Sex, und messerscharf schloss, er müsse besonders gläubig sein, lachte er heimlich über die Naivität der Menschen, stets nach der einfachsten Erklärung zu suchen. Der Erklärung, die ihre Sicht auf die Welt und die Mitmenschen am wenigsten erschütterte.

Als Kind war seine Lieblingsfrage »Wieso?« gewesen. Eine befriedigende Antwort hatte er selten bekommen. In der Schule hatte er sich einen Spaß daraus gemacht, selbstsicher auftretende Lehrer mit hinterlistigen Fragen in Verlegenheit zu bringen. Sie mochten gebildet erscheinen, trugen aber in Wirklichkeit eine gefährliche Ahnungslosigkeit spazieren, waren ganz und gar unreflektiert.

Sein Weg in den Journalismus war da bereits vorgezeichnet gewesen. Und als er bei der Zeitung begann, tat er das im festen Vorsatz, Ignoranz zu bekämpfen und den eindimensional Denkenden die Augen zu öffnen, sich immer auf die Suche nach der tieferen Wahrheit zu begeben, nicht einfach nur das nachzuplappern, was irgendwer irgendwo gewohnheitsgemäß behauptet hatte.

Mit der Zeit jedoch hatte er realisieren müssen, wie töricht diese Mission war. Entsetzt erkannte er, in seine eigene Falle getappt zu sein. Anderen die Augen öffnen zu wollen, war schon allein deswegen erzieherischer Blödsinn, weil jeder, er eingeschlossen, die Welt nur aus seinem eigenen Blickwinkel heraus wahrnahm und sich seine eigene Realität schuf.

Mit dieser Erkenntnis ausgestattet hatte er begonnen, den Begriff der Wahrheit nicht mehr so eng zu sehen.

Zu Beginn veränderte er in seinen Artikeln versuchsweise kleinere, wenig bedeutsame Details. Fiel es auf, weil sich ein Interviewpartner beschwerte, falsch wiedergegeben worden zu sein, gab er zerknirscht zu, Notizen fehlinterpretiert zu haben, und gelobte feierlich, beim nächsten Mal sorgfältiger vorzugehen. Es war ein Austesten, wie weit er gehen konnte, ohne entlarvt zu werden, und worauf er zu achten hatte.

Seine erste völlig frei erfundene Geschichte war das Porträt eines anonymisierten Alkoholikers, der reich genug war, um sich auf dem Schwarzmarkt eine neue Leber aus Osteuropa zu kaufen, und diesen Akt vehement verteidigte, ohne Gewissensbisse ob der Herkunft des Organs. Auf dem mitgedruckten Foto war der Mann selbstverständlich nicht zu erkennen. Paul Gram hatte den Schnapsschuss eines Fremden aus dem Sommerurlaub benutzt, zum ersten und nicht zum letzten Mal.

Manchmal sollten seine Geschichten Hoffnung schenken, manchmal säte er Hass. Angst funktionierte am besten, wie bei seinem letzten großen Skandal, als er zunächst exklusiv über kontaminiertes Trinkwasser berichtete – nachdem er die Kontamination mit Unterstützung eines Mitarbeiters der städtischen Wasserwerke selbst herbeigeführt hatte. Jenen Mitarbeiter ernannte er im Gegenzug zum Helden, weil es seinem Instinkt und Einsatz zu verdanken war, dass für die Bevölkerung nie eine ernsthafte

Gefährdungslage bestanden hatte – eine Tatsache, die ihm natürlich von Anfang an klar gewesen war, mit der er seine Leser aber erst nach ein paar Tagen und infolge einer groß angelegten Analyse weiterer Proben beruhigen konnte.

Der von ihm und längst auch anderen Medien aufgegriffene wütende Ruf nach personellen Konsequenzen für die potenziell hochgefährliche Panne zeitigte rasch ein Opfer. Der Chef der Behörde, hinreichend bekannt für seinen autoritären Führungsstil, musste seinen Posten räumen, da sich etliche Schlampereien der Mitarbeiter als zumindest indirekte Folge des von ihm geschaffenen ungesunden Arbeitsklimas erklären ließen.

Paul Grams informeller Mitarbeiter war längst nicht der einzige, der die einmalige Gelegenheit gewittert hatte, den ungeliebten Chef loszuwerden.

Ähnlich geartet war die Situation nun bei dem schmierigen Karrieristen von Bürgermeister. Von dem war in eingeweihten Kreisen bekannt, dass er sich seinen Posten mit windigen Hinterzimmervereinbarungen erkauft hatte. Einen Posten, durch den er sich nun in die Lage versetzt fühlte, bei Stadtfesten oder Kulturveranstaltungen wie ein Gockel aufzulaufen. Und als wäre das nicht schon widerwärtig genug, kam die Sache mit seiner Affäre hinzu.

Paul Gram hatte sich vorgenommen, das Ekelpaket zu Fall zu bringen, oder ihn wenigstens nachhaltig zu beschädigen. Er wusste nicht, wie sich die Sache weiterentwickeln würde, das wusste er anfangs nie genau, wenn er eine Geschichte erfand.

Aber er war noch lange nicht am Ende seiner Kreativität angelangt.

Als die Schulterklopfer und Neugierigen auch einige Zeit später nicht aufgehört hatten, seine Ermittlungsarbeit zu stören, beschloss er, sie für diesen Tag zu beenden und sein Tagwerk woandershin zu verlagern.

»Na, triffst du dich mit deinem Informanten?«, fragte der Kommunalpolitik-Redakteur, als Paul Gram ihm bei seiner Flucht aus dem Pressehaus begegnete.

Er blieb kurz stehen, hob einen Zeigefinger an die Lippen und machte »Psst!«

Dann fuhr er ins Kino. Wenig half mehr beim Entspannen als eine Nachmittagsvorstellung.

Der Film, ein herrlich sinnfreier Actionstreifen, endete um viertel nach sechs. Just zu dem Zeitpunkt also, an dem sich die Lokalredaktion versammelte, um gemeinsam die Seiten des ersten Andrucks zu begutachten.

Er würde es dummerweise verpassen. Es war ein Jammer.

Paul Gram stieg in eine Straßenbahn, die ihn nach Hause bringen sollte. Sie war zu voll, um einen Sitzplatz ergattern zu können, und der Fahrer schien entweder ein Anfänger zu sein oder sich einen Spaß daraus zu machen, die stehenden Fahrgäste durch ruckartiges Bremsen und Wiederanfahren zum Schaukeln zu bringen. Neben Paul Gram aß ein Teenie-Girl mit lilafarbenen Haaren einen heftig duftenden Döner und kurbelte sein Hungergefühl an.

Der Fahrer bremste erneut überraschend und das Mädchen wankte. Es fiel zwar nicht, ließ aber Joghurtsauce auf Paul Grams Sneakers tropfen.

»Sorry«, fiepste die Übeltäterin.

Da ertönte ein Handy, dessen Klingelton Tote aufgeweckt hätte, nur den Besitzer nicht – einen älteren Herrn, der neben der Tür saß und sich mit beiden Händen an seinem Stock festhielt, bis er schließlich doch bemerkte, dass da seine Aufmerksamkeit verlangt war.

»Hallo«, brüllte er in den Hörer, und dann, immerhin: »Ja, hallo. Ich bin gerade in der Straßenbahn, es ist etwas ungeschickt … In der Straßenbahn, ja … Ich ruf' dich später an, in Ordnung?«

Paul Gram wollte sich seine Laune nicht verderben lassen. Also lächelte er alles weg – und entdeckte, beim Umblicken von einem Miesepeter zum nächsten, einen Mann, der offensichtlich so etwas wie ein Bruder im Geiste war. Auch er lächelte, wenngleich etwas gezwungen, denn um ihn herum hatten sich, wie Paul Gram im nächsten Moment feststellte, drei Jugendliche positioniert. Ein zappelnder Wicht, von oben bis unten in einem leuchtenden Weiß gekleidet, um den Hals eine Goldkette, beugte sich vor und redete auf den Mann ein, der aber nicht antwortete, stattdessen zu Boden stierte. Daneben stand ein permanent giggelnder Lulatsch mit tief unter der Hüfte hängender Hose, Kapuzenpullover und völlig überflüssiger Sonnenbrille. Dem Mann gegenüber saß ein Muskelprotz im Basketball-Shirt, der erst lange völlig bewegungslos blieb, um dann ganz plötzlich nach vorne zu zucken und mit tiefer Stimme loszulachen, weil der Mann vor ihm erschauderte.

Paul Gram beobachtete das aus sicherer Entfernung – die Szenerie genauso wie die Tatsache, dass jeder andere Fahrgast demonstrativ wegschaute.

Am Hauptbahnhof erhob sich der Mann und schlängelte sich an den Jugendlichen vorbei in Richtung Ausgang. Das Trio nickte sich kurz zu und stand ebenfalls auf. Paul Gram hätte eigentlich noch einige Stationen weiterfahren müssen, verließ die Bahn aber trotzdem. Er witterte eine Story.

Ja, manchmal schrieb er auch über wahre Begebenheiten. Und Geschichten über feige Zivilcourageverweigerer und pöbelnde Jugendliche liefen immer.

Das Schlechte, das Böse, das Widerwärtige faszinierte einfach.

Kapitel sieben

Von Zeit zu Zeit träumte Konstantin von Kornweg, er besäße die Fähigkeit, sich unsichtbar zu machen. Jedes Mal, wenn er aus diesem Traum erwachte, spürte er sein Herz klopfen, wenige Sekunden nur, bis er erkannte, dass er sich in seinem Bett befand, wo niemand war, der ihn hätte sehen oder nicht sehen können. Dass er aber bald wieder hinaus in die Welt musste, wo man ihn sah. Stets aufs Neue fühlte er sich in diesem Moment gewaltvoll in die Laken gedrückt, als sei er nicht nur nicht unsichtbar, sondern auch gelähmt. Komplett.

Unsichtbar zu sein, ein kleines Rädchen im Zahnrad des Lebens, das akkurat seine Arbeit verrichtete, ohne auf- oder auszufallen, das ein Dasein ohne markante Höhe- und Tiefpunkte fristete, war früher, vor dem Schlaganfall, sein größter Albtraum gewesen. Konstantin von Kornweg war in der Überzeugung aufgewachsen, zum Gestalter geboren zu sein, nicht zum Befehlsempfänger. Hatte er sich früher seine Zukunft ausgemalt, war eine Vision entstanden, in der die Menschen ihn, den erfolgreichen Unternehmer und Lebemann, um Rat ersuchten, ihn nach dem Geheimnis seines Erfolgs fragten, bewundernd zu ihm aufsahen. Konfrontationen war er nicht aus dem Weg gegangen, er hatte sie sogar offensiv gesucht. Inzwischen galten ihm die ständigen Blicke anderer als Albtraum.

Vor einiger Zeit hatte er es einmal mit einer Glatze versucht, inspiriert vom Wirt seiner Kneipe und getragen von der Hoffnung, Glatzen flößten anderen per se Respekt ein, er müsse also seltener mit aggressiven Reaktionen von Menschen rechnen, die sich von seinem Lächeln angegriffen fühlten. Doch eine Glatze allein kompensierte eben nicht, dass ihm fünfzehn Zentimeter Oberarmumfang oder sechzig Kilogramm Körpergewicht fehlten. Der rasierte Schädel hatte genauso wenig geholfen wie der Schnurrbart, den er sich hatte wachsen lassen und noch immer trug, eine Rotzbremse, die von erstaunlicher Dimension war, sein Dauerlächeln aber dennoch nicht verbarg. Nun wuchsen die Haare auf seinem Kopf nicht mehr richtig nach, sprossen eher erbärmlich hervor. Frisur konnte man das, was da wucherte, nicht nennen. Im Sommer, seiner liebsten Jahreszeit, halfen ihm Sonnenbrillen, den Augenkontakten anderer auszuweichen. Aber der Sommer war seit einigen Wochen vorüber, auch wenn das dem kichernden Spargeltarzan drei Meter weiter offenbar noch niemand verraten hatte.

Konstantin von Kornweg saß in einer überfüllten Feierabendstraßenbahn und bereute es zutiefst, wieder diesen Weg aus dem Büro in die Stadt gewählt und nicht etwa seine Sekretärin gebeten zu haben, ihn mitzunehmen – manchmal würde es sich eben doch auszahlen, um Hilfe zu bitten.

Hätte er es getan, wäre ihm die unangenehme Begegnung mit drei Halbstarken erspart geblieben, die auf Ärger aus waren, auch wenn sie das zu dem Zeitpunkt selbst noch nicht wussten. Das passierte oft plötzlich, überkam den einen und steckte die anderen an. Konstantin von Kornweg passte haargenau in ihr Beuteschema. Die Steilvorlage seines Dauerlächelns hätte es gar nicht gebraucht, sie verstärkte den Effekt zwar, aber es reichte schon, dass er ein schwächlicher Mensch war.

Und so tat er gut daran, sich instinktiv sofort in den Roman seiner Sekretärin zu vertiefen, als sich zwei der Jugendlichen auf die eben frei gewordenen Plätze in seiner direkten Nachbarschaft hockten, während der dritte, jener Spargeltarzan, sich neben ihm im Gang positionierte.

Allein: Zu tun, als würde er lesen, half ihm nichts.

Es dauerte nicht lange, bis sie ihn fragten, warum er so debil grinse. Konstantin von Kornweg antwortete nicht und versuchte sie zu ignorieren. Er wollte ihnen keinerlei Legitimation geben.

Und tat es just damit.

Der Angstschweiß lief ihm den Rücken hinunter, als der Kleinste mit Worten auf ihn einredete, die nicht in sein Ohr drangen, weil er gleichzeitig wie hypnotisiert dem kaugummischmatzenden Muskelpaket ihm gegenüber in die Augen starrte – bis der ruckartig vorzuckte und ihn zu Tode erschreckte.

Als er am Hauptbahnhof ausstieg und hörte, dass sie hinter ihm herliefen – hörte, nicht sah, denn natürlich drehte er sich nicht um –, stand er mit seiner Hoffnung, sie würden schon irgendwann abdrehen, um Alkohol trinken zu gehen oder das zu tun, was auch immer diese Jugendlichen heutzutage taten, bereits auf verlorenem Posten. Er lief in eine Seitengasse und sie folgten ihm. So angespannt er auch lauschte, er bekam nicht mit, wie der komplett in Weiß gekleidete Wicht seinen Kumpanen signalisierte, still zu sein, und sich an Konstantin von Kornweg heranschlich.

Chronisch unzufrieden mit seinem mickrigen Körpermaß nutzte der Junge in Anwesenheit der Freunde jede Gelegenheit zur Kompensation, was sich nun darin manifestierte, dass er seinem Opfer ein Bein stellte und ihm gleichzeitig einen Stoß in den Rücken versetzte.

Für die Übrigen war dies das Zeichen, ebenfalls loszulegen. Der Spargeltarzan trat dem darniederknienden Buchhalter in den Hintern, woraufhin der auf dem Bauch landete und nichts mehr tun konnte, außer seine Hände schützend über den Hinterkopf zu legen und sich zu fragen, wie es dieser Tag schaffte, immer schlimmer zu werden.

Begonnen hatte der vermaledeite Montag mit dem Anruf in der Werkstatt und der Auskunft des ehrlich überraschten Meisters, sein Auto sei selbstverständlich noch nicht repariert.

»Wie stellen Sie sich das denn vor, so mal schnell übers Wochenende?«

Weitergegangen war er mit der Begegnung mit der Chefin. Konstantin von Kornweg hatte seinen Bericht zu den Quartalszahlen finalisiert und den eigenen Richtlinien gemäß zweimal überprüft. An ihrem Zustand hatte sich übers Wochenende genauso wenig verändert wie an jenem seines Autos. Es hatte kein Weg mehr an einem Telefonat mit seiner Schwester vorbeigeführt.

Als er ihr bekundete, dass sie über die finanzielle Lage des Unternehmens zu reden hätten, verstand sie das, wie immer, wie sie es verstehen wollte. Wäre es nach ihm gegangen, hätte ein fernmündlicher Austausch ausgereicht. Sie aber knallte den Hörer ihres Retrotelefons auf die Gabel und kam herbeigefegt.

»Herrgott Konstantin, hier riecht es schon wieder nach altem Mann«, rief sie, riss Vorhänge und Fenster auf und kehrte zur anderen Seite des Tisches zurück.

Er roch nicht, was sie zu riechen vorgab, wehrte sich aber trotzdem nicht.

Sein Büro war nicht gedacht für Audienzen. Er empfing keine Besucher, er arbeitete. Jeder, der die Not verspürte,

Konstantin von Kornweg kontaktieren zu müssen, was selten genug vorkam, wusste das. Der Controller oder die Dame aus der Lohnbuchhaltung beschränkten sich darauf, Nachrichten über seine Sekretärin ausrichten zu lassen. Sie hatten es mit der Zeit aufgegeben, ihn zu besuchen.

Nur seine Schwester kümmerte sich wenig um seinen Wunsch nach Privatsphäre und Abgeschiedenheit. Und natürlich hielt niemand seine Schwester auf, wenn sie vorbeirauschte, auch nicht die Sekretärin, schon gar nicht die Sekretärin, einst eine Institution im Unternehmen. Konstantin von Kornweg konnte sich noch gut daran erinnern, als Kleinkind von ihr Schokoladentäfelchen und Bonbons zugesteckt bekommen zu haben, wenn er den Vater besuchte, für den sie mit Anfang zwanzig begonnen hatte zu arbeiten.

Auch für seine Schwester hatte sie gearbeitet, allerdings nur kurz, vor ihrer Degradierung. Seitdem war sie seine loyale Blitzableiterin.

Konstantin von Kornwegs Schwester war etwas kleiner als er, wobei er das Gefühl hatte, sie näherten sich einander immer mehr an. Nicht, weil sie noch immer wuchs, sondern weil er seinem Gefühl nach schrumpfte. Als er seinen Arzt fragte, ob dies auch eine Spätfolge des Schlaganfalls sein könne, antwortete der sehr resolut.

»Herr von Kornweg, Sie bilden sich das alles nur ein.«

Auch die grauen Augen der Geschwister ähnelten sich, ihre waren etwas heller und deutlich wacher. Ihr dunkles Haar trug sie schulterlang, die mehr und mehr zutage tretenden Falten im Gesicht kaschierte sie bis dato erfolgreich.

Alles in allem war trotzdem nicht mehr zu erkennen, dass es sich bei den beiden um Zwillinge handelte.

»Du wolltest mit mir reden?« Seine Schwester schlug die Beine übereinander und strich das Kostüm über ihren Knien glatt.

»Ja, ich habe mir wie gesagt die Zahlen für das vergangene Quartal angeschaut. Sie sind besorgniserregend«, antwortete er mit leiser Stimme.

»Hast du auch was Neues für mich? Irgendeine Information, die mich weiterbringt? Die *uns* weiterbringt?«

Würde Konstantin von Kornweg es nicht sowieso permanent tun, er hätte seine Schwester angelächelt. »Ich kann die Zahlen durchrechnen, wie ich will. Sie werden nicht besser. Und wenn nicht bald etwas ...«

Seine Schwester hatte die Angewohnheit, Unangenehmes im Keim zu ersticken. »Ich kenne die Lage«, sagte sie und wischte mit einer Hand durch die Luft.

»Wenn wir diesen Auftrag nicht verloren hätten ...«

»Fang nicht wieder damit an.«

Er gab ja zu, seine Schwester um ihre Aufgabe nicht zu beneiden. Wenn in seinem Leben alles nach Plan gelaufen wäre, säße er jetzt an ihrer Stelle und womöglich genauso in der Patsche. Denn natürlich war Konstantin von Kornweg und nicht sie – die um ein paar Minuten Ältere, das Mädchen – als Stammhalter eingeplant gewesen. Ihr Vater hatte keine Gelegenheit ausgelassen, seine Tochter spüren zu lassen, dass sie in seinen Augen nur halb so viel wert sei. Und die Ungleichbehandlung hatte sich früh auf das Verhältnis der Geschwister ausgewirkt. Konstantin von Kornweg hatte in ihrer Jugend immer das Gefühl gehabt, sie beschützen zu müssen. Er nannte sie Schwesterherz, sie ihn bei seinem Namen. Einmal brach er ihrem Ex-Freund nach einer abfälligen Äußerung in aller Öffentlichkeit und vor ihren Augen die Nase.

Sie revanchierte sich mit einer Backpfeife für den Bruder, die sich gewaschen hatte – und riet dem am Boden liegenden Ex im nächsten Atemzug, bloß liegenzubleiben, wenn er nicht noch mehr Schmerzen erfahren wolle.

Das Abitur meisterte sie mit einem Schnitt von 1,2. Konstantin von Kornweg war noch zwei Zehntel besser.

Was auch immer er tat, sie machte das Gegenteil. Mit ihrem Schulabschluss in der Tasche verschwand sie per One-Way-Ticket nach Thailand, »ein paar Monate entspannen«, wie sie erklärte.

Es wurden zwei Jahre daraus.

Erst sein Schlaganfall änderte alles. Während er in der Reha weilte, traf sie eine Vereinbarung mit dem Vater, der versprach, ihr Psychologie-Studium zu finanzieren und sie es zu Ende führen zu lassen, wenn sie im Gegenzug im Familienunternehmen für Gummitechnik mitarbeitete. Als Konstantin von Kornweg zurückkam, hatte sie seinen Job.

»Du verstehst das doch«, sagte sein Vater und bemühte sich gar nicht erst um weitere Erklärungen.

Vier Jahre später war er tot, ein Schlaganfall, nicht auf dem Squash-Court, sondern am Schreibtisch, wie schon sein eigener Vater, den die Kinder nie kennengelernt hatten. Und aus der Tochter, die anfangs nur halb so viel wert gewesen war, wurde die Chefin, eine Rolle, in die sie rasch hineinwuchs. Heute war sie verheiratet mit einem Arzt, den sie davon überzeugt hatte, ihren Namen anzunehmen. Die Ehe war kinderlos, aber für Nachwuchs blieb ohnehin keinem der beiden Zeit. Als zweiten vertretungsberechtigten Geschäftsführer hatte sie einen Mann von der Konkurrenz abgeworben, weil sie ihrem Bruder den Platz neben ihr nicht zutraute – eine Einschätzung, der sich Konstantin von Kornweg ungefragt anschloss. Er bekam den Posten des Buchhalters und sie ließ ihn für wenig Miete in der Einliegerwohnung ihres Hauses wohnen. Seinen Lebensstil und seine Lethargie wurde sie nicht müde zu kritisieren, doch das ließ er duldsam über sich ergehen.

»Kannst du die Banken noch ein wenig vertrösten?«

»Sicher, wir haben noch etwas Kredit. Aber wir müssen eine Kehrtwende schaffen. Sonst ...«

»Ja, ja, ich weiß. Ich arbeite an einer Lösung.«

Nachdem sie ihn verlassen hatte, saß er minutenlang da und starrte ins Leere. Er vergaß sogar, die Fenster und die Vorhänge wieder zuzumachen, dachte daran, was er an ihrer Stelle tun würde, dachte daran, wie es früher gewesen wäre, vor seinem Schlaganfall. Auf seinem Aktenschrank stand ein altes Foto der Zwillinge, aufgenommen auf dem Abschlussball. Sie hatte sich seitdem nur marginal verändert, sich erkannte er kaum wieder.

Er fragte sich: Bin das wirklich ich? War ich es jemals?

Und als er einige Stunden später auf der Straße kauerte, mit Fußtritten bedacht, sich nicht wehrte, nur hoffte, dass seine Angreifer bald das Interesse an ihm verlieren würden, fühlte er sich weiter denn je von seinem früheren Ich entfernt.

Da hörte er einen Pfiff, laut und durchdringend, hörte einen Ruf, verstand zunächst nicht, was das bedeutete, rührte sich auch nicht, als sie von ihm abließen, als er sie weglaufen hörte, letzte Schimpfworte, ein finales Spuckgeräusch. Er drehte sich erst um, als ihm jemand sachte eine Hand auf die Schulter legte.

»Alles in Ordnung«, sagte der Jemand, »es ist vorbei.«

Der Jemand war Paul Gram. Der Journalist hatte die Verfolger seit der Straßenbahnhaltestelle verfolgt, erst abwartend, dann angriffslustig, je klarer ihm wurde, dass die Situation die befürchtete Entwicklung nahm.

Mochten alle anderen diesen armen Kerl im Stich lassen, er würde es nicht tun – und wenn dadurch eine Geschichte für ihn heraussprang, umso besser.

Fieberhaft hatte er überlegt, wie er die Raufbolde am besten stoppte, hatte sich gefragt, wo ein Baseballschläger war, wenn man mal einen brauchte.

Es half nichts. Ihm war klar, dass er Hilfe benötigen würde.

An einer Imbissbude unweit des Tatorts sprach er zwei Mittzwanziger an, deren Statur ihm geeignet schien. Er bat sie, ihm kurz beizustehen, die Sache dort aufzulösen und nickte mit dem Kopf in Richtung der einseitigen Schlägerei, für die sich zwar durchaus andere zu interessieren schienen – eine Ladenbesitzerin stand rauchend in ihrer Tür, zwei Jugendliche filmten die Szenerie aus sicherer Entfernung mit ihrem Handy –, doch niemand ernsthaft dafür, sie zu beenden. Ein älterer Mann rief zwar: »Aufhören, ihr Bengel«, vermochte aber nichts auszurichten.

Paul Grams Wunschkomplizen schauten kurz ihn, dann einander an und folgten ihm. Der Journalist steckte sich Daumen und Zeigefinger in den Mund und ließ einen Pfiff hören, der ihn mit sofortigem Stolz erfüllte.

»Jungs«, rief er. »Wir haben hier jetzt zwei Optionen. Entweder ihr trollt euch ganz fix oder ihr nehmt es mit Gegnern eines anderen Kalibers auf.«

Die drei Halbstarken waren zwar alles andere als brillante Köpfe, aber intelligent genug, um ihre Chancen korrekt einzuschätzen. Sie wählten Törchen A.

»Danke, das war einfacher als gedacht«, sagte Paul Gram zu seinen schmunzelnden Helfern. Dann lief er zu Konstantin von Kornweg.

»Alles in Ordnung, es ist vorbei.«

Und so begegnen sich also der Schmierfink und der Lächler das erste Mal. Weil Paul Gram, man muss ihm das zugestehen, tief in seinem Herzen ein Verfechter der

Gerechtigkeit ist, der Menschen dafür verachtet, wenn sie andere niedermachen, um sich über sie zu erheben – und sei es nur, weil sie ihr eigenes erbärmliches Dasein für einen Moment vergessen wollen.

Sag, welche Haltung hast du ihm gegenüber? War er dir bislang sympathisch? Ist er es jetzt?

Konstantin von Kornweg jedenfalls ist ihm dankbar, aber er fühlt sich ihm zu nichts verpflichtet. Am liebsten wäre es ihm, wenn beide, sein Retter und er, ohne Verzögerung wieder getrennte Wege gehen würden. Wenn er tut, was er gleich tun wird, so liegt das einzig und allein daran, dass er so kurz nach dem Angriff nicht im Vollbesitz seiner körperlichen und noch weniger seiner geistigen Kräfte ist.

In einem solchen Zustand Entscheidungen zu treffen, kann ja nicht ohne Folgen bleiben.

Paul Gram half dem Häuflein Elend vor sich auf die Beine, sah zu, wie der Gepeinigte sich den Straßendreck und die Furcht abklopfte, und schlug vor, auf diesen Schock erst mal einen zu trinken.

Er sah den Mann vor sich nicken. Die Kopfbewegung ging fließend in eine andere über. Folgen Sie mir, so verstand es der Journalist.

Die Kneipe, die Paul Gram wenig später betrat, lag nur zwei Querstraßen weiter. Der Journalist betrachtete den Keller mit einer Mischung aus Faszination und Abscheu. Das, was ihm in die Nase kroch, hätte er in einer Reportage als Geruch nach Schweiß und Versagen beschrieben. Der Wirt sah aus wie ein Ex-Knacki, an der Bar saß ein Alkoholiker mit weißem Hut und verquollenen Augen, und aus den Lautsprechern dröhnte Hardrock, unterbrochen von einer Moderatorenstimme, die, wenn er sich nicht sehr täuschte – und er täuschte sich nicht –, Finnisch sprach. Das war schon ein ziemliches Loch, in das ihn der feine Herr mitnahm.

Es machte die Sache nur interessanter.

Sie setzten sich ans äußerste Ende der Bar und Paul Gram sah, wie sein Begleiter dem Wirt ein Zeichen gab, der gruß- und kommentarlos zwei Kurze und zwei große Biere hinzauberte. Der Schnaps schmeckte wie Hustensaft, allerdings nicht wie der gute süße, von dem er als Kind manchmal heimlich genascht hatte, sogar wenn er nicht erkältet gewesen war.

Zeit für die Verbrüderung, dachte er, hob seinem Nebenmann das Bierglas hin und sagte: »Ich bin Paul. Paul Gram. Scheißanlass, um sich kennenzulernen, aber es freut mich trotzdem.«

Der Nebenmann zögerte. Dann murmelte er: »Andreas Bertram«, und stieß halbherzig an.

Andreas Bertram, das war Konstantin von Kornwegs früherer Squash-Trainer.

»Also Andreas, was hat es mit deiner Gesichtslähmung auf sich?«

Der Buchhalter ließ seinen Kopf in Richtung des Retters schnellen. »Woher wissen Sie …?«

»Ins Blaue hinein geraten«, antwortete Paul Gram und begann zu bohren, mit der Raffinesse des Fragenstellers, der es gewohnt war, etwas herauszubekommen, wenn er sich ein wenig anstrengte, wenn er ein wenig einfühlsam war. Je mehr Details er über den armen Tropf daneben erfuhr, desto höher schlug das Herz des Journalisten.

»Hör mal, erschrick jetzt nicht und lass mich ausreden. Du musst mich diese Geschichte erzählen lassen. Ich arbeite nämlich bei der Zeitung.«

Konstantin von Kornweg erschrak sichtlich.

»Warte Andreas, ganz ruhig. Ich verspreche dir, ich werde nichts schreiben, was du nicht über dich lesen möchtest. Du darfst den Text sogar lesen, bevor er erscheint.«

Konstantin von Kornweg schüttelte den Kopf.

»Denk doch mal drüber nach. Deine Geschichte wird die Leser zu Tränen rühren. Du wärst mit einem Schlag berühmt. Die Menschen würden dir ganz anders begegnen. Und vielleicht könnten wir eine Spendenaktion initiieren, um dir deine Operation zu finanzieren.«

Konstantin von Kornweg schaute still nach vorne, dorthin, wo bis eben der Wirt gestanden und Gläser gespült hatte, betont betulich, wie Paul Gram natürlich aufgefallen war.

»Oder wir klopfen deine Krankenkasse weich. Oder wir finden einen Arzt mit Behandlungsmethoden, von denen du noch nichts weißt.«

Konstantin von Kornweg nickte. »Bitte lassen Sie mich ein paar Tage darüber nachdenken.«

»Mehr verlange ich gar nicht von dir«, sagte Paul Gram und legte seine Visitenkarte auf die Theke. »Ruf mich an, wenn du dich entschieden hast.«

Er erkundigte sich nicht nach der Nummer seines möglichen Interviewpartners. Erstens nicht, weil er kaum erwartete, sie zu bekommen. Und zweitens, weil es keine Rolle spielte, ob Andreas Bertram nun auf seinen Vorschlag einging oder nicht.

Er würde die Geschichte erzählen, mit seiner Einwilligung oder ohne sie. Sie war einfach zu gut. Wenn der Mann mit der Gesichtslähmung nicht mitmachte, musste er sich eben etwas einfallen lassen.

Konstantin von Kornweg war erleichtert, als sein Helfer die Kneipe verließ. Er signalisierte dem Wirt, dass er bereit war für die zweite Runde – später als gewohnt, aber er hatte nicht riskieren wollen, dass Paul Gram sich anschloss – und begann, gegen seinen Willen, darüber nachzudenken, ob sein innerer Widerstand gegen die Idee des Journalisten wirklich angebracht war.

Es war nur ein kurzer Moment der Schwäche. Natürlich würde er sich nicht in die Öffentlichkeit zerren lassen.

Eine halbe Stunde später brach er nach Hause auf. Es war höchste Zeit. Chronos brauchte Zuspruch und das eine oder andere Brennnesselblatt.

Dass er verfolgt wurde, bemerkte der Buchhalter nicht.

Kapitel acht

Geduld zählte nicht zu den hervorstechenden Stärken von Sebastian Vogt. Diese Untugend einfach abzustreifen war nicht möglich. Da half auch kein Typenwechsel, kein Schlüpfen in andere Klamotten und Rollen wie die des Ludwig Mayers. Entsprechend schwer nagte an ihm nach etwas mehr als einer Woche bei Liebenich Acoustics das Gefühl, seinem Ziel, Hermann Liebenichs Existenz zu zerstören, keinen Zentimeter nähergekommen zu sein.

Nun war eine Woche wahrlich kein langer Zeitraum, erst recht nicht, wenn man sich vor Augen führte, dass Sebastian Vogt noch einundfünfzig Wochen blieben, bis Ludwig Mayers Vertrag endete. Doch der Alte hatte recht, wenn er sagte, ein Jahr verfliege.

Die Überheblichkeit, mit der er seine Untergebenen an Weisheiten wie dieser teilhaben ließ, war für Sebastian Vogt trotzdem kaum zu ertragen.

Regen klatschte an das Fenster von Ludwig Mayers Büro, seit annähernd drei Stunden ununterbrochen, so lange saß Sebastian Vogt bereits da. Davor hatte der Regen in sein Gesicht und auf seinen Mantel geklatscht, weil es in dem Wind, der da draußen wütete, unvorstellbar war, einen Regenschirm aufzuspannen, geschweige denn, ihn in Position zu halten, ohne dass ihn der Sturm umklappte. Ein Auto besaß Sebastian Vogt nicht mehr, er hatte es verkaufen müssen, um Ludwig Mayers Dokumente zu finanzieren, also musste er nun tagein, tagaus mit der Bahn fahren und zwischen der Endhaltestelle und dem Verwaltungsgebäude noch etwa fünfhundert Meter laufen.

Sebastian Vogt hörte den Sturm nicht, was daran lag, dass Kopfhörer seine Ohren abschirmten. Im Unternehmen war es nicht nur erlaubt, während der Arbeitszeit Musik zu hören, die Mitarbeiter waren sogar angehalten, es zu tun – selbstverständlich mit Produkten aus dem eigenen Haus, deren Sound- und Sprachqualität man bitte bewerten sollte.

Den Sturm zu sehen aber war schlimm genug, weil der Anblick einen anderen verhinderte – den der Frau aus dem Büro gegenüber, ein steter Quell der kurzen Freude zu Arbeitsbeginn in seiner Zeit hier. Ein Anblick, den er an diesem verregneten Dienstag mit einer bedrückenden Wehmut vermisste. Jeden Morgen hatte sie dagestanden und gelächelt, ihn angelächelt, davon war er überzeugt, wen sollte sie auch sonst anlächeln? Sie hatte am Fenster gestanden und hinausgeschaut, hinaus und zu ihm herüber, mit hinter dem Rücken verschränkten Armen. Es wirkte so, als denke sie angestrengt nach, als sei sie auf der Suche nach einem Einfall, der Lösung für ein drängendes Problem. Doch wenn sich ihre Blicke begegneten, dann lächelte sie und schenkte ihm Energie für den Tag und für sein Vorhaben.

Die ersten Tage hatte er nur schüchtern zurückgelächelt, am vergangenen Donnerstag erstmals zaghaft die Hand gehoben, von da an richtig gewinkt. Sie hatte zwar nicht zurückgewinkt, aber das war gar nicht nötig. Ihr Lächeln hatte genügt.

Und heute war sie nicht da gewesen, hatte nicht hinausgeschaut, weil dort nichts zu finden war, auch keine Einfälle. Von Minute zu Minute sank Sebastian Vogts Laune tiefer in den Keller.

Der zweite Grund für seine schlechte Stimmung war die Aufgabe, mit der ihn die Pressesprecherin bedacht hatte. Er sollte eine Pressemitteilung zum Start einer neuen Modell-Generation des Verkaufsschlagers von Liebenich Acoustics texten. Und er steckte in einem verdammten Loch. Ihm fiel einfach nichts dazu ein. Nicht nur, dass er sich fragte, ob potenzielle Kunden wirklich so verblödet waren, ihnen leere Schlagworte wie »verbesserte Klangqualität« und »noch satterer Bass« abzunehmen und sich nicht fragen mussten, ob sie schlichtweg für ein lediglich leicht modifiziertes Design und eine neue Zahl hinter dem Produktnamen blechten. Nein, das allein war es nicht. Er hatte eine handfeste Schreibblockade.

»Denken Sie immer daran, was Sie über unser Produkt gern in der Zeitung oder in Fachmagazinen lesen wollen würden«, hatte ihm die Pressesprecherin geraten. »Sie machen das doch nicht zum ersten Mal.«

Dummerweise traf das nur auf Ludwig Mayer zu, den Mann mit dem beeindruckenden, aber leider gefälschten Lebenslauf. Sebastian Vogt machte es zum ersten Mal. Und zu lesen – egal ob nun Fachmagazine, Zeitungen oder gar Bücher – hielt er für komplette Zeitvergeudung. Er wollte nicht lesen, woher sollte er also wissen, was er lesen wollen sollte?

Wenn man zurückblickte auf sein bisheriges Leben und sich fragte, wann es die entscheidende falsche Abfahrt genommen hatte, fiel einem die Antwort schwer. Sebastian Vogt war längst davon überzeugt, nie auf der richtigen Straße gewesen zu sein. Demnach hatte er auch nie eine falsche Abfahrt genommen, sondern war einfach nur dem Weg vor seiner Hakennase gefolgt.

Diese Sichtweise war natürlich ein wenig zu simpel. Wohl aber hatte es in seiner Vergangenheit so manchen

Menschen gegeben, der nicht daran geglaubt hatte, aus ihm könne etwas werden. Echte Vorbilder, an denen er sich hätte festhalten und hinaufhangeln können, hatten ihm gefehlt – die wenigen verfügbaren potenziellen Vorbilder hatte er immer ätzend spießig gefunden.

Als ihm seine überforderte Klassenlehrerin in der sechsten Klasse in einem schwachen Moment entgegengeschleudert hatte, er werde es sicher nie zu etwas bringen, weil ihm Intelligenz und Format fehlten, war er zunächst gewillt gewesen, ihr das Gegenteil zu beweisen. Doch je angestrengter er das versucht hatte und je häufiger er an Grenzen gestoßen war, mal an seine eigenen, mal an die, die andere für ihn aufgebaut hatten, desto mehr hatte er begonnen ihr zu glauben.

Die Klassenlehrerin hatte den Ausspruch nach wenigen Wochen verdrängt, er vergaß ihn nie. Doch irgendwann war es einfach bequemer gewesen, mit dem Strom zu schwimmen, den Status zu akzeptieren, den sowieso alle für ihn abgespeichert hatten, den Provokationen nicht mehr aus dem Weg zu gehen, sondern reinzuschlagen, wenn es nötig war. Und ab und zu auch dann, wenn es nicht unbedingt nötig, aber reinigend war, die passende Gelegenheit zum richtigen Zeitpunkt, eine Chance, Dampf abzulassen. Auf schmerzhafte Kosten anderer zwar, aber die hatten es auch irgendwie nicht anders verdient, meistens jedenfalls.

Von desillusionierten Lehrern war wenig zu lernen, von anpassungsfähigen, älteren Kameraden schon, nur eben nicht gerade Gutes. Als Sebastian Vogt mit siebzehn Prüfungsunterlagen klaute, um auf unkonventionellem Weg zu dem Realschulabschluss zu kommen, der ein Ausweg hätte sein können, flog er auf, weil ihn ein feindlich gesinnter Mitschüler verpfiff. Sebastian Vogt hatte den knabenhaften

Hänfling einmal zu häufig vermöbelt. Und der überführte Betrüger, den nun alle umso mehr für einen Versager hielten, fand sich draußen wieder – kurz vor dem Ziel, das er, Ironie des Schicksals, womöglich auch auf ehrlichem Weg erreicht hätte, wenn auch nur mit höchster Mühe.

Doch sie schoben ihn nicht nur raus und knallten die Tür hinter ihm zu, sie schlossen sie auch ab.

Sein Schulleiter war nicht mehr bereit, einen weiteren Exzess seines schwärzesten Schafes zu akzeptieren, war sogar der Ansicht, eine kleine gesellschaftliche Auszeit täte dem ewigen Rabauken gut, den selbst ein bereits vollzogener Jugendarrest nicht in die Spur zurückgebracht hatte.

Sebastian Vogt geriet an einen Staatsanwalt und einen Richter, die sich angesichts seiner Akte dieser Meinung anschlossen und entschieden, ein Exempel an ihm zu statuieren. Es war nicht hilfreich, dass er dieser Akte vor lauter Frust einen weiteren Eintrag hinzufügte, indem er die Petze so richtig verdrosch – vor allem, da die Memme meinte, sich im Krankenhaus behandeln lassen zu müssen. Das Einzige aber, das er aus seiner folgenden Zeit im Knast mitnahm, war die folgenschwere Bekanntschaft zu zwei Gleichgesinnten und ein Tattoo mit den Worten *Get rich or die trying*, das er sich auf den Bauch fräsen ließ.

Um ein Haar hätte er die zweite Option bei einem gehörig missglückten gemeinschaftlichen Überfall auf einen Geldtransporter auch prompt umgesetzt.

Sebastian Vogts nächste gesellschaftliche Auszeit betrug fünf Jahre, und er entfaltete währenddessen jenen Hass, der ihm die Kraft für den Plan zur Rache an der ungerechten Welt gab – der Welt im Gesamten und dem Mann im Speziellen, der für ihn zum Symbol für all das wurde, was schieflief, in seinem Leben und generell: Hermann Liebenich.

Richtig ausgereift war sein Rachefeldzug nicht, das gab Sebastian Vogt unumwunden zu. So etwas brauchte nicht nur Zeit zur Planung – von der hatte er im Knast genug gehabt –, sondern auch intime Einblicke. Und um die zu bekommen, hatte er erst Ludwig Mayer erfinden und in Position bringen müssen.

Nun galt es, den zweiten Teil des Vorhabens anzugehen.

Am einfachsten wäre es, etwas zu finden, mit dem er sofort an die Öffentlichkeit gehen konnte, am liebsten an die Boulevardpresse, ein Vergehen des Alten oder von irgendjemand anderem in der Firma, für das Hermann Liebenich die Verantwortung würde übernehmen müssen. Es musste etwas geben. Menschen wie Hermann Liebenich bauten ihr Imperium nicht allein mit Glück und Verstand auf, sie hatten alle Dreck am Stecken. Er war auf den Dreck nur deswegen noch nicht gestoßen, weil er, das musste er sich immer wieder vor Augen führen, Liebenich Acoustics ja erst seit etwas mehr als einer Woche infiltriert hatte.

»Gibt es irgendeinen Grund, warum die Presse aktuell von sich aus bei uns anrufen sollte?«, hatte er die Pressesprecherin bei ihrem Mittagessen am ersten Tag unschuldig gefragt, was sie nach kurzem Nachdenken verneinte – ein Nachdenken, für das er zweierlei Erklärungen fand. Die erste war, dass sie erst nachdenken musste, ob es etwas gab. Die zweite, dass sie erst nachdenken musste, ob sie ihn einweihen sollte.

Dass sie ganz im Gegenteil kurz überlegte, warum der Neue eine solch seltsame Frage stellte, kam ihm nicht in den Sinn.

Es musste etwas geben, und er war gewillt, es zu finden.

Doch selbst für den Fall seines Scheiterns, wenn er also nach ein paar Monaten noch immer nichts über die dunklen Machenschaften von Hermann Liebenich herausgefunden haben sollte, würde er nicht verlieren. Ihm blieb immer noch der langfristig angelegte Plan B, den er, sicher ist sicher, parallel bereits vorbereitete, mit einer ausgesetzten Saat, die er dann nur noch zu ernten bräuchte – falls er sie denn bräuchte.

Egal wie zufrieden die Mitarbeiter von Liebenich Acoustics waren, irgendwas lag immer im Argen. Geschickt aufgegriffen und angereichert mit dem einen oder anderen bösen Gerücht, ließ sich Unzufriedenheit wunderbar streuen.

Mit einem Kollegen aus dem Marketing hatte Ludwig Mayer schon eine strategische Freundschaft geschlossen, obwohl Sebastian Vogt nie auf die Idee gekommen wäre, einen Typen als Gleichgesinnten zu akzeptieren, dessen alberne Gesichtsbehaarung und Karohemden ihn schon hinreichend disqualifizierten. Für die gute Sache sprang er über seinen Schatten – und war sogar bereit, sich minutenlange Mittagspausenmonologe über Gin anzuhören.

Sein nächster Angriff sollte den Kollegen aus der Fertigung und der Produktentwicklung gelten. Es gab nur einen kleineren Fertigungsstandort am Unternehmenssitz, die größeren befanden sich in Polen und Rumänien, aber er hatte die Pressesprecherin darum gebeten, am hiesigen Standort einmal für ein paar Tage hineinschnuppern zu dürfen.

»Ich muss doch wissen, wovon ich spreche und schreibe.«

»Ein ungewöhnlicher Vorschlag, aber ich denke, das lässt sich einrichten«, hatte sie geantwortet.

Natürlich musste er bei seinem Ausflug sensibel vorgehen. Nicht auszudenken, wenn die Techniker mutmaßten, er sei ein Spion – also einer für die Geschäftsführung.

Ja, Ludwig Mayer würde tatsächlich Geduld beweisen müssen, wenn er erfolgreich sein wollte. Da konnte Sebastian Vogt so sehr drängeln, wie er wollte.

Vor allem aber musste Ludwig Mayer endlich in die Gänge kommen und diesen Entwurf fertigstellen, den er der Pressesprecherin für den Nachmittag versprochen hatte.

Seine Blockade hing nicht damit zusammen, dass ihm die Worte fehlten. Die Eloquenz lag ihm im Blut, und er vermochte sie auch zu Papier zu bringen, was ihn selbst überraschte, da ihm vor seiner Bewerbung nicht nur das Lesen, sondern auch das Schreiben so fern gelegen hatte wie einem Politiker die Aufrichtigkeit. Nun wollte er gute Arbeit abliefern. Weil das von Ludwig Mayer erwartet wurde. Und weil Sebastian Vogt im tiefsten Inneren nach einem Lob der Pressesprecherin gierte.

Nach einem Lob, das er sich aufrichtig verdient hatte.

Das setzte ihn unter Druck. Die naheliegende Lösung, sich Textbausteine aus dem Internet zusammenzuklauen, schob er weg. Er wollte es selbst schaffen, wenigstens diesmal.

Also zermarterte er sich das Hirn und ärgerte sich über seine Einfallslosigkeit.

Jetzt gibt's was auf die Ohren, hatte er geschrieben und wieder gelöscht.

Und: *Jede Errungenschaft ist ein Ansporn, es noch besser zu machen.*

Und: *Kennen Sie das Gefühl, Ihren Lieblingssänger im Miniaturformat auf Ihren Schultern stehen zu haben und sich darauf zu freuen, gleich ein exklusives Privatkonzert zu bekommen? Nein? Dann gönnen Sie Ihren Sinnen den neuen Kopfhörer aus dem Hause Liebenich Acoustics.*

Er hatte sogar mit dem Wort Orgasmus experimentiert, doch kein Textanfang brachte ihn in Wallung.

So saß er vor einem Bildschirm, auf dem nichts weiter zu sehen war als ein blinkender Längsstrich viel zu weit oben in der linken Ecke.

Als er pünktlich um zwölf aus seinem Büro schlich, um auf Erleuchtung und Inspiration in der Mittagspause zu hoffen, lief er direkt der Pressesprecherin und Hermann Liebenich in die Arme. Sie hatte er in seiner ersten Arbeitswoche die ganze Zeit gesehen, ihn nur ein einziges Mal. Da war Sebastian Vogt morgens die Treppen hinaufgekommen, in Gedanken schon bei der Frau von gegenüber und der Frage, wie er ihr an diesem Tag begegnen sollte, sofern sie erneut am Fenster stünde. Hermann Liebenich hatte ihn bei dieser Begegnung mit einem eisigen Blick bedacht, als frage er sich, was dieser Typ in seiner Firma zu suchen habe, als erinnere er sich nicht, dass sie sich im Vorstellungsgespräch gegenübergesessen hatten.

Oder als erinnere er sich plötzlich ganz genau, als habe er sein falsches Spiel durchschaut, als wisse er, dass er ihm, Sebastian Vogt, nicht trauen durfte.

Die Antwort darauf hatte nur das freundlichste Lächeln sein können, zu dem Ludwig Mayer sich durchzuringen in der Lage war, egal wie sehr es Sebastian Vogt drängte, auf die Toilette zu gehen und sich zu übergeben oder mit den Fäusten auf Sandsäcke oder notfalls Wände einzuschlagen.

Nun aber, bei ihrer zweiten Begegnung, blickte Hermann Liebenich ihn völlig gleichgültig an, was er prompt zum Anlass nahm, es ihm gleichzutun.

»Herr Dr. Liebenich«, grüßte Sebastian Vogt.

»Herr Mayer«, erwiderte Hermann Liebenich.

Als die Pressesprecherin und Sebastian Vogt in Richtung Kantine aufbrachen, kam ihnen ein schwergewichtiger Mann entgegengewankt, der für Sebastian Vogt wie ein deutlich jüngerer Bruder des Bosses aussah.

»Wer war das?«, fragte Sebastian Vogt, der, nach allem, was er bisher außerhalb und innerhalb des Hauses über das Unternehmen recherchiert hatte, davon ausging, dass Hermann Liebenich Einzelkind war.

»Das war Matthias Caspar, der Sohn des Bosses.«

Die Antwort der Pressesprecherin ließ Sebastian Vogts Blut kochen, viel stärker, als es ein Textanfang jemals vermocht hätte.

Noch erregter war er, als er auf Nachfrage erfuhr, was sein Halbbruder beruflich machte.

Kapitel neun

In dem Moment, in dem Sebastian Vogt und Matthias Caspar das erste Mal aneinander vorbeiliefen, war es ziemlich genau sechzehn Stunden her, dass der Privatdetektiv eine folgenschwere Entscheidung getroffen hatte.

Sein Kontaktmann bei der Zeitung, der kommunalpolitische Redakteur, mit dem Matthias Caspar einst zur Schule gegangen war und heute ein Verhältnis des wechselseitigen Gebens und Nehmens pflegte, hatte zwar nichts über Paul Grams Whistleblower herausfinden können, weil der Journalist seinen Informantenschutz offenbar sehr ernst nahm. Er hatte dem Privatdetektiv aber einen Wink gegeben, als Paul Gram die Redaktion am frühen Nachmittag verließ, lange vor Feierabend.

»Los, raus aus deiner Karre und auf zur Straßenbahn. Der trifft sich garantiert mit deinem Mann. Kann eigentlich gar nicht anders sein.«

Also hetzte Matthias Caspar, der auf dem Parkplatz des Pressehauses ausharrte und sich selbstverständlich zuvor ein Bild von den örtlichen Gegebenheiten gemacht hatte, zum Haupteingang des Verlags, um hineinzugehen und sofort zu dem Seiteneingang wieder hinaus, der in Richtung Haltestelle führte.

Von da an war er dem Journalisten gefolgt, erfolgreich unauffällig. Matthias Caspar empfand es als reichlich abgeschmackt, sich mit einem Informanten im Kino zu treffen, aber seine Popcorn verschlingende, Softgetränk schlürfende und immer wieder vergnügt lachende Zielperson traf sich mit niemandem, er blieb allein, wofür Matthias Caspar drei mögliche Gründe einfielen.

Erstens: Der Informant hatte Paul Gram versetzt und der machte das Beste aus der Situation.

Zweitens: Der Informant hatte Paul Gram gewarnt und ihm neue Instruktionen geschickt, weil zwar dem Journalisten die Präsenz des Privatdetektivs entgangen sein mochte, dem aufmerksamen Informanten aber nicht. Leider saß Matthias Caspar zu weit von Paul Gram entfernt, um zu erkennen, ob der zwischendurch auf sein Handy schaute – in einem großen Saal mit lediglich acht belegten Plätzen wäre alles andere zu verdächtig gewesen.

Drittens: Der Informant hatte nie vorgehabt, ins Kino zu kommen, und Paul Gram hatte sich stattdessen einen netten Nachmittag machen wollen – oder besonders clever sein und mögliche Verfolger auf eine falsche Fährte locken.

Doch warum sollte er so paranoid sein und annehmen, es folge ihm jemand?

Vom Kino aus verfolgte Matthias Caspar Paul Gram erneut zu einer Straßenbahnhaltestelle und schließlich in die Bahn, in der bereits Konstantin von Kornweg saß. Matthias Caspar bekam nicht mit, wie Paul Gram Konstantin von Kornweg beobachtete, weil er selbst Paul Gram beobachtete und mit dem Rücken zum Buchhalter saß. Erst als Matthias Caspar die Verfolgung von Paul Gram aufnahm, fiel ihm auf, dass der drei Jugendliche verfolgte, die wiederum einen Mann verfolgten – und ihn kurz darauf attackierten und verdroschen.

Matthias Caspar konnte nicht eingreifen. Zum einen fehlten ihm Mut und Mittel – seine SIG Sauer P225, ein illegal besorgtes Erinnerungsstück an seine alte Dienstwaffe in seiner Zeit als Polizist, lag wie fast immer in seiner Nachttischschublade. Zum anderen, und das war für ihn natürlich eine bequeme Ausrede, durfte er nicht aus dem Schatten treten, musste unauffällig bleiben. Matthias Caspar sah aber mit Interesse, wie Paul Gram dem Opfer half. Und fragte sich: War der Journalist nur zufällig zur rechten Zeit am rechten Ort? Entschied er sich zu einem spontanen Akt der Menschlichkeit gegenüber einem Fremden? Oder kannte er den Mann am Boden?

Vieles deutete darauf hin, dass es so war, vor allem die Vertrautheit, mit der sich beide begegneten, als Paul Gram dem Malträtierten nach der Rettungsaktion vom Asphalt aufhalf, dazu das dankbare Lächeln des eben noch Verdroschenen, schließlich auch die Art und Weise, wie schnell das Duo danach gemeinsam aufbrach.

Matthias Caspar folgte den beiden bis zu einer Kellerkneipe, in der sie verschwanden und vor der er stehenblieb. Niemals bei einer Observation einen Ort betreten, den man nicht kannte, bei dem man nicht wusste, was einen erwartet – das war seine Devise. Er mochte unscheinbar sein, aber den wenigsten Menschen in Erinnerung zu bleiben, funktionierte nur durch Vorsicht. Und in eine Kneipe zu gehen, in der er noch nie gewesen war, heruntergekommen wie diese, mit den Scherben einer kaputten Lampe vor dem Eingang und Schmierereien an Tür und Hauswand, war alles andere als vorsichtig.

Zieh weiter, Fremder! Dies ist kein Ort für dich, schrie die Kneipe. Eintritt nur für Eingeweihte.

Das höchste der Gefühle war, zurückzukehren, wenn seine Zielperson und deren potenzieller Informant nicht ebenfalls anwesend waren, am nächsten Mittag vielleicht, wenn er sich in aller Ruhe, völlig unschuldig, umschauen konnte.

Bis dahin aber blieb er draußen. Holte sich halb gegen den Hunger und halb für die Tarnung einen Snack und ein Erfrischungsgetränk aus einem Schnellimbiss. Machte es sich an der Hauswand bequem. Und wartete.

Er bemühte sich, nicht zu sehr daran zu denken, dass es an seinem Standort und in der gesamten Umgebung penetrant nach Pisse stank. Er wehrte einen jungen Kerl ab, der, die Hände in den Hosentaschen seines Trainingsanzugs versteckt, vorbeischlich und ihn flüsternd ansprach.

»Suchst du was, brauchst du was?«

Er ignorierte die Polizeisirenen in der Umgebung, jene vertrauten Geräusche aus seiner Vergangenheit, ebenso die hupenden Autos und die lautstarken Diskussionen seiner Mitbürger in Sprachen, die er nicht verstand. Und: Er aß Pistazien, ließ die Schalen erst in seiner linken und dann, um das Gewicht auszugleichen, in der rechten Jackentasche verschwinden.

Schließlich kam Paul Gram aus der Kneipe gestiefelt, ohne Begleitung, und Matthias Caspar traf die folgenschwere Entscheidung, den Journalisten ziehen zu lassen und auf den zweiten Mann, den Unbekannten, zu warten.

So kam es, dass er Konstantin von Kornweg eine weitere halbe Stunde später zu dessen Wohnung folgte, dann ein Taxi bestellte – sein eigenes Auto stand ja noch immer vor dem Pressehaus – und zu Hause angekommen wie versprochen seinem Auftraggeber und Vater telefonisch Bericht erstattete.

»Der Journalist ist mit einem Typen in eine Kneipe gegangen. Bin mir nicht hundertprozentig sicher, aber das könnte unser Mann sein. Ich muss mich morgen mal dort umhören, ein Wörtchen mit dem Wirt reden, um mehr über diesen Kerl herauszufinden. Konstantin von Kornweg heißt er. Aber ...«

»Moment«, unterbrach ihn sein Vater hörbar erregt, bat ihn, den Namen zu wiederholen – und bestellte ihn ohne weitere Erklärung für den nächsten Tag zur Mittagszeit in sein Büro ein.

Und so kam es, dass sich die Halbbrüder Matthias Caspar und Sebastian Vogt das erste Mal über den Weg liefen. Ja, dass sogar nur wenig gefehlt hätte und die letzten drei lebenden Mitglieder des Familienzweigs mit Liebenich-Blut in ihren Adern hätten sich gegenübergestanden.

Auf dem Nachttisch von Sebastian Vogt stand ein Foto seiner Mutter mit schwarzem Rahmen, das er jeden Morgen betrachtete, wenn er seinen Wecker zum Schweigen brachte. Es erinnerte ihn stets aufs Neue an seine Mission. Es war nicht das einzige Erinnerungsstück an sie, in seiner Wohnung fanden sich überall Kleinigkeiten. Im Wohnzimmer saß ein Teddybär, im Küchenschrank stand ein Eierbecher, auf der Toilette hing ein Schild mit Spruch.

Bitte zwei Meter Rangierabstand halten.

Er behielt das Schild, obwohl er nie verstanden hatte, wie sie sich immer wieder darüber hatte kaputtlachen können, meistens nachts, wenn sie unabsichtlich polternd nach Hause kam und sich bei offener Toilettentür erleichterte. Hatte ihn nicht schon das Poltern aufgeweckt, so erledigte es das lautstarke Lachen.

Kein anderes Andenken aber war so bedeutend wie das Foto auf dem Nachttisch.

Sebastian Vogt erinnerte sich an einen Kindergeburtstag, es musste der achte oder neunte gewesen sein, an dem er in kindlicher Naivität und Hoffnung seiner Mutter geglaubt hatte, als die ihm sagte, von nun an werde alles anders und es beginne ein neuer Abschnitt in seinem Leben und in dem seiner Familie. Sie hatte an jenem Morgen ein wunderhübsches Kleid getragen und ihm seinen Lieblingskuchen gebacken, Tiroler Nuss. Sein Vater hatte ihm eine Autorennbahn geschenkt und abends sogar mit ihm gespielt.

Aber zu glauben, die Dinge hätten sich geändert, war eine Fehleinschätzung gewesen.

Seine Mutter starb, als er zehn war, sie erstickte am eigenen Erbrochenen nach ihrer letzten durchzechten Nacht. Das Verhältnis zu seinem Vater, seinem vermeintlichen Vater, war immer schon kompliziert gewesen. Irgendwie belastet. Weshalb, erfuhr Sebastian Vogt sechs Jahre später nach einem heftigen Streit. Seine Mutter hatte einst eine Affäre mit Hermann Liebenich gehabt, bis der die Liebschaft brüsk beendete, als er erfuhr, dass sie ihm einen unehelichen Sohn unterschieben wollte.

Sebastian Vogt schrie, als ihm sein vermeintlicher Vater entgegenschleuderte, er sei ein nichtsnutziger Bastard. Erst schrie er nur, dann warf er mit dem Löffel, mit dem er bis kurz zuvor seine Suppe ausgelöffelt hatte. Er verfehlte den Mann gegenüber, stand auf, trat seinen Stuhl um, rannte auf sein Zimmer, riss ein gerahmtes Familienfoto aus dem Regal und feuerte es gegen die Wand. Dann lief er aus der Wohnung und kehrte zwei Tage und Nächte nicht zurück.

Sein Zorn zerriss ihn. Zorn auf die Welt, Zorn auf seine Väter. Zorn auf seinen vermeintlichen Vater, den er fortan nur noch mehr für einen kümmerlichen Feigling hielt, der seinem Kuckuckskind nie Liebe geschenkt hatte, ohne den Mumm aufzubringen, ihm sein Verhalten zu erklären. Zorn auch auf seinen leiblichen Vater, von dem er zunächst nichts wissen wollte, dem er schließlich doch nachforschte, was alles nur noch verschlimmerte. Über seine Anwälte hatte sich Hermann Liebenich noch vor Sebastian Vogts Geburt billig freigekauft und von der unbedarften

Mutter eine Verzichtserklärung auf weitere Ansprüche unterschreiben lassen. Die mochte zwar rechtlich unwirksam sein, auf jeden Fall aber ließ das auf einschüchterndem Briefpapier gedruckte Schriftstück keinen Zweifel daran, dass Hermann Liebenich sein eigen Fleisch und Blut sich selbst überlassen wollte. Dass er ihn aller Chancen beraubte, die Rolle des Verlierers abzulegen, in die er vielleicht nicht hineingeboren war, aber hineinwuchs – mit einer dem Alkohol verfallenen Mutter und einem gehörnten Vater, dessen einzige Konsequenz aus dem Fehltritt seiner Frau Liebesentzug war, Liebesentzug aber nicht gegenüber ihr, sondern gegenüber dem Kind, das an allem die wenigste Schuld trug.

Sebastian Vogt hatte mit einem Mal eine Erklärung für das bis dato unerklärliche Gefühl gefunden, ungeliebt zu sein. Er erinnerte seine Eltern stets an den Betrug seiner Zeugung. Und der Mann, der ihn hätte retten können, dessen Pflicht es gewesen wäre, ihn zu retten, sich um ihn zu kümmern, wollte nichts mit ihm zu tun haben.

Das entsprach freilich nur der halben Wahrheit. Hermann Liebenich würde die Affäre zu Sebastian Vogts Mutter für immer als schwerwiegendsten und unverzeihlichsten Fehler seines Lebens betrachten und alles dafür tun, nicht zu häufig an ihn erinnert zu werden. Doch der Tod seiner einstigen Bettgespielin war ihm nicht verborgen geblieben und hatte ihn durchaus getroffen. Der freiwillig gezahlte Bonus, der seinem heimlichen Sohn irgendwann einmal helfen sollte, sich eine eigene Existenz aufzubauen, erreichte sein Ziel nicht, der empörte Witwer verweigerte die Annahme. Das letzte, das Hermann Liebenich von seinem unehelichen Sohn hörte, war, dass er kurz vor dem Abschluss von der Realschule geflogen war.

Das war nur zwei Wochen vor dem Tag, an dem ihn sein anderer Sohn zum Großvater machte, eine der ersten Errungenschaften, zu der er seinem Erstgeborenen von Herzen zu gratulieren bereit war.

Doch auch für Matthias Caspar lag das Glück der Welt nicht dauerhaft in der Familie, so groß es anfangs auch gewesen sein mochte, mit einer Tochter, die ihn mal staunend, mal lachend ansah, und einer Frau, von der er nie genug kriegen konnte.

Verliebt hatte er sich in eine Mischung aus Zärtlichkeit und Grobheit, mit der sie ihn behandelte. Er liebte es, wie sie ihn bei Nahkampfübungen auf der Polizeischule oder im Bett mühelos aufs Kreuz legen und festhalten konnte, während sie überlegen auf ihn herablächelte und ihn mit ihren Haaren im Gesicht kitzelte. Er liebte es, dass sie – nur im Bett, niemals auf der Polizeischule – von Zeit zu Zeit nach seinem Arm griff und mit brüchiger Stimme von ihm verlangte, sie ganz fest zu halten und nie wieder loszulassen.

Als er sie nach zehn Jahren Ehe losließ, hatte das weniger mit ihr zu tun als mit ihm. Auf seinem Tisch lag das Angebot für eine Beförderung. Es wäre nicht die erste in seiner Laufbahn gewesen, aber es wurde die, die ihm endgültig klarmachte, dass er den Traum eines anderen lebte. Und dass es an der Zeit war, sich das einzugestehen.

Sein neuer Traum, von dem er überzeugt war, diesmal sei es wirklich seiner, brachte seine Frau zum Lachen. Sie glaubte, er mache einen Scherz. Sie lachte nicht mehr, als er nicht lachte, ihr vielmehr von diesem unfassbar starken Gefühl erzählte, das er in sich spürte.

»Ich muss das machen.«

Für sie war der neue Traum der denkbar absurdeste Ausdruck einer reichlich verfrühten Midlife-Crisis. Sie verstand nicht, dass er mit diesem Wechsel in den Beruf des Privatdetektivs ein Gefühl von Aufbruch und Freiheit verband, nach der zu streben doch jedem Menschen erlaubt sein musste. Ja, sie missverstand seine Beteuerung gar völlig, denn wenn er Freiheit suche, könne das doch nur bedeuten, dass er sich bislang unfrei gefühlt habe. Was, wie sie fand, »ja wohl der Gipfel der Unverschämtheit« war.

Und je länger sie darüber debattierten, je mehr Unverständnis ihm entgegensprudelte, desto überzeugter war er, dass es tatsächlich so sein müsse, desto stärker wurden seine Zweifel, ob sich sein altes und sein neues Leben miteinander vereinbaren ließen. Zweifel, von denen er anfangs noch gehofft hatte, sie könne sie ihm nehmen.

Nein, ihm waren nur zwei Alternativen geblieben. Entweder er folgte seiner neuen Berufung oder er blieb in seinem alten Leben. Und da die zweite Option allein dadurch, dass er die erste ins Spiel gebracht hatte, schon keine reelle mehr war, blieb nur noch die erste.

Also ging er. Ausgerechnet in die alte Heimat.

Und nun, da ihm längst schmerzhaft bewusst geworden war, dass ihn sein Weg, geprägt von verklärten Erfahrungen, getrieben von übersteigerten Erwartungen, in eine Sackgasse geführt hatte, war es zu spät. War kein Zurück mehr möglich. Nicht nur, weil weder Frau noch Tochter, durch Geisteshaltung und Anspruch ohnehin eine Kopie der Mama, noch etwas mit ihm zu tun haben wollten. Auch weil es ihm unmöglich war, seinen Fehler einzugestehen.

Kannst du dir vorstellen, wie sehr es einem geradlinigen und erfolgsverwöhnten Mann wie Hermann Liebenich zusetzt, einen solchen Sohn gezeugt zu haben? Verlockungen sind ihm fremd, er hat sich zeitlebens nichts aus Rebellionen gemacht. Wer träumt, ist nicht müde genug vom Arbeiten, davon ist er überzeugt.

Sein Sohn, und das macht es doppelt schlimm, ist aber nicht nur ein wankelmütiger Träumer, sondern auch noch ein Dickkopf, nicht dazu bereit, Kompromisse einzugehen. Einer, der Partnerschaft nicht verstanden hat, von Ehe ganz zu schweigen. Wo soll das auch anders hinführen als bergab? Insofern ist der Boss, auch wenn es natürlich ein absoluter Frevel bleibt, sogar ein wenig erleichtert, dass Matthias inzwischen Caspar heißt und nicht mehr Liebenich, dass der verwahrloste Herr Privatdetektiv also nicht sofort von jedem mit ihm assoziiert wird.

Sein Leben derart zu zerschießen, also wirklich …

Natürlich gibt er sich selbst an all dem keine Schuld. Die Erziehung ist ja nicht seine Aufgabe gewesen, seine Aufgabe war es, das nötige Geld heranzuschaffen. Dass just diese Denkweise dazu führte, dass Vater und Sohn niemals lernten, sich ernsthaft miteinander zu befassen und tiefergehende Gespräche zu führen, um vielleicht nicht Akzeptanz, aber wenigstens Verständnis für den anderen aufzubringen, kommt ihm nicht in den Sinn. »Psychologischen Quatsch« würde er das nennen. Und so ist Hermann Liebenich jedes Mal, wenn er seinem Sohn gegenübertritt, enttäuscht. Und Matthias Caspar bei jeder Begegnung mit seinem Vater eingeschüchtert.

Nicht auszudenken, wenn Sebastian Vogt an seiner Stelle gewesen wäre. Ein Mensch also, der sich nicht widerstandslos seiner Rolle fügt. Hermann Liebenich und er wären sich wohl schon vor langem an die Gurgel gesprungen.

Na ja, was nicht ist …

Aber wie ist eigentlich dein Verhältnis zu deinen Eltern? Oder, solltest du welche haben, zu deinen Kindern?

Hermann Liebenichs Büro war in etwa dreimal so groß wie die restlichen, aber deswegen nicht voller, eher noch leerer. Wer regelmäßig wichtige Entscheidungen zu treffen hat, braucht Platz für seine Gedanken, fand er. Sein Sohn schien sich vor allem für die beiden Gemälde zu interessieren, die links und rechts an der Wand hingen.

»Originale?«

Hermann Liebenich konnte sich nicht helfen. Er musste glucksen. »Von Kunst hast du also auch keine Ahnung.«

Sein Sohn reagierte nicht. Er latschte auf das schwarze Ledersofa zu, auf dem Hermann Liebenich erst ein-, zweimal Platz genommen hatte, fuhr mit der Hand über den Bezug, ließ sich drauffallen, schnalzte anerkennend mit der Zunge und stand wieder auf, wobei er ein Ächzen zu unterdrücken versuchte. Vergeblich. Erst dann kam er an den Schreibtisch. Eines der drei Fotos darauf erhaschte seine Aufmerksamkeit. Auf zweien war seine Mutter zu sehen, die dürften ihn höchstens mit Wehmut und Traurigkeit erfüllen. Das Problem war das dritte, auf dem ein dunkelhäutiges Mädchen mit Zöpfen und Zahnlücke in die Kamera lachte. Hermann Liebenich bereute sofort, es nicht vorher weggeschafft zu haben.

Matthias Caspar nahm den Bilderrahmen in die Hand. »Wer ist das?«

»Ich unterstütze seit einigen Jahren ein afrikanisches Findelkind«, antwortete er, nahm seinem Sohn den Rahmen wieder weg und ließ ihn in einer Schublade verschwinden. »Und jetzt zur Sache. Ich habe Entrecôte bestellt und würde das gern genießen, ohne über ärgerliche Angelegenheiten sprechen zu müssen. Wir haben ...«, er schaute auf seine Uhr, »... maximal eine Viertelstunde.«

Matthias Caspar breitete die Handflächen aus. »Du hast mich einbestellt. Also leg los: Was hast du zu sagen?«

»Konstantin von Kornweg«, begann Hermann Liebenich und warf seinem Sohn eine Akte samt Foto hin.

»Ja, das ist er, zweifellos.«

»Er ist Buchhalter bei der von Kornweg Gummiverarbeitung, seine Schwester führt in erster Linie die Geschäfte. Bis vor drei Monaten haben wir mit ihnen zusammengearbeitet. Dann mussten wir den Zulieferervertrag leider kündigen.«

»Warum?«

»Weil wir ein besseres Angebot bekommen haben.«

»Von einem direkten Konkurrenten?«

Hermann Liebenich schüttelte den Kopf. »Ausländischer Betrieb, aber sehr zuverlässig. Wir sind höchst zufrieden.«

»Und wie lange lief die Zusammenarbeit?«

»Knapp fünfzehn Jahre. Dein Großvater und der alte von Kornweg waren befreundet.« Er sprach das letzte Wort betont angewidert aus. Sollte die beendete Partnerschaft tatsächlich der Grund dafür sein, dass sich Konstantin von Kornweg und seine Schwester an ihm zu rächen versuchten – wie auch immer sie dazu in die Lage gekommen waren, es zu versuchen –, sprach das nur für die mangelnde Befähigung der beiden, einen Wirtschaftsbetrieb zu führen.

Freundschaft schön und gut: In ökonomischen Beziehungen hatte sie nichts zu suchen.

»Konstantin von Kornweg hat ein Problem. Schau dir das Foto an. Was fällt dir auf?«

»Du meinst abgesehen von diesem hypnotisierenden Grinsen?«

»Eine Gesichtslähmung«, sagte Hermann von Liebenich. »Konstantin von Kornweg ist verzweifelt auf der Suche nach einem Arzt, der ihn davon befreien kann. Und nach dem Geld, um die Operation bezahlen zu können.«

Er ließ den Satz eine Weile im Raum stehen, gierte nach einer Spur von Überraschung im Gesicht des Sohnes, weil er ihm diese Information lieferte, weil auch er über Quellen verfügte, aus denen Nützliches sprudeln konnte.

Matthias Caspar verweigerte ihm die Genugtuung.

»Ich will, dass du Kontakt zu ihm und Paul Gram aufnimmst. Ich will, dass du sie dazu bringst, diesen Samstagabend in dieses Gebäude zu kommen.« Er reichte Matthias Caspar einen Zettel mit einer Adresse. »Und ich habe auch schon eine Idee, wie du das anstellen wirst.«

Hermann Liebenich hatte eine präzise Vorstellung davon, wie das Treffen zu arrangieren war, bei dem er selbst dabei zu sein gedachte, damit er den Unglücksstiftern persönlich auf den Zahn fühlen könne. Möglicherweise würde es ihm gelingen, sie zur Vernunft zu bringen, ansonsten müsste er eben andere Saiten aufziehen.

»Wir wollen doch nicht, dass es zu irgendwelchen bedauerlichen Unfällen kommt«, sagte er, sagte es mit einem Augenzwinkern, um die Reaktion seines Sohnes auszutesten.

Matthias Caspar missfiel die Andeutung, das sah man. Und Hermann Liebenich ruderte sofort zurück. Versicherte, dass es so weit natürlich nicht kommen werde – zumindest soweit das in seinem Verantwortungsbereich läge. In Wirklichkeit war er enttäuscht zu erkennen, wie sehr sein Sprössling die unnachahmliche Liebenich'sche Kompromisslosigkeit vermissen ließ. Wieder einmal.

Wenigstens erklärte sich Matthias Caspar mit dem Rest der Instruktionen einverstanden. Hermann Liebenich, dessen Magen sich bereits erbost meldete, konnte also zum Telefonhörer greifen, eine Kurzwahltaste drücken und »Wir wären dann so weit« sagen. Nach dem Auflegen zauberte er eine Fernbedienung aus einer Schublade hervor. Aus den Lautsprechern der Stereoanlage im Regal drang klassische Musik.

»Ich gehe davon aus, dass du mitessen möchtest.«

Kapitel zehn

Der junge Mann in seinem Traum kam Matthias Caspar fremd und gleichzeitig seltsam vertraut vor. Er sah nur den breiten Rücken, einem Schwimmerkreuz gleich, und die dichten dunkelblonden Haare, ganz ähnlich seinen eigenen – früher, viel früher. Sein Vordermann rannte nicht, Matthias Caspars Abstand zu ihm blieb trotzdem konstant. So sehr er sich auch abmühte, er kam diesem Mann, von dem er nicht wusste, wer er war, nicht näher. Gerade als sich der abwegigste aller Gedanken vor ihm aufbäumte und ihn verwirrte, blieb der Mann stehen und er tat das auch. Mit völliger Gewissheit wusste er plötzlich: Der Mann war dabei sich umzudrehen.

Matthias Caspar erwachte häufig in Augenblicken wie diesen, ohne dass es einen plausiblen Grund dafür gab. Hatte er sich dann erst orientiert und verstanden, dass er in seinem Bett lag, wurde er wütend, weil er nun wahrscheinlich nie erfahren würde, wie es weiterging. Wie es ausging. Und was sein früheres Ich zu ihm zu sagen hatte.

Diesmal gab es einen plausiblen Grund für sein Erwachen. Und dieser Grund nahm ihm jede Zeit zur Orientierung. Matthias Caspar, die Augen kaum geöffnet, schwang sich in seinem stockfinsteren Schlafzimmer erschrocken aus dem Bett, stolperte über den Klamottenberg, den er in der Nacht zuvor aus purer Faulheit hinterlassen hatte, und landete schmerzhaft auf seinen Knien. Sein durch die verrutschte Boxershorts freigelegter Hintern schrubbte auf dem Laminat, als er sich hinsetzte, um sich die Knie zu reiben, ein purer Reflex gegen den Schmerz. Dann rappelte er sich hoch, eilte zur Wohnungstür und schließlich, nachdem er sich versichert hatte, dass draußen niemand stand, zur Gegensprechanlage.

»Hallo?«

Keine Antwort. Nur Rauschen.

Matthias Caspar schloss die Augen wieder, ließ sich gegen die Tür fallen, lauschte noch ein wenig, hörte junge Stimmen in der Ferne, ein Lachen, fluchte. Er wischte sich den Schlaf aus den Augen, massierte sich die Stirn und schlich zurück ins Bett.

Es war 7:20 Uhr, und Matthias Caspar war nicht gewillt, die Nacht schon ad acta zu legen. In seinem Schlafzimmer umhüllte ihn die völlige Dunkelheit wieder – die Rollläden vor dem Fenster ließ er immer komplett herunter, selbst kleine Schlitze tolerierte er nicht, weil schon wenig durchgelassenes Licht zu viel Licht war. Doch an Einschlafen und Weiterträumen war nicht mehr zu denken.

Matthias Caspar war wach.

Eine Viertelstunde etwa starrte er die Dunkelheit an, dann stand er seufzend auf.

Diese verdammten Schulkinder.

Die Küche, ein prähistorisches Ding, älter als er selbst, mit kackbrauner Arbeitsplatte und verstaubten Schränken, war der am seltensten benutzte Raum in Matthias Caspars Wohnung. Er hasste es zu kochen, weil ihm das Essen entweder anbrannte und der bestialische Gestank tagelang nicht aus der Wohnung zu verbannen war oder er es viel zu früh vom Herd nahm, halbroh und ungenießbar. Beim Lieferdienst nannten sie ihn längst beim Vornamen.

Ein leidenschaftlicher Frühstücksfreund war er auch nicht, in seinem Kühlschrank lagerten lediglich zwei

Bierdosen, eine angebrochene Tüte geriebenen Käses, eine halbleere Milchpackung und ein Schokoriegel. Mit der Milch in der Hand und dem Schokoriegel im Mund machte er sich auf den Weg zu seinem Schreibtisch, klappte den Laptop auf, zögerte kurz, ob er den prompt wieder anlaufenden Porno von gestern Nacht sofort oder ein bisschen später wegklicken sollte und entschied sich für sofort. Dahinter kamen seine Recherchen und seine Strategie zum Vorschein.

Wenn er schon so früh wach war, konnte er sich auch gleich wieder seiner Pflicht widmen.

Nach dem Gespräch mit seinem Vater und dem erneut vorzüglichen Essen war Matthias Caspar fleißig gewesen. Er durfte keine Zeit verlieren, keinen neuerlichen Artikel von Paul Gram riskieren, ohne dass sie vorher darauf Einfluss genommen oder es wenigstens versucht hatten. Also hatte sich Matthias Caspar eine Legende gestrickt, den Journalisten angerufen, sich unter falschem Namen als Sonderbeauftragter eines lokalen Wirtschaftsunternehmens vorgestellt und erklärt, er habe seinen Artikel mit großem Interesse gelesen, vor allem, da er potenziell lohnenswerte Informationen zu dem Thema beisteuern könne.

Logischerweise hatte er nicht seinen richtigen Namen nennen können, nicht bei der ersten Kontaktaufnahme – selbst wenn der richtige Name Caspar lautete und nicht Liebenich. Es war nicht ausgeschlossen, dass der Journalist über ihn Bescheid wusste. Und mit offenen Karten zu spielen, war erst denkbar, wenn er ein Gefühl für den Mann und seine Gesprächsbereitschaft besaß.

Am Telefon hatte Paul Gram reserviert und vorsichtig gewirkt, auf das Angebot, sich zum Mittagessen zu treffen, war er trotzdem eingegangen. Was Matthias Caspar nun, wenige Stunden vor diesem Mittagessen, brauchte, waren eine Start- und mehrere Folgestrategien, je nachdem wie reibungslos alles laufen würde.

Während Matthias Caspar sein Tagwerk begann, räkelte sich Paul Gram im warmen Bett einer Ex-Kollegin, die vor geraumer Zeit aus ihrem einstigen Traumjob geflüchtet war und ihr Geld seitdem als PR-Strategin verdiente, bestens vernetzt in alle Richtungen der Macht. Obwohl ein paar Jahre älter, fand er sie ausgesprochen sexy.

Er linste der Nackten hinterher, wie sie, grazil und sich dessen absolut bewusst, ins Bad tänzelte. Kurz darauf kam sie, inzwischen angezogen, zurück.

»Und: Verrätst du mir jetzt, über welches Unternehmen du geschrieben hast?«

Sie schauten sich vielleicht fünf Sekunden an, setzten beide ein Pokerface auf und begannen nahezu gleichzeitig in schallendes Gelächter auszubrechen.

»Zieh die Tür hinter dir zu, wenn du später gehst. Du kannst dich gern am Kühlschrank bedienen, aber iss ihn nicht leer«, sagte sie und warf ihm einen Handkuss zu.

»Au revoir, chérie«, rief er und sah dabei zu, wie sie wieder aus seinem Leben verschwand, bis zur nächsten Begegnung, bis zur nächsten Gelegenheit.

Für ernsthafte Beziehungen sah sich Paul Gram nicht geschaffen, seine letzte war gescheitert, als er noch ein Teenager gewesen war und hatte ihm eine Lektion fürs Leben verpasst: Mach dich nicht verletzbar, dann bleibt dir Schmerz erspart.

Er konnte sich seitdem nicht als Teil einer dauerhaften Partnerschaft vorstellen, verstand dieses Prinzip nicht, nach dem Menschen konsequent versuchten, den anderen zu ändern, um sich, sobald sie erfolgreich waren, darüber zu beschweren, es nicht mehr mit dem Partner zu tun zu haben, in den sie sich einst verliebt hatten. Manchmal fragte er sich, wie es seine Eltern schafften, noch immer glücklich zu sein.

Aber seine Eltern waren auch spezielle Menschen. Zu seinem achtzehnten Geburtstag hatten sie ihm eine riesige Schachtel geschenkt, in der ein einziger Schlüssel lag.

»Das ist der Schlüssel zu deiner Freiheit«, hatte sein Vater verkündet und ihm erklärt, dass der Schlüssel im weniger übertragenen Sinne zu einer Zwei-Zimmer-Wohnung gehöre, in die der Volljährige schon am nächsten Tag einziehen könne. »Natürlich nur, wenn du das willst.«

In dem Haus, in dem er aufgewachsen war und noch lebte, könne er jedenfalls allerhöchstens noch ein paar Wochen bleiben, denn das hätten sie verkauft.

»Wir gehen nach Südafrika. Es steht dir natürlich frei, uns zu folgen, sofort oder nach der Schule. Wir können deine Wohnung auch vermieten. Aber du wirst dir so oder so etwas Eigenes suchen müssen. Du bist jetzt alt genug, auf eigenen Füßen zu stehen.«

Paul Gram hatte auf seine Füße hinabgesehen und beschlossen zu bleiben. Beschlossen, in jene Wohnung zu ziehen, in der er noch immer lebte. Das Angebot seiner Großmutter, bei ihr einzuziehen, hatte er ausgeschlagen – ihr *Bubele* einfach allein zu lassen, das könne man doch nicht machen, hatte die Oma posaunt, die selbst nach dem Krieg mit siebzehn schon eine Familie ernährt hatte, weil der Vater gefallen und die Mutter krank gewesen war, die fünf jüngeren Geschwister aber Hunger gehabt hatten.

Er hatte beschlossen, auf diesen eigenen Füßen zu stehen – von einer kleineren monatlichen Unterstützung seiner

Eltern und gelegentlichen Mittagessen bei der Oma abgesehen. Und als er erkannt hatte, dass das alles ganz gut funktionierte, hatten sich die Verunsicherung und die Enttäuschung ob des abrupten Verschwindens seiner Eltern in Luft aufgelöst.

Sein Vater, ein erfolgreicher Maler, und seine Mutter, dessen Muse und ehemalige Schülerin, deren Bilder Paul Gram immer besser gefallen hatten als die seines Vaters – »nicht nur dir, mein Junge, nicht nur dir«, hatte der ihm einmal verraten – lebten noch immer im Ausland, immer wieder in einem anderen Land. Einmal im Jahr, meistens im Sommer, nie zu Weihnachten, einem Fest, das sie ignorierten, trafen sie sich und verbrachten zwei Wochen als Familie miteinander. Ansonsten aber genoss er das Alleinsein, mit gelegentlichen Ausflügen in die Arme einer Frau wie die der PR-Strategin, die Sex nicht unnötig mit Verpflichtung und Versprechen auflud.

Das jüngste Wiedersehen mit ihr hatte er einzig seiner neuen Story zu verdanken, die ihm angesichts der Wellen, die sie verursachte, langsam begann, unheimlich zu werden.

»Hast du spontan Lust und Zeit, dich auf ein, zwei Gläser Wein zu treffen? Oder ein, zwei Gläschen Long Island Iced Tea?«, hatte sie am Telefon geflötet und war, da er spontan Lust und Zeit gehabt hatte, im unmissverständlichen Dress erschienen. Mit unschuldig klimpernden Wimpern hatte sie ihn im Dämmerlicht der Szenekneipe am Rande des Rotlichtviertels zu überzeugen versucht, sich ihr zu öffnen und ihr Dinge zu verraten, die er sonst niemandem verriet.

Dabei musste ihr schon vorher klar gewesen sein, dass er auch unter Alkoholeinfluss standhaft bliebe, oder besser gesagt: dass er ihr selbst dann nichts verraten hätte, wenn es etwas zu verraten gegeben hätte.

Später im Bett gestand sie ihm zwischendurch, dass sie sich tatsächlich von Beginn an wenig Hoffnung gemacht hatte, etwas aus ihm herauszubekommen, sich aber, als sie auf seinen Artikel gestoßen war, an amüsante Stunden erinnert und beschlossen hatte, dass es an der Zeit war, diese Erinnerungen aufzufrischen.

Ihr Anruf war nicht der einzige gewesen, der Paul Gram am Tag zuvor erreicht hatte. Weniger als eine Stunde nach ihr hatte ihn – mit unterdrückter Nummer – ein gewisser Martin Friedrichs angerufen und behauptet, wichtige Informationen zu besitzen, zu denen er am Telefon bedauerlicherweise keine weitere Auskunft geben könne.

»Sicherheitsgründe, Sie verstehen das sicher. Aber ich glaube, wir sollten uns ganz dringend mal unterhalten. Passt es Ihnen morgen zum Mittagessen?«

»Und die Rechnung übernehmen dann Sie?«, hatte sich Paul Gram erkundigt, selbstverständlich nicht gefeit vor der journalistischen Berufskrankheit Neugierde.

Er hatte auch deshalb zugesagt, weil er seit der gescheiterten Intervention beim Chef keinen Mucks mehr aus dem Rathaus gehört hatte, auch nicht über Dritte. Ihm kam das verdächtig vor, weil es fast so schien, als warte man dort ab, was sich weiter tue, als halte man gar nicht mehr an der lächerlichen Forderung einer Gegendarstellung fest, sondern hoffe vielmehr, nicht mehr mit dem Thema konfrontiert zu werden. Als sei man nervös.

Hatte er da am Ende etwas erfunden, was wahr war? Oder zumindest einen wahren Kern besaß?

Den Treffpunkt hatte der Anrufer dann wieder nicht am Telefon verraten wollen. Er hatte stattdessen auf den Pförtner des Pressehauses verwiesen, der Paul Gram einen handgeschriebenen Zettel mit einer Adresse übergeben werde. Martin Friedrichs hatte sich ein zweites Mal für die

Geheimniskrämerei entschuldigt, aber Paul Gram wisse als Journalist ja sicher um den verheerenden Stellenwert der Privatsphäre in diesem Land.

»Ich darf in dieser delikaten Angelegenheit kein unnötiges Risiko eingehen.«

»Natürlich nicht, das wäre ja grob fahrlässig«, hatte Paul Gram geantwortet, dessen Neugier damit genauso angeheizt wurde wie sein Argwohn.

Das fremde Bett und die fremde Wohnung verließ der Journalist wenige Minuten nach der Besitzerin, nicht ohne einen Blick in den Frauenkühlschrank geworfen zu haben, allerdings ohne sich zu bedienen. Ins Pressehaus fuhr er nicht. Paul Gram ließ seinem Ressortleiter ausrichten, er treffe sich mit einer neuen Quelle, die ihm möglicherweise weiteren brisanten Stoff für den nächsten Teil seiner aktuellen Story liefern könne. Dann fuhr er nach Hause, sich noch mal zwei Stündchen hinlegen.

Die Nacht war anstrengend gewesen.

Pünktlich zur Mittagszeit stand der frisch erholte Paul Gram in einem hauptsächlich von Schülern, Studenten und Herrschaften aus dem zwielichtigen Milieu bevölkerten Selbstbedienungsrestaurant in der Innenstadt und hielt Ausschau nach einem Mann in einem roten Pullover, der eine gerollte Zeitung vor die Brust hielt.

Die hätte es freilich nicht gebraucht. Martin Friedrichs stach in dieser Umgebung auch so hervor.

»Hallo Herr Gram«, sagte er zur Begrüßung. »Ich hätte Sie mit der Brille beinahe nicht erkannt. Sie tragen doch sonst keine, oder?«

Es stimmte, Paul Gram brauchte eigentlich keine Sehhilfe, aber zu besonderen Anlässen und Treffen holte er seine John-Lennon-Brille mit Fensterglas heraus. Gesprächspartner schlugen anders auf ihn an, wenn er sie trug. Er hatte anhand des Telefonats nicht exakt vorhersagen können, was für ein Typ ihn erwarten würde, aber es war ihm wahrscheinlich erschienen, dass es sich bei Martin Friedrichs um eine graue Maus handelte.

Sein Gefühl hatte ihn nicht getäuscht.

»Wollen wir etwas zu essen holen? Dann können wir uns in Ruhe unterhalten.«

»Ach ja, ich erinnere mich. Sie wollten mich einladen. Unglaublich großzügig von Ihnen.« Paul Gram folgte dem Fremden zur Essensausgabe. Die Kids in der Schlange vor ihnen unterhielten sich über Fußball, die Studenten hinter ihnen über eine bevorstehende Prüfung. »Interessante Wahl für ein Treffen übrigens. Und Sie meinen, hier fallen wir nicht auf?«

»Das ist der letzte Ort, an dem man uns vermuten würde.«

Der Singsang seines Nebenmanns hatte etwas Einschläferndes und Paul Gram überlegte sich, ob er es mit dem nächsten Buchhalter zu tun haben könnte. Er warf einen Blick auf die Auswahl, sah Pizza neben Schnitzel und Lasagne neben Hähnchenschlegeln. Eine Fritteuse zischte.

»Können Sie was empfehlen?«

»Schmeckt alles gleich gut.«

»Gleich gut oder gleich?«

Keine Reaktion.

Somit nächster Haken auf der Checkliste: Der vermeintliche Buchhalter besaß keinen Humor.

»Wissen Sie was?«, sagte Paul Gram. »Ich bin heute in Risikolaune.« Und an die Frau hinter der Theke gerichtet: »Ich nehm' die Lasagne.«

Martin Friedrichs schloss sich ihm an. Schaufelte sich aber zusätzlich zwei Portionen Pizzabrötchen auf einen Extrateller. Paul Gram ging nicht davon aus, dass er mit ihm teilen würde.

Sie suchten sich einen Platz umgeben von Schülern und nahmen wortlos die ersten Bissen zu sich. Paul Gram stellte zufrieden fest, dass er die Lasagne auch mit verbundenen Augen als solche erkannt hätte.

»Also Herr Friedrichs, dann erzählen Sie mal, wie Sie mir bei meiner Story helfen können.«

Martin Friedrichs schnappte sich ein Pizzabrötchen und tunkte es tief in seine Sauce. »Tut mir leid, Herr Gram, aber ich bin nicht autorisiert, mit Ihnen darüber zu sprechen.«

Paul Gram ließ seine Gabel sinken. »Entschuldigen Sie mal«, sagte er nach kurzer Bedenkzeit. »Aber warum treffen wir uns dann?«

»Ich soll für meinen Auftraggeber herausfinden, wie vertrauenswürdig Sie sind.«

»Und Ihr Auftraggeber ist?«

Martin Friedrichs schüttelte nur den Kopf.

Paul Gram setzte ein Lächeln auf. »Und nun?«

»Für wann haben Sie Ihren nächsten Artikel zu unserem spannenden Thema geplant?«

»Ich bin leider nicht befugt, über redaktionelle Planungen Auskunft zu geben.«

»Schön und gut, aber ich an Ihrer Stelle würde damit noch ein bisschen warten. Natürlich abhängig davon, wie viel Sie wissen.« Er wartete kurz. »Wie viel wissen Sie, Herr Gram?«

Paul Gram schmunzelte. Kaute. Hob den linken Zeigefinger und deutete auf seinen Mund. Schluckte schließlich. »Netter Versuch, Herr Friedrichs. Ein bisschen plump, meinen Sie nicht?«

»Gar nicht, Herr Gram. Mein Auftraggeber lässt fragen, ob Sie möglicherweise Interesse an näheren Informationen zu hochrangigen Mitarbeitern des Rathauses haben, die in die Sache involviert sind.« Wieder diese Pause, dann ein völlig theatralisches Flüstern mit vor dem Mund gehaltener Hand. »Er dachte da zum Beispiel an den werten Herrn Verwaltungsbürgermeister.«

Und mit einem Mal war Paul Gram doch ganz Ohr.

Nicht ganz Ohr, aber trotzdem nicht weniger aufmerksam war in diesem Moment Sebastian Vogt, der im selben Restaurant saß, wenngleich in einiger Entfernung zu den Konspirativen, scheinbar wahllos Löcher in die Gegend starrte und an seinem zweiten Hamburger nagte. Er schätzte die Gefahr, von Matthias Caspar erkannt zu werden, als relativ gering ein, schließlich war der nur Ludwig Mayer einmal kurz begegnet und hatte dabei nicht den Eindruck gemacht, als präge er sich das Gesicht des Unbekannten auf der Treppe im Unternehmen seines Vaters ein.

Und selbst wenn: Ludwig Mayer lag samt seiner lächerlichen Frisur krank im Bett, konnte heute unmöglich arbeiten, hatte sich irgendeine Magen-Darm-Sache eingefangen.

Sebastian Vogt hatte einige Vorkehrungen getroffen, nicht mit Ludwig Mayer verwechselt werden zu können. Ludwig Mayer speiste nicht in einer Frittenbude wie dieser. Sebastian Vogt schon, er hatte das früher mit seinen Kumpels häufig getan – bevor er ihnen mitgeteilt hatte, dass er wahrscheinlich für ein Jahr untertauchen müsse, ein privates Ding drehen. Für den Moment aber war Sebastian Vogt wieder in die Rolle von Sebastian Vogt geschlüpft. Und dass er hier saß, war selbstverständlich kein Zufall. Er verband nur das Angenehme mit dem Nützlichen, spachtelte Burger und beobachtete Matthias Caspar mit seinem Mittagsdate.

Einige Stunden zuvor, um kurz nach sieben am Morgen, hatte er bei seinem Halbbruder geklingelt, um sicherzugehen, dass der noch zu Hause war und nicht etwa schon unterwegs. Eine verschlafene Stimme in der Gegensprechanlage hatte die Frage beantwortet und Sebastian Vogt hatte sich auf die Lauer gelegt – in sein Auto auf der gegenüberliegenden Straßenseite. Dort hatte er gesessen, Menschen im Radio zugehört, die über sich selbst lachten, und seine Langeweile mit Selbstgesprächen bekämpft.

»Komm raus, du verdammter Scheißkerl. Komm schon, komm schon. Tu was Produktives.«

Nach vier unendlichen Stunden hatte Matthias Caspar ihn endlich erhört und Sebastian Vogt war ihm gefolgt, hatte ihn in das Restaurant verschwinden sehen und erfreut festgestellt, dass er sich mit jemandem traf. Das hatte noch immer nichts zu bedeuten gehabt, ihm aber trotzdem einen Schub gegeben.

Als sich die beiden voneinander verabschiedeten, genau rechtzeitig, denn Sebastian Vogt nuckelte schon eine Weile am Röhrchen eines Plastikbechers, in dem längst keine Cola mehr schwappte, ließ er Matthias Caspar Matthias Caspar sein. Er folgte stattdessen dem anderen, erst in die Straßenbahn, dann ins Pressehaus, wo der Mann kurz die Hand in Richtung des Pförtners hob und schließlich um die Ecke bog.

Interessiert es dich zu erfahren, dass dieser Pförtner, ein großgewachsener dunkelhäutiger Kerl Mitte fünfzig mit beneidenswert glatter Gesichtshaut, einer schwarzen Schildmütze und einer himmelblauen Krawatte, in seiner Heimat nach dem Studium der Kunsthistorik selbst Journalist war? Dass er erst über die unterschätzte afrikanische Kunst geschrieben hat und dann darüber, wie der Krieg die Kunst tötet? Dass er es mag, wenn die Journalisten in diesem Haus, das er nun schon seit geraumer Zeit scherzhaft seine neue Heimat nennt, ihn grüßen oder wenigstens wahrnehmen, was die wenigsten tun?

Dass er auch den wenigen Lesern, die sich an seine Pforte verlieren, stets mit Freundlichkeit begegnet, obwohl er weiß, dass sie auch in diesem Land seltsame Wesen zu sein vermögen?

Interessiert es dich?

Sei's drum, jetzt weißt du's. Aber denk nicht zu lange darüber nach. Lass es einfach sacken. Der Mann wird in dieser Geschichte aller Voraussicht nach nicht noch einmal auftauchen, weil er nur einem einzigen Zweck dient. Nämlich … Aber sieh selbst.

Sebastian Vogt schlenderte lächelnd auf den Pförtner zu. »Guten Tag, entschuldigen Sie bitte«, sagte er. »Kennen Sie den Mann, der da eben hereingekommen ist?«

Sebastian Vogt registrierte die Skepsis beim Gegenüber, also beeilte er sich weiterzusprechen. »Es ist nämlich so …« Er zog Ludwig Mayers nagelneues Handy aus der Tasche. »Ich bin mir nicht sicher, aber ich glaube, der Herr hat eben sein Handy in der Straßenbahn verloren und ich würde es ihm gern zurückgeben.«

Da lächelte der Pförtner. »Das ist ja nett von Ihnen. Warten Sie bitte kurz.«

Er griff zu seinem Telefonhörer, runzelte die Stirn, sah Sebastian Vogt an, wollte gerade schon wieder auflegen, als am anderen Ende doch noch jemand dranging – und offenbar der Richtige.

»Ja, Herr Gram, guten Tag noch mal. Hier ist der Empfang. Kann es sein, dass Sie Ihr Handy verloren haben? Hier steht nämlich ein Mann, der … Ach nicht? In Ordnung. Vielen Dank.«

Er wandte sich wieder an Sebastian Vogt.

»Tut mir leid, aber Sie täuschen sich. Herr Gram hat sein Handy nicht verloren.«

Sebastian Vogt tat überrascht. »Hmm, na gut, dann gebe ich es eben im Fundamt ab. Vielen Dank trotzdem für Ihre Hilfe.«

Und mit einer angedeuteten Verbeugung verließ er das Pressehaus wieder.

Er hatte, was er brauchte.

Daheim gab er den Namen Gram und den der Zeitung in eine Suchmaschine ein, landete prompt bei einem vor wenigen Tagen erschienenen Artikel, sah erst nur die Überschrift, spürte sein Herz schon da klopfen und las den Rest mit einer Mischung aus Faszination und Aufregung.

Hermann Liebenich hätte es vermutlich mit Stolz erfüllt zu sehen, welche Zielstrebigkeit sein Sohn bewies, wäre dessen Ziel nicht eben just gewesen, den Vater von seinem Thron der Arroganz zu stoßen.

Sebastian Vogt nahm sein Telefon, wählte eine Nummer, ließ sich verbinden, wartete, wollte nicht auflegen, egal wie lange es dauerte und hatte schließlich den Mann an der Strippe, den er zu sprechen wünschte.

»Hallo Herr Gram, mein Name ist Ludwig Mayer. Ich arbeite für Liebenich Acoustics, und ich glaube, wir sollten uns ganz dringend mal unterhalten.«

Kapitel elf

Die Fassade des Bürogebäudes erstrahlte in einem unbeschmutzten Weiß. Ein riesiges Banner bewarb Gewerbeflächen mit einer Größe von fünfzehn Quadratmetern aufwärts, angeblich hochmodern und freundlich. *Das Paradies*, wie es sich nannte, lag außerhalb der Stadt an einer vielbefahrenen Straße und trotzdem auf der sprichwörtlichen grünen Wiese, neben dem ebenso neuen, noch nicht eröffneten *Hotel Nachtruhe* mit ebenso auffälliger Werbung. Der gemeinsame Parkplatz von *Paradies* und *Nachtruhe* war für mindestens zweihundert Fahrzeuge gebaut, doch nur drei Autos standen auf dem Gelände.

Es mochte daran liegen, dass Samstag war. Trotzdem: Der Ort für das Treffen war Konstantin von Kornweg gleich verdächtig vorgekommen. In seinem Inneren kämpften die Skepsis und die Hoffnung um die Deutungshoheit. Der Motor seines endlich reparierten Wagens lief noch, er beugte sich zum Lenkrad vor und herunter, um besser durch die Frontscheibe sehen zu können, ignorierte seine verdammten Rückenschmerzen, sah aber nichts, weder zur Untermauerung der Skepsis, noch zur Bestärkung der Hoffnung.

Konstantin von Kornweg wählte einen Kompromiss. Er machte den Motor aus, blieb aber sitzen.

Der Anruf von Bartholomäus Greiner war naturgemäß zuerst bei seiner Sekretärin gelandet, die es nicht geschafft hatte, den Störer abzuwimmeln, was selten genug vorkam, die den Anrufer also – nach kurzer Rücksprache mit Konstantin von Kornweg – zu ihm durchgestellt hatte.

»Herr von Kornweg, es ist mir eine Freude, mit Ihnen persönlich zu sprechen«, hatte Bartholomäus Greiner mit ruhiger Stimme gesagt und keine weitere Zeit verplempert, bevor er sein Vorhaben schilderte.

Greiner gab vor, einen US-amerikanischen Neurologen zu vertreten, der kurz davor stand, eine neue klinische Studie zu starten, um Schmerz und Leid von Menschen wie Konstantin von Kornweg zu lindern. Menschen mit Gesichtslähmung, denen eine Teilhabe am sozialen Leben weitgehend verwehrt blieb oder erschwert wurde.

»Es handelt sich um eine medikamentenunterstützte Elektroschockbehandlung zur Stimulation und Wiederbelebung von Nerven. Ich will jetzt am Telefon nicht zu sehr ins Detail gehen, die Sache ist ja nicht ganz unkompliziert und in einem Gespräch von Angesicht zu Angesicht könnte ich Ihnen das alles viel besser erklären und anhand unserer Visualisierungen zeigen.«

Der Erfolg der neuen Methode sei selbstverständlich keineswegs garantiert, leider, aber der Initiator habe seit etlichen Jahren daran gearbeitet und hege große Zuversicht. Er benötige jetzt nur eine gewisse Anzahl an Patienten, die sich bereit erklärten, einen gemeinsamen Weg einzuschlagen und dabei zu helfen, aussagekräftige Ergebnisse zu beschaffen.

»Herr von Kornweg, könnten Sie sich prinzipiell vorstellen, Teil und möglicherweise Profiteur dieser wegweisenden Studie zu sein?«

So ruhig die Stimme von Bartholomäus Greiner war, so schnell sprach er, geradezu atemlos, zu schnell für Konstantin von Kornweg, um all die Informationen sofort zu verarbeiten, zumal es da diese eine brennende Frage gab, an die er permanent dachte und die er stellte, kaum dass der andere ausgesprochen hatte.

»Woher wissen Sie von mir? Wer hat Ihnen diese Nummer gegeben?«

Und da begann die ruhige Stimme wieder zu rattern.

»Herr von Kornweg, es ist so: Ihr Fall ist in der Fachwelt jedem Mediziner von Rang ein Begriff, Sie sind ein absolutes Unikat. Wenn Sie mir diese Frechheit erlauben: Sie sind einer der spannendsten Patienten, die sich ein mit der Forschung befasster Arzt wünschen kann. Es war nicht ganz einfach, Ihren Namen in Erfahrung zu bringen, denn selbstverständlich wird Ihr Fall anonym behandelt, aber es gab eine kleine Indiskretion, auf die ich nicht näher eingehen kann, die es uns möglich machte, Sie jetzt und heute zu kontaktieren. Ich hoffe, Sie verzeihen uns, dass wir Sie so überfallen.«

Konstantin von Kornweg verzieh – nach kurzem Nachdenken. Wenn es um seine Gesichtslähmung ging, schwand seine Vorsicht. Er erklärte sich bereit, zu einem persönlichen Treffen zu kommen, und überlegte bis zuletzt, hin- und hergerissen zwischen Skepsis und Hoffnung, ob er wirklich hinfahren sollte. Aber nachdem er den Jackpot wieder nicht geknackt hatte und da ihm an diesem Samstag erneut nichts anderes zu tun geblieben wäre, als mit Chronos zu spielen, entschied er sich zu fahren.

Nun musste er nur noch entscheiden, ob er auch aus dem Auto steigen oder doch lieber wieder davonfahren sollte. Die Entscheidung fiel viel früher, als er sich das eingestehen wollte.

Er betrat das Gebäude durch einen Eingang, der geschlossen aussah, aber offen war, marschierte wie geheißen am verlassenen Empfang vorbei, fuhr mit dem gläsernen Aufzug in den sechsten Stock, bog rechts ab und klopfte an die dritte Tür eines Ganges, der ihn an das Innere eines Krankenhauses erinnerte.

Von wegen hochmodern und freundlich.

Der Anblick, der sich ihm bot, als er die Tür öffnete, verdrängte den Gedanken an Krankenhäuser mit einem Schlag. Was er sah, war ein Kerl mit Halbglatze in einem leuchtend roten Pullover, Bartholomäus Greiner, wie er vermutete, ein Besprechungstisch mit vier Stühlen, zwei auf der einen, zwei auf der anderen Seite, auf dem Tisch einige Häppchen, Lachs und Schinken, dazu Gläser und kleine Getränkeflaschen. Und, zuvorderst: Paul Gram, der Journalist vom Montagabend, der am Fensterbrett lehnte und sein Hereinkommen mit neugierigem Blick verfolgte.

»Sie?«, entfuhr es Konstantin von Kornweg.

»Ach, das wird ja immer interessanter«, antwortete Paul Gram, und Konstantin von Kornweg hatte den Eindruck, als wäre der Journalist genauso überrascht wie er.

»Meine Herren, bitte, ein wenig Contenance. Ich werde Ihnen gleich alles erklären«, sagte der unbekannte Zweite.

»Sind Sie Bartholomäus Greiner?«, fragte Konstantin von Kornweg.

»Nein, ist er nicht«, mischte sich Paul Gram ein, bevor der Gefragte selbst antworten konnte. »Aber das ist auch ein hübscher Name. Mir hat er sich als Martin Friedrichs vorgestellt. Dabei heißt er in Wirklichkeit Matthias Caspar. Und ganz eigentlich heißt er Matthias Liebenich.«

Der Kopf des anderen schnellte in Paul Grams Richtung. »Woher wissen Sie ...?«

»Liebenich?«, fragte Konstantin von Kornweg im selben Moment, nun endgültig verwirrt. Erst gestern hatte seine Schwester ihm berichtet, sie habe einen Anruf aus dem Büro von Hermann Liebenich erhalten, der um ein Gespräch bat, weil er künftige Optionen einer

Zusammenarbeit auf neuen Wegen ausloten wolle. Derselbe Liebenich, der jüngst mit seiner plötzlichen und völlig grundlosen Aufkündigung einer jahrelangen, reibungslosen Zusammenarbeit die von Kornweg Gummiverarbeitung in Schwierigkeiten gestürzt und danach jeden Kontaktversuch abgeblockt hatte, weil es, wie er ausrichten ließ, »nichts mehr zu bereden« gebe.

Nun gab es offenbar auf einmal wieder etwas zu bereden.

Konstantin von Kornweg hatte seine Schwester schon lange nicht mehr so gelöst erlebt. Auch einen Gruß von Hermann Liebenich an ihn habe sie explizit ausrichten sollen.

»Kannst du dir das erklären?«

Er konnte es nicht, gestern nicht und jetzt noch weniger. Er kannte den Mann ja noch nicht mal persönlich.

»Ich verstehe nicht, was soll das hier?«

»Herr von Kornweg ...«, sagte der Mann, der angeblich ganz eigentlich Matthias Liebenich hieß.

»Ach, Herr von Kornweg also. Nicht Andreas Bertram?«, funkte Paul Gram dazwischen und begann zu lachen.

Und so standen nun also drei Männer in einem Raum, der auch als Kammer durchgehen konnte, und schauten einander an, ein Dreieck des Misstrauens. Da war Matthias Caspar alias Martin Friedrichs alias Bartholomäus Greiner, der eigentlich geglaubt hatte, Oberwasser zu haben. Da war Konstantin von Kornweg alias Andreas Bertram, der eigentlich gehofft hatte, er würde hier dem Advokaten eines potenziellen Retters begegnen. Und da war Paul Gram, der nur diesen einen Namen trug. Die Männer lauerten, Gedanken schossen durch ihre Köpfe, ihr Puls raste, bei dem einen mehr als beim anderen. Ihre Blicke wechselten hin und her, als stünde zu befürchten, einer könne mit einer unvorhergesehenen Aktion den Lauf aller Dinge umschmeißen. Doch keiner dachte daran, aus dem Standbild auszubrechen.

Konstantin von Kornweg nicht, weil er die Konsequenzen einer solchen Aktion fürchtete, weil er generell verlernt hatte zu agieren und nur noch reagierte.

Paul Gram nicht, weil er den Nervenkitzel genoss, der mit diesem Belauern verbunden war.

Und Matthias Caspar nicht, weil er nur den einen Wunsch hegte: wieder alles unter Kontrolle zu bekommen.

Die einsame Fliege, verirrt in einem Raum ohne Ausweg, war das einzige Lebewesen in Bewegung in der Kammer.

»Herr Gram, Herr von Kornweg ...«, setzte Matthias Caspar erneut an. Erst da fiel ihm auf, dass er gar nicht weiter wusste. Das lief alles nicht im Entferntesten so, wie er es prognostiziert hatte. Das Überraschungsmoment war völlig verpufft.

Warum wusste Paul Gram seinen richtigen Namen?

Warum schien es so, als wären er und der Buchhalter gar nicht so sehr miteinander vertraut?

Und warum wurde es auf einmal so heiß und stickig? Sollte er vielleicht ein Fenster aufmachen?

Matthias Caspar schaute Konstantin von Kornweg an und sah einen lächelnden Mann mit hartnäckiger Denkerfalte im Gesicht, eine geradezu groteske Kombination, er musste sich zwingen, den Blick abzuwenden.

Matthias Caspar schaute Paul Gram an und sah einen fast selbstgefällig dreinblickenden Mann, der ihm das unangenehme Gefühl gab, hinterherzuhinken.

»Ja?«, sagte Paul Gram und zog den Vokal in die Länge.

Das Eintreffen von Andreas Bert..., nein Andreas von Kornweg, oder wie auch immer er mit Vornamen heißen mochte, hatte ihn kurz aus der Fassung gebracht, aber dieser Mann stellte schon von Natur aus keine Gefahr dar. Er musste ihn nur anschauen, um zu wissen, dass er keine Ahnung hatte, wozu er hier war.

Paul Gram schaute Konstantin von Kornweg an und sah Hilflosigkeit.

Paul Gram schaute Matthias Caspar an und sah Panik. Da suchte jemand offensichtlich einen Weg, die Oberhand zurückzugewinnen, doch das würde ihm nicht gelingen. Ohne den Mann, für den der vierte Stuhl bestimmt war, denn der war zweifelsohne nicht zufällig da, auf dem Tisch standen ja auch vier Gläser, ohne Hermann Liebenich also würde Matthias Caspar hier gar nichts gelingen.

Ohne Hermann Liebenich war Matthias Caspar ein Nichts.

Ludwig Mayer hatte Paul Gram wenig verraten können, er tappte selbst im Dunkeln, beteuerte nur, er wolle bei der Recherche helfen und sei sich sicher, bei Liebenich Acoustics liefen kleine und große Schweinereien ab. Über die Motive für seinen Verrat schwieg er sich aus. Aber das Gespräch mit dem neuen Mitarbeiter der Presseabteilung des Traditionsunternehmens war allein schon deswegen erhellend gewesen, weil es Paul Gram die Information lieferte, wie Martin Friedrichs in Wirklichkeit hieß.

Matthias Caspar holte eine Taschenuhr hervor, wie sie Privatdetektive im neunzehnten Jahrhundert getragen haben mussten. »Ich bitte Sie noch um ein wenig Geduld. Es wird sich gleich alles aufklären«, sagte er.

»Was wird sich aufklären? Worum geht es hier überhaupt?«, rief Konstantin von Kornweg und wollte wütend klingen. Doch selbst in seinen eigenen Ohren klang er verzweifelt.

Konstantin von Kornweg schaute Matthias Caspar an und sah einen nervösen Gastgeber, der nichts mit dem

Bild zu tun hatte, das er sich von Bartholomäus Greiner gemacht hatte.

Konstantin von Kornweg schaute Paul Gram an und sah einen fies grinsenden Journalisten, dem er mehr und mehr zutraute, hinter dieser ganzen Geschichte zu stecken, der ihn vor den Fußtritten dreier Jugendlicher gerettet hatte, nur um ihn jetzt selbst zu treten.

»Um eine Geschichte, die ich über verbrecherische Verwicklungen zwischen der Stadtverwaltung und der lokalen Wirtschaft geschrieben habe«, antwortete Paul Gram mit einer Seelenruhe, die Matthias Caspar einschüchtern sollte, tatsächlich aber das Gegenteil bewirkte.

Der Privatdetektiv erkannte in diesem Moment zweierlei: dass es Zeit war, die Souveränität zurückzuerlangen, und dass er den Buchhalter nicht fürchten musste. Konstantin von Kornweg war nur ein armes Würstchen, das durch einen dummen Zufall in diese Sache hineingerutscht war und nun ein »Aber was hat das mit mir zu tun?« dahinpiepste, auf das weder Paul Gram noch er eingingen.

Das hieß, dass es eine Front weniger gab für seinen Vater. Und Menschen, die so sehr von sich selbst überzeugt waren wie der Journalist, verspeiste Hermann Liebenich für gewöhnlich zum Frühstück.

»Es gibt also gar keine neue Studie«, stellte Konstantin von Kornweg plötzlich niedergeschlagen fest.

»Sie haben ihn mit dem Versprechen einer Studie hierhergelockt? Das ist wirklich niederträchtig.«

»Seien Sie endlich still«, entfuhr es Matthias Caspar.

Wo zum Teufel blieb sein Vater?

Die Antwort erreichte ihn telefonisch. Als sein Handy vibrierte, ging er in eine Ecke des Raumes und drehte den anderen den Rücken zu.

»Hallo Vater, wir warten. Verspätest du dich?«

Bestimmt eine halbe Minute lang sagte er nichts, so lange, dass selbst Paul Gram die Ungeduld packte.

»Was? Stopp! Was sagst du da? Was soll das heißen?«

Matthias Caspar lauschte eine weitere Minute.

»Was redest du da für einen Blödsinn? Ist dir nicht gut? Hast du was Falsches gegessen? Hast du einen Schlaganfall?«

Erneut hörte und schwieg er, schüttelte immer heftiger den Kopf.

»Warte bitte kurz«, sagte er – und an Konstantin von Kornweg und Paul Gram gerichtet: »Ich bin gleich wieder da.«

Dann verließ er den Raum.

Zehn Minuten später kehrte er zurück, mit leerem Blick, lief zum Tisch, hielt sich an einer Stuhllehne fest und ließ sich mit seinem ganzen Körpergewicht ungebremst auf die Sitzfläche plumpsen.

Und das hätte nicht passieren dürfen. Das war so nicht vorgesehen.

Es ist der Grund für mein Verhalten dir gegenüber, der Grund, warum ich entgegen meiner Gepflogenheiten unmittelbar Kontakt mit dir aufgenommen habe und dich um Hilfe ersuche.

Etwas ist außer Kontrolle geraten. Die Geschichte hat eine Richtung eingeschlagen, die, sollten wir ihr weiter folgen, direkt ins Verderben führt. Weil das, was ist, und das, was sein soll, nicht mehr miteinander übereinstimmen.

Und die Schuld daran trägt Hermann Liebenich.

Kapitel zwölf

Sebastian Vogt marschierte. Stramm. Von der Haltestelle bis ins Büro. Vorbei an schlendernden Kollegen und Mitarbeitern benachbarter Firmen, die es weniger eilig hatten, rasch an ihren Arbeitsplätzen anzukommen. Es war ein lauer trockener Montag, erst für den späten Nachmittag waren Gewitter vorhergesagt. Die meisten Menschen um ihn herum hatten auf Jacken verzichtet, sprangen wie kleine Kinder in goldene Laubhügel und kickten die Blätter in die Luft. Dem Eilenden grienten sie hinterher, stellten Vermutungen an, er müsse wohl ganz schnell auf die Toilette, drohe zu einem wichtigen Termin zu spät zu kommen oder sei einer dieser Streber, die nur Arbeit im Kopf hätten.

Sebastian Vogt aber musste weder auf die Toilette, noch hatte er einen wichtigen Termin. Arbeit hatte er sehr wohl im Kopf, aber nicht die Art von Arbeit, an die die anderen dachten. Er konnte es nur nicht erwarten, seinen Computer hochzufahren und sein Mailpostfach zu öffnen.

Die Nachricht musste da sein, etwas anderes war schlichtweg unvorstellbar.

Der Computer musste erst ein Update abschließen. Sebastian Vogt starrte auf den Bildschirm, stöhnte auf, warf seinen Kopf in den Nacken, klatschte in die Hände, presste sie so stark gegeneinander, dass er die Vibration in seinen Bizeps spüren konnte.

»Probleme?«, fragte die Pressesprecherin.

Er hatte nicht bemerkt, dass sie an seine Bürotür gekommen war, die er im Überschwang der Ankunft nicht hinter sich zugezogen hatte. Sie lehnte im Rahmen und lächelte ihn an.

»Dieses Scheißding ...«, entfuhr es Sebastian Vogt, aber er beherrschte sich rechtzeitig. »Die Updates treiben mich in den Wahnsinn«, übernahm Ludwig Mayer mit seiner ihm eigenen Ruhe und untermalte den Satz sicherheitshalber mit einem entschuldigenden Schulterzucken und einem Schmunzeln.

Das aus dem Gesicht der Pressesprecherin verschwundene Lächeln kehrte nicht zurück. Sie wirkte irritiert.

»Kannst du bitte kurz in mein Büro kommen. Wir haben ein Problem.«

Ein Problem? Was für ein Problem?

»Ein Problem? Was für ein Problem?«

»Besprechen wir am besten bei mir. Also, kommst du?«

»Natürlich«, sagte er und deutete auf seinen Bildschirm – vor dem Prozentzeichen stand inzwischen eine dreiundachtzig. »Gibst du mir noch ein paar Minuten? Ich muss vorher schnell was checken.«

»Kein Problem«, antwortete sie und zog davon.

Ein Problem also, dachte Sebastian Vogt und errechnete die Wahrscheinlichkeit, dass dieses Problem etwas mit ihm zu tun hatte. Sie war gering.

Er hatte Paul Gram eingeschärft, sich nach dem Treffen mit Matthias Caspar sofort bei ihm zu melden. Das hatte der Journalist nicht getan. Aber einen Alleingang würde er sicher nicht wagen, dazu war Ludwig Mayer zu überzeugend gewesen mit seinem Angebot, bei der Sache zu kooperieren.

Er wusste zwar noch immer nicht, was diese Sache genau war, aber es lag auf der Hand, dass es mit dem Neuausrüstungsauftrag für Sitzungssäle und Besprechungsräume im

Rathaus zusammenhing, den er am Freitag in alten Unterlagen aufgespürt hatte.

Paul Gram hatte versprochen, ihn zu informieren. Und da er nicht angerufen hatte, rechnete Sebastian Vogt fest damit, in Ludwig Mayers Posteingang eine Mail des Journalisten zu finden.

Er fand keine.

Und es lag nicht an seiner Internetverbindung.

Sebastian Vogt griff zum Telefon, wählte die Nummer der Zeitung, ließ sich mit dem Apparat von Paul Gram verbinden, hörte nur das Freizeichen, eine halbe Ewigkeit lang, ohne Erlösung, legte auf, wählte die Nummer der Zentrale, ließ sich mit der Lokalredaktion verbinden und hatte endlich eine Frau in der Leitung, die er korrekterweise als die Redaktionssekretärin identifizierte.

»Guten Tag, Ludwig Mayer hier, ich muss dringend mit Paul Gram sprechen.«

Er hegte wenig Hoffnung, erfolgreich zu sein. Schließlich hatte ihm Paul Gram erklärt, er erreiche ihn entweder direkt in der Redaktion oder gar nicht. Wenn er ihn nicht erreiche, solle er ihm eine Mail schreiben. Es über die Sekretärin der Lokalredaktion zu probieren, könne er sich sparen. Weil die, seit es in Mode gekommen war, Meinungen offen und offensiv kundzutun, nur noch Menschen verbinde, von denen sie sicher wisse, dass sie es wert waren, durchgestellt zu werden und sie es nicht etwa nur wieder mit einem spinnenden Leser zu tun habe.

Und doch musste er es probieren.

»Tut mir leid, Herr Mayer. Der Kollege Gram ist nicht da und kommt heute auch nicht mehr rein. Haben Sie seine E-Mail-Adresse? So erreichen Sie ihn am schnellsten.«

»Ja, die habe ich, aber es ist wirklich wichtig. Können Sie mir nicht seine Handynummer geben?«

»Nein, das darf ich nicht. Schreiben Sie ihm eine Mail. Er wird sich bei Ihnen melden, sobald es ihm möglich ist.«

Sebastian Vogt wollte schon unflätig werden, weil er mal wieder auf einen Menschen stieß, der sich ihm in den Weg stellte. Aber Ludwig Mayer hielt sich zurück und bedankte sich artig.

Das Telefon ließ er dennoch auf den Tisch knallen – so viel Emotionalität musste sein, er war ja unbeobachtet.

Das war er doch, oder?

Ihm fiel die Pressesprecherin ein, die auf ihn wartete. Und ihm fiel – verdammte Axt – die Frau von gegenüber ein. Er schaute über seine linke Schulter, aber er sah sie nicht, er schaute auf die Uhr seines Computers und wusste warum.

Es war zu spät, er musste sie verpasst haben, er hatte das gemeinsame morgendliche Ritual ignoriert.

Erst regte es ihn fürchterlich auf, dann fragte er sich, ob es ihn in ihren Augen nicht vielleicht interessanter machte, wenn er so tat, als interessiere er sich nicht für dieses Ritual oder für sie, als habe er Wichtigeres zu tun.

Schließlich fiel ihm Paul Gram wieder ein und als er sich auf den Weg ins Büro der Pressesprecherin machte, vorbei am geschlossenen Büro von Hermann Liebenich, dachte er darüber nach, warum sich der Journalist nicht an Abmachungen hielt.

Irgendetwas Unerwartetes musste am Samstag vorgefallen sein.

Es war nicht ungewöhnlich, dass Hermann Liebenichs Bürotür geschlossen war. Es war allerdings ungewöhnlich, dass sie abgeschlossen war. Hermann Liebenich höchstpersönlich hatte den Schlüssel vierundvierzig Stunden zuvor umgedreht, ein Hermann Liebenich in höchster Erregung, die sich, anders als sonst, nicht in angsteinflößender Extrovertiertheit entlud, sondern in einer maximal untypischen Gedankenversunkenheit manifestierte.

Als Kind hatte Hermann Liebenich zuerst Rennfahrer werden wollen. Und dann, da war er schon etwas älter gewesen, das Gleiche wie sein Vater.

Sein Vater, der ihn zwang, Klavier zu üben, um sein Klangverständnis zu verbessern.

Sein Vater, der selten zu Hause war, weil er arbeitete, das Wirtschaftswunder schuf sich seiner Auskunft nach nicht von selbst.

Sein Vater, der ihm, wenn er mal zu Hause war, mit einer Strenge begegnete, die dem kleinen Hermann Respekt einflößte, die er, natürlich nicht damals schon, aber nicht viel später, als Geschenk betrachtete, weil sie ihm frühe Flausen austrieb und ihn Disziplin und Ehrgeiz lehrte.

Hermann Liebenich litt als Kind darunter, von vielen Erwachsenen nicht ernst genommen, ja ausgelacht zu werden. Sein Vater, so streng er auch war, lachte ihn nie aus. Sein Vater nahm sich regelmäßig Zeit, ihm zuzuhören. Nie reagierte er ungehalten oder herablassend auf neugierige Fragen oder Vorschläge, welche Produkte Papas Unternehmen unbedingt ins Sortiment nehmen müsse. Sein Vater ermunterte ihn sogar, sich tiefergehende Gedanken zu machen über diese Produkte, Gedanken, die natürlich bar jeder Realität waren, eben Produkte kindlicher Fantasie, aber dem Sohn ein Zugehörigkeitsgefühl gaben. Hermann Liebenichs Vater baute seinen innerfamiliären Nachfolger früh auf, ein Vorhaben, an dem Hermann Liebenich selbst später so krachend scheiterte. Mit vierzehn durfte er in den Sommerferien das erste Mal vier Wochen lang im Unternehmen aushelfen – es war für ihn tatsächlich mehr ein Dürfen als ein Müssen. Er arbeitete fünf Tage die Woche in der Fertigung – die Lautsprecher und Mikrofone wurden damals noch ausschließlich an einem Standort hergestellt. Sein Beitrag war überschaubar, er erledigte vorwiegend Hilfsarbeiterdienste, aber er war so stolz auf das erste selbstverdiente Geld, dass er es kaum erwarten konnte zurückzukehren.

Das tat er, in den nächsten Ferien. Und in denen darauf ebenso.

Bald schon hatte er sich von den anderen Arbeitern so viel abgeschaut, dass er in der Lage war, komplexere Aufgaben selbst zu erledigen, anfangs unter Aufsicht, später allein.

Im Sommer, in dem er sechzehn wurde, überraschte ihn sein Vater am Ende seines vier Wochen langen Ferienjobs mit einem finanziellen Bonus und der lange zurückgehaltenen Erlaubnis, mit zwei Freunden zwei Wochen lang per Interrail durch Europa zu reisen.

Spätestens da hatte Hermann Liebenich begriffen, warum sich Leistung lohnte.

Und nun bedrückte ihn das niederschmetternde Gefühl, all das, sein ganzes Leben, könnte eine Lüge gewesen sein.

Hermann Liebenich mochte Samstagvormittage in der Firma. Er schätzte die Ruhe, er schätzte es, nicht ständig abgelenkt zu werden von Menschen, die nicht in der Lage waren, Entscheidungen zu treffen, und deswegen ihn mit allem möglichen Unsinn behelligten.

An diesem Samstagvormittag war er ins Büro gefahren, um Dinge abzuarbeiten, die während der Woche liegen geblieben waren, weil er sich zu sehr um diese delikate Angelegenheit hatte kümmern müssen, dieses Problem, das er beim bevorstehenden Treffen am Nachmittag auf die eine oder andere Weise aus der Welt zu schaffen entschlossen war. Er hatte eine vielversprechende neu erstandene Sammlung klassischer Musik in die Anlage eingelegt und sich an die Arbeit gemacht, bis, ja bis …

Ganz ehrlich und unter uns: Ich kann dir nicht erklären, was dann passiert ist. Oder warum es passiert ist. Ich weiß es nicht. Ich würde es gern wissen. Es würde zwar nichts ändern, aber immerhin hätte ich eine Erklärung.

Hermann Liebenich saß konzentriert bei der Arbeit, als seinen linken Arm ein plötzliches, heftiges Zucken durchfuhr, so heftig, dass er eines der Fotos seiner Frau im hohen Bogen vom Schreibtisch fegte. Er blickte dem Bilderrahmen erst entsetzt hinterher, stand dann auf und ging zu ihm hin, hob ihn auf und betrachtete die Aufnahme hinter zerbrochenem Glas, betrachtete sie mehrere Minuten lang.

Diese Versunkenheit allein war schon unnatürlich für ihn, die Gedanken, die ihn während dieser Zeit durchströmten, waren es noch viel mehr.

Du dürftest inzwischen verstanden haben, dass Hermann Liebenich eher Macher als Denker ist. Hin und wieder ist er für Gedankenblitze dankbar. Dann, wenn sie ihm brillante Lösungen für lange mitgeschleppte Probleme liefern. Dann also, wenn sie das Bild des unverwüstlich smarten Geschäftsmannes stützen.

Dieser Gedankenblitz aber stützte das Bild nicht, er stürzte es. Er löste kein Problem, er schuf eines.

Für ihn, für mich, für dich.

Hermann Liebenich stand da, blickte auf Scherben und sprach stumm mit sich selbst: »Das kann nicht sein, du täuschst dich.« Er suchte nach Argumenten dafür, dass es sich bei seinem Gedankenblitz um einen völlig absurden Einfall handelte, bar jeder Vernunft.

Er scheiterte.

Je mehr er sich gegen den Gedankenblitz wehrte, desto plausibler wurde er.

Es war lange her, dass Hermann Liebenich sprach- und hilflos gewesen war. Er war sogar der Meinung, es sei noch nie vorgekommen, was natürlich Quatsch war, er konnte sich nur nicht mehr an das letzte Mal erinnern.

Nun war er es erneut.

Er schaltete die Musik aus und legte sich auf das Sofa, das eigentlich nur Dekoration war, ein Statussymbol. Er lag da, in einer völligen Stille, die ihn so wahnsinnig machte, dass er sich räuspern musste, um sicherzugehen, dass es noch Geräusche gab auf der Welt. Ihm wurde schwarz vor Augen, ein paar Sekunden nur, aber länger als es ein Hermann Liebenich im Vollbesitz aller geistigen und körperlichen Kräfte als hinnehmbar akzeptiert hätte.

Doch dieser Hermann Liebenich, der Geschäftsmann, der Macher, war verschwunden, verdrängt von einem anderen Hermann Liebenich und dessen unglaublichem Gedankenblitz, nämlich dass er und sein Sohn und Paul Gram und Konstantin von Kornweg und alle Menschen um ihn herum nur Figuren in einer Geschichte waren. Dieser Geschichte.

Die Erkenntnis warf ihn um. Ließ ihn an allem zweifeln, was er bis dahin als unleugbar wahr angesehen hatte, ließ ihn zittern, ließ ihn frieren.

Die Zeiger von Sekunden, Minuten und Stunden an seiner Armbanduhr schritten voran, ohne dass sich etwas an seinem Zustand änderte. Es war ihm unmöglich, zum Treffen mit seinem Sohn und den beiden Männern zu gehen – er wäre nicht mal in der Verfassung gewesen, ein Baby einzuschüchtern. Ganz abgesehen davon, dass es in seinen Augen sowieso keinen Sinn hatte – weder ein Baby einzuschüchtern, noch zu diesem Treffen zu gehen, dessen Vorzeichen sich mit einem Wimpernschlag radikal geändert hatten, wie alles, wie sein komplettes Leben. Wie das Leben aller.

Er wollte darüber nachdenken.

Er wollte nach Hause, in eine Umgebung, in der er sich sicher fühlte.

Also rief Hermann Liebenich seinen Sohn an und erklärte ihm, dass er nicht kommen werde, erklärte ihm auch, warum er nicht kommen werde, beim ersten Mal mit stolpernden Worten, dann ein zweites Mal ruhig und langsam – er musste sich nur etwas zusammenreißen.

»Warte bitte kurz«, sagte sein Sohn – und dann, nicht mehr direkt in den Hörer, also ganz offensichtlich an Konstantin von Kornweg und Paul Gram gerichtet: »Ich bin gleich wieder da.«

Hermann Liebenich hörte eine Tür ins Schloss fallen, er hörte seinen Sohn einige Schritte gehen, er hörte ihn einmal tief durchatmen, bevor er auch seine Stimme wieder hörte. »Vater, was ist passiert? Du machst mir Angst.«

»Das Bild deiner Mutter. Es ist zu Boden gefallen, es ist zerbrochen«, sagte Hermann Liebenich. Er sagte es leise.

»Und?«

»Ich kann dir das nicht erklären. Ich kann es ja nicht mal mir selbst erklären.«

»Vater, warum flüsterst du so? Ich versteh dich kaum.«

»Sie hören zu. Sie wollen uns kontrollieren.« Während er das vor sich her flüsterte, schaute er sich in seinem Büro um, als könne dort tatsächlich jemand sein.

»Sie? Von wem sprichst du?«

»Ich muss jetzt Schluss machen«, sagte Hermann Liebenich, plötzlich wieder lauter. Er ließ seinem Sohn keine Zeit mehr zu antworten oder sich zu verabschieden. Eine innere Stimme riet ihm nachdrücklich dazu, sofort sein Büro zu verlassen, diesen Ort, der ihm plötzlich fremd war, den er auch prompt verließ, alles stehen und liegen ließ. Er schloss das Büro ab, als wolle er verhindern, dass böse Geister nach draußen drangen, und fuhr nach Hause – in Schrittgeschwindigkeit und stets aus allen Scheiben seines Autos schauend, auf der Suche nach etwas Unvorhersehbarem.

Am anderen Ende der unterbrochenen Leitung stand Matthias Caspar in einem Gang, der Moderne ausstrahlen sollte, aber nur an das Innere eines Krankenhauses erinnerte. Er stand da und dachte über das nach, was er gehört hatte.

Die am nächsten liegende Schlussfolgerung wäre gewesen, dass sein Vater übergeschnappt war.

Matthias Caspar kam zu einer anderen. Er, der dem Alten immer voller Skepsis gegenübergestanden hatte, glaubte ihm, glaubte ihm zum ersten Mal aus vollem Herzen. Das zog ihm den Boden unter den Füßen weg. Er musste zurück in den Raum und zu den anderen. Er musste sich auf einen Stuhl plumpsen lassen.

Und als wäre es nicht schon absurd genug, dass er seinem Vater glaubte, er überzeugte nach seiner Rückkehr ins Zimmer auch Paul Gram und Konstantin von Kornweg – nicht sofort, aber nach und nach. Weil die drei begannen, sich die gleichen Fragen zu stellen wie Hermann Liebenich zuvor und zu den gleichen Antworten kamen. Weil sie im Angesicht der Wahrheit schnell vergaßen, dass sie sich eigentlich gegenseitig misstrauten.

Es ist mir eine Lehre. Egal wie stark du ein Fundament gegossen zu haben glaubst, es gibt keine Garantie, dass es nicht zu bröckeln beginnt.

Ich habe – es ist mir peinlich, das zuzugeben, aber es gibt keinen Ausweg – die Kontrolle verloren. Als Hermann Liebenichs Arm zuckte und der Bilderrahmen zu Bruch ging, hat das eine Kettenreaktion ausgelöst, die ich nicht verhindern konnte. Vier von fünf der zentralen Figuren in dieser Geschichte haben aufgehört zu tun, was sie sollen. Sie tun nur noch, was sie wollen. Und ich konnte im ersten Moment nichts dagegen tun.

So kam es, dass der Schnüffler, der Schmierfink und der Lächler noch Stunden später zusammensaßen und debattierten, was das alles für sie bedeutete. Als sie auseinandergingen, war es draußen längst dunkel, und sie fällten den kühnen Entschluss, mich, ihren Erzähler, bei nächster Gelegenheit sehen zu wollen, um Antworten zu verlangen – Konstantin von Kornweg bot an, das Treffen in einer ungenutzten Lagerhalle seiner Firma abzuhalten.

So kam es, dass Hermann Liebenich sein Haus am nächsten Tag, dem Sonntag, nicht verließ, er sich nicht einmal aus seinem Schlafzimmer traute, es immerhin am Montag tat, im Büro aber dennoch nicht erschien und dies mit der Ausrede begründete, er habe dringende private Angelegenheiten zu erledigen. Er bat seine Sekretärin, alle Termine abzusagen, am besten gleich für die gesamte Woche, und erschreckte sie damit zutiefst.

So kam es, dass Paul Gram am Montagmorgen seine Kollegen in der Redaktion darüber informierte, dass er einer Sache auf der Spur sei, die größer war als alles, was ihm bisher untergekommen war.

So kam es, dass Konstantin von Kornweg zwar zur Arbeit erschien, aber zu arbeiten nicht imstande war, auch nur geistesabwesend den Kopf schütteln konnte, als ihn seine Schwester gleich morgens besuchte und ihn anfauchte, ob er sich erklären könne, warum Hermann Liebenich den Termin, der ihm am Freitag noch so wichtig gewesen zu sein schien, auf einmal um eine Woche verschieben ließ.

So kam es, dass Matthias Caspar es seinem Vater gleichtat und sich ebenfalls eingrub.

So kam es, dass Sebastian Vogt, im gesegneten Unwissen, an dem Montag, an dem diese Geschichte ihrem Höhepunkt hätte entgegensteuern sollen, einer angespannten Pressesprecherin gegenübersaß, die ihm offenbarte, dass sich der Boss abgemeldet habe, mutmaßlich für die ganze Woche.

»Ist er krank?«

»Ich habe keine Ahnung. Er geht nicht an sein Telefon. Das ist mir bei ihm noch nie passiert. Wir werden jedenfalls ein paar Dinge für ihn abfedern müssen ...«

Und so kam es, dass ich dich ansprach. Weil ich es ohne dich nicht schaffe, den Schmierfink, den Schnüffler und den Lächler wieder in die Spur zu bringen.

Um den Alten kümmere ich mich später, ich weiß schon, wie ich den umkremple. Aber die anderen bereiten mir Kopfzerbrechen – vor allem, weil sie gar nicht gut auf mich zu sprechen sind.

Du musst zu dem Gespräch in die Lagerhalle mitkommen.

Ich weiß, das ist viel verlangt. Aber es geht um mehr als diese Geschichte. Es geht um den Lauf der Dinge. Du magst das vielleicht noch nicht vollständig überblicken, aber glaube mir: Wir dürfen diesen Figuren nicht erlauben, ihr Schicksal in die eigene Hand zu nehmen. Wir müssen die Kettenreaktion stoppen. Ein Scheitern hätte fatale Folgen. Es würde uns alle ins Chaos stürzen.

Du musst keine Angst haben. Nicht vor Matthias Caspars Waffe und auch vor nichts anderem. Ich werde auf dich aufpassen. Ich werde nicht zulassen, dass dir etwas geschieht.

Ich kann doch auf dich zählen, oder?

Kapitel dreizehn

Nun denn, da wären wir. In der Lagerhalle da vorne warten der Schmierfink, der Schnüffler und der Lächler auf uns.

Das heißt: Sie warten auf mich. Von dir ahnen sie nichts. Das ist unser Trumpf.

Ich weiß nicht, wie's dir geht, aber in meinem Innersten kribbelt es. Nicht, dass mir der Arsch auf Grundeis ginge. Aber aufgeregt bin ich schon. Du musst wissen: Ich bin zwar schon eine ganze Weile in meinem Geschäft. Aber so eine Situation habe ich noch nicht erlebt.

Das dürften wir gemeinsam haben.

Ich kann dir nicht sagen, was uns erwartet. Ich kenne den weiteren Verlauf der Geschichte, so wie sie sich jetzt entwickelt hat, nicht.

Beunruhigt dich das?

Muss es nicht.

Wir müssen einfach nur dafür sorgen, dass alles wieder seinen vorgesehenen Gang nimmt. Dass ich dir die Geschichte zu Ende erzählen kann. Du hast dir das Recht erworben, sie zu hören – bis zum Ende. Wer zahlt, bestimmt. Der Kunde ist König. Du kennst die Sprüche.

Lass uns also, bevor wir da reingehen, eine Strategie zurechtlegen. Denn eins ist klar: Wir sind in der besseren Verhandlungsposition. Wir haben einen Wissensvorsprung. Unsere Jungs sind verunsichert.

Dem Schnüffler wirst du das sofort ansehen. Dem Lächler mit seiner in der Hosentasche geballten Faust und dem Schmierfinken vielleicht weniger. Du wirst die beiden möglicherweise nicht wiedererkennen. Es wird dir vielleicht so vorkommen, als hättest du es mit anderen Menschen zu tun, die anders sprechen, sich anders verhalten. Traumatische Erlebnisse können manchmal so etwas auslösen. Aber sei dir gewiss: Selbst wenn der Schmierfink gerade noch so tut, als wäre er die Ruhe selbst, und der Lächler so wirkt, als wolle er jeden verprügeln, der ihm doof kommt, wissen die beiden auch nicht, wie sie mit der Wahrheit umgehen sollen.

Diese Ungewissheit müssen wir nutzen.

Sie haben, wie du weißt, nur vier Stühle bereitgestellt, weil sie mit dir nicht rechnen. Wenn wir da reingehen, hätte ich gern, dass du dich auf meinen Stuhl setzt. Ich stehe sowieso lieber, da fühle ich mich beweglicher. Befreiter.

Du setzt dich also hin. Und dann tust du gar nichts.

Sag kein Wort.

Nicke nicht mal zur Begrüßung.

Lächle nicht.

Starre sie einfach nur an. Schau ihnen in die Augen. Einem nach dem anderen.

Lange.

Alles andere, vor allem das Reden, überlass mir. Selbst wenn sie dich ansprechen: Antworte nicht.

Einfach nur dazusitzen und zu schweigen soll meine große wichtige Aufgabe sein?, denkst du dir jetzt vielleicht.

Aber täusche dich nicht. Eine größere Wirkung kannst du gar nicht entfalten.

Versteh mich bitte nicht falsch. Es ist nicht so, dass ich dir nicht zutrauen würde, mit ihnen fertigzuwerden, ihnen Paroli zu bieten und sie in die Schranken zu weisen. Aber versetz dich mal in ihre Lage: Sie haben gerade ein großes Geheimnis entdeckt, durch das ihr Weltbild völlig aus den Fugen geraten ist. Sie können noch nicht abschätzen, welche Konsequenzen das hat. Sie kennen die Hintergründe nicht. Sie erhoffen sich Antworten von mir.

Und dann kommst du.

Sitzt ihnen gegenüber und gibst ihnen das Gefühl, dass sie es eigentlich gar nicht wert sind, dass du dich mit ihnen beschäftigst.

Sie werden sich fragen, welche Macht du besitzt.

Sie werden sich überlegen, ob sie es sich wirklich mit dir verscherzen wollen.

Ist das nachvollziehbar? Bist du einverstanden?

Dann lass uns reingehen, bevor es hier anfängt zu schütten.

Ich kann den Sturm schon riechen.

Guten Tag, meine Herren. Bitte verzeihen Sie, dass wir Sie haben warten lassen. Ihre Lagerhalle war nicht so einfach zu finden. Ich würde ja gern »Hübsch haben Sie's hier« sagen, aber es ist ja doch ein eher kärglicher Ort, den Sie sich für unser kleines Aufeinandertreffen ausgesucht haben.

»Jedem, wie er es verdient.«

Aber, aber, Herr Gram, wer wird denn gleich zu Beginn unserer Zusammenkunft so unhöflich werden. Ich …

»Du hörst am besten gleich auf, so geschwollen zu reden. Sag uns erst mal, wer du bist. Und dann sag uns, wen du da mitgebracht hast.«

Nun, nennen wir's so: Ich bin eine Art Vermittler, ein Advokat höherer Mächte, wenn Sie es so nennen möchten.

Und diesem mich begleitenden ehrenwerten Wesen verdanke ich in gewisser Weise meinen Auftrag, stehe in seiner Schuld, wie Sie im Übrigen auch. Aber ich bin mir sicher, auf diesen Aspekt werden wir noch zu sprechen kommen.

»Wir kommen auf ziemlich wenig zu sprechen, wenn du nicht bald anfängst, normal mit uns zu reden. Und jetzt noch mal ohne gequirlte Scheiße. Wer seid ihr?«

Ich darf Sie daran erinnern, dass *Sie* hier etwas von *uns* möchten. Also wäre ein bisschen Respekt ganz angebracht. Aber als Zeichen meines guten Willens: Ich bin ein Erzähler. Ich erzähle Ihre Geschichte. Den zweiten Teil der Gleichung kann sich ein Mann Ihrer Intelligenz sicherlich problemlos selbst ausrechnen.

»Und *du*, sagst du auch etwas?«

Lieber Herr Gram, die gleiche Frage könnte ich auch Ihren Begleitern stellen. Herr Caspar, Herr von Kornweg, ich bin natürlich ebenso erfreut, Sie persönlich kennenzulernen. Ich hoffe, es geht Ihnen gut? Den Umständen entsprechend?

»Wir haben uns darauf geeinigt, dass ich die Verhandlungen übernehme.«

Sehen Sie, Herr Gram. Wir beide haben eine ganz ähnliche Übereinkunft getroffen. Aber lassen Sie uns doch zur Sache kommen. Wie können wir Ihnen helfen?

»Wir wollen Antworten.«

Auf welche Fragen?

»Zu allererst: Ist es wahr?«

Sie wollen wissen, ob Sie wirklich Charaktere einer Geschichte sind? Ja, das sind Sie. Und vielleicht erfüllt es Sie ja sogar mit Stolz zu erfahren, dass Sie die wichtigsten Figuren dieser Geschichte sind. Nun, unter anderen.

»Das heißt, wir sind Marionetten?«

Aber Herr Gram, Sie sind doch keine Marionetten. Sie sind Menschen. Oder sehen Sie vielleicht Fäden an Ihren Armen und Füßen? Oder an denen Ihrer geschätzten Mitstreiter?

»Du weißt genau, wie ich das meine.«

Ja, ich weiß, wie Sie das meinen. Es bleibt dennoch Unfug. Ich gebe ja zu, dass beim einen oder anderen klitzekleinen Aspekt Ihrer Geschichte ein wenig nachgeholfen werden musste, um Sie in die nötige Richtung zu schubsen, als Teil einer Dramatisierung – Sie verstehen das sicher. Aber abgesehen davon lenkt Sie selbstverständlich niemand. Sie verfügen wie jeder Mensch über einen freien Willen und sind frei, zu tun und zu lassen, was Sie möchten.

»Willst du uns verarschen? Seit wann haben Figuren einer Geschichte einen freien Willen?«

Zugegeben, in der Geschichte nicht zu hundert Prozent. Aber außerhalb der Geschichte durchaus. Es ist ein wenig kompliziert.

»Dann erkläre es.«

In Ordnung, ich will es versuchen. Ganz allgemein gesprochen ist Ihre persönliche Geschichte die Summe jeder Entscheidung, die Sie im Laufe Ihres Lebens getroffen haben, da stimmen Sie ja sicher mit mir überein. Die kollektive Geschichte von Ihnen dreien und allen anderen in Ihrem unmittelbaren Umfeld wurzelt somit im Zusammenspiel dieser Entscheidungen, die ja fast immer nicht nur Sie allein betreffen, sondern sich auf andere beziehen und auswirken. Dadurch ist ein komplexes Beziehungsnetz entstanden, das das Potenzial bot für eine außergewöhnlich spannende Geschichte, die obendrein sehr lehrreich sein kann für die Menschen, die sie hören. Eine Geschichte, die daher einfach erzählt werden musste.

»Mit klitzekleinen Anpassungen im Sinne der Dramatisierung?«

Exakt. Und lassen Sie doch bitte diesen sarkastischen Tonfall. Der bringt uns nicht weiter.

»Wir sollen also nicht verärgert reagieren, wenn wir feststellen, dass du uns manipuliert hast?«

Moment, *ich* erzähle nur. Ich manipuliere gar nicht. Im Gegensatz zu Ihnen, Herr Gram. Sie manipulieren täglich, um zu bekommen, was Sie wollen. Wenn Sie das leugnen, sind Sie ein Heuchler. Und Sie manipulieren nicht, weil irgendjemand Sie gegen Ihren Willen dazu gebracht hat, sondern weil es Ihrer Natur entspricht. Tun Sie jetzt also bloß nicht so entsetzt.

»Versuchst du jetzt mich als Bösen hinzustellen?«

Verschlucken Sie sich nicht, Herr Gram. Hier ist niemand gut oder böse. Jedenfalls nicht ausschließlich. Und lassen Sie uns doch lieber konstruktiv werden.

»Was verstehst du darunter?«

Nun, das Problem ist, dass Sie den Lauf der Geschichte verändert haben, als Sie erkannten, dass Ihre Geschichte erzählt wird. Das hätte nicht passieren sollen.

»Und diese Geschichte, die du da ohne unser Wissen über uns erzählst: Deren Verlauf steht fest?«

Das weiß ich nicht.

»Was soll das heißen, du weißt es nicht? Eben hast du noch gesagt, wir hätten den Lauf der Geschichte verändert. Du musst doch also wissen, wie der eigentliche Verlauf der Geschichte ausgesehen hätte.«

Nein, eben nicht. Alles, was ich weiß, ist, dass das, was zuletzt passiert ist, nicht hätte passieren dürfen. Ich bin kein Wahrsager, ich kenne die Zukunft nicht, weder Ihre noch meine. Ich bin nur ein Erzähler. Sie und ich, Herr Gram, wir sind genau genommen gar nicht so verschieden.

Wir sind beide Berichterstatter. Wenn wir auf interessante Geschichten stoßen, müssen wir sie erzählen.

»Ich warne dich, vergleich dich bloß nicht mit mir.«

Verzeihen Sie mir, aber die Parallelen sind doch nicht zu übersehen. Eigentlich müssten Sie stolz darauf sein, dass ich Ihre Geschichte erzähle. Nicht viele Menschen können von sich behaupten, dass ihre Geschichte interessant genug ist, erzählt zu werden.

»Hör endlich mit dieser Scheißbehauptung auf, du würdest hier meine oder unsere Geschichte erzählen. Gib doch wenigstens zu, dass du uns missbrauchst, um eine Geschichte zu erzählen, die eigentlich gar nichts mit uns zu tun hat, in die du uns ohne unser Wissen und unseren Willen hineingelenkt hast.«

Noch einmal: Ich lenke Sie nirgendwo hin. Ich erzähle nur. Abgesehen davon übertreiben Sie. Die Geschichte spiegelt sehr wohl wider, wer Sie sind.

»Behauptest du.«

Um das mal klarzustellen: Ich verstehe durchaus, dass Sie drei durch die jüngsten Erkenntnisse verwirrt sind. Aber Sie tun hier so, als ob alles, was Sie bisher erlebt haben, jede Minute Ihres Lebens, jede Handlung, nur Ausdruck einer geschickten Manipulation war. Das glauben Sie doch nicht ernsthaft, oder? Ihr Leben ist Ihr Leben, nicht Teil einer vorgefassten Geschichte mit dem Ziel, Fremde zu unterhalten.

»Gutes Stichwort. Wer bist *du* eigentlich? Sein Herrchen? Steckst du hinter alledem? Hast du uns manipuliert? Oder bist du nur ein jämmerliches Würstchen, das glaubt, man könne uns zu seiner Unterhaltung behandeln wie Dreck unterm Fingernagel? Wer gibt dir das Recht, unsere Geschichte zu erfahren? Was weißt du von uns? Warum steht er in deiner Schuld, wie er vorhin meinte? Erzählt er dir unsere intimsten Geheimnisse? Und warum sollte ich, warum sollten wir in deiner Schuld stehen? Ich habe dich noch nie gesehen, ich kenne dich nicht. Ich bin dir überhaupt nichts schuldig. Wie würde es dir denn gefallen, wenn du in unserer Situation wärst? Los, sag schon! Hör auf, mich so debil anzustieren und antworte gefälligst! Oder hat es dir die Sprache verschlagen?«

Herr Gram, wenn Sie mir diesen Ratschlag erlauben: Wählen Sie Ihre Worte und Ihren Ton lieber mit Bedacht.

»Ach, sind wir jetzt an dem Punkt angekommen, an dem du mir drohst?«

Nein, nicht drohen, nur warnen. Manche Menschen sollte man besser nicht verärgern. Vor allem nicht, wenn man keine Ahnung hat, mit wem man es zu tun hat.

»Ist das so, ja? Was tust du denn mit mir, wenn ich dich verärgere? Hm?«

Herr Gram, hier bin ich. Hier. Richten Sie Ihr Wort an mich. Ich schlage vor, wir lassen die Muskelspielchen sein und konzentrieren uns darauf, nach einer Lösung zu suchen. Was passiert ist, ist passiert. Lassen Sie uns vernünftig werden und uns gemeinsam überlegen, wie wir uns gegenseitig helfen können und wie es weitergehen kann.

»Ja, wie wollen wir denn weitermachen?«

Nun, ich hielte es für wichtig, die Geschichte zu einem sauberen Ende zu bringen.

»Und danach? Was passiert mit uns, wenn diese Geschichte zu Ende ist?«

Wie schon gesagt: Ich kann nicht in die Zukunft blicken. Wenn die Geschichte zu Ende ist, geht jeder seiner Wege.

»Und wie stellst du dir das bitte vor? Wie sollen wir mit unserem neuen Wissen zur Geschichte zurückkehren? Sollen wir einfach so tun, als wäre nichts gewesen?«

Ich fürchte, es bleibt Ihnen nichts anderes übrig. Meine Experimente, Erinnerungen zu löschen, sind noch nicht weit genug fortgeschritten ... Ach, jetzt gucken Sie nicht wie ein Auto. Das war selbstverständlich ein Scherz.

»Schön, dass du deinen Humor noch nicht verloren hast. Du verlangst also von uns, dass wir Rollen spielen, als wären wir Schauspieler. Und wo kriegen wir das Skript her? Woher sollen wir wissen, was wir tun sollen?«

Seien Sie einfach Sie selbst. Alles andere ergibt sich von allein.

»Und wenn nicht, hilfst du nach.«

Nicht ich ...

»Ja, ja, ich weiß schon. Du bist nur ein Erfüllungsgehilfe. Du kannst deinem Auftraggeber ausrichten, dass wir darüber nachdenken werden. Dir ist ja wohl klar, dass ich hier zwar das Wort führe, aber die Entscheidung nicht alleine treffen kann.«

Schön und gut, sprechen Sie über alles, aber beeilen Sie sich mit Ihrer Entscheidung. Es gibt Aspekte in Ihrer Geschichte, deren Dimension Sie noch nicht ganz begriffen haben. Die Zeit drängt.

»Moment, ich bin noch nicht fertig. So einfach kommst du uns nicht davon. Wenn wir uns entscheiden sollten, dein mieses Spiel mitzuspielen, tun wir das ganz sicher nur unter mehreren Bedingungen.«

Die da wären?

»Ich will von dir eine Garantie, dass im Verlauf der Geschichte keiner von uns zu Schaden kommt.«

»Mein Vater auch nicht.«

»Richtig, Verzeihung, Matthias. Auch Hermann Liebenich darf nichts passieren. Und sobald diese Geschichte zu Ende ist, ist sie zu Ende. Keine Manipulation mehr. Du lässt uns unsere Leben führen, wie wir es wollen.«

Ist das alles?

»Nein, das ist längst nicht alles. Du sorgst dafür, dass mein guter Freund Konstantin von Kornweg hier zu einer Operation kommt, die ihn von dieser Gesichtslähmung heilt. Es ist mir völlig egal, wie du oder wer auch immer die Macht dazu hat, das anstellt, aber ich bin mir sicher, ihr werdet einen Weg finden. Unser lieber Matthias Caspar hier hätte gern eine eigene Detektei und regelmäßig spannende Aufträge. Wenn ihr brav seid, lässt er dich ja vielleicht sogar die eine oder andere Geschichte erzählen.«

Und was ist mit Ihnen, Herr Gram? Was ist Ihr Wunsch?

»Ich? Ich möchte einfach nur, dass du mich in Ruhe lässt, wenn alles vorbei ist. Ich möchte ich sein dürfen. Halt dich aus meinem Kopf raus.«

In Ordnung, wie Sie sich denken können, kann auch ich diese Entscheidung nicht alleine treffen. Ihnen reichen doch vierundzwanzig Stunden, um darüber nachzudenken? Treffen wir uns morgen wieder, gleiche Stelle, gleiche Welle?

»In Ordnung. Aber keine miesen Tricks. Sonst …«

Keine Sorge, Herr Gram. Und jetzt entschuldigen Sie uns. Einen angenehmen Tag noch, die Herren. Und gute Gespräche.

So, das hätten wir also hinter uns. Entschuldige bitte das Possenspiel da drin, aber es war nötig. Gut, dass du die Ruhe bewahrt hast. Genauso habe ich mir das vorgestellt.

Was hältst du von alldem?

Ich finde ja, sie nehmen sich ziemlich viel raus. Aber das werde ich ihnen nicht unter die Nase reiben. Ich schlage vor, wir gehen auf ihre Forderungen ein, damit wieder Ruhe ist. Nur zum Schein natürlich, wo kämen wir denn hin, wenn plötzlich jeder nur noch das täte, was er will?

Die werten Herren werden sich jedenfalls noch umschauen. Als ob wir uns hier erpressen lassen würden.

Kapitel vierzehn

Dieser verkommene, kleine Piss...

Ich ...

Okay, ganz ruhig.

Warte kurz.

Gib mir eine Minute. Lass mich durchatmen. Ich muss mich erst beruhigen. Hast du vielleicht ein Glas Wasser für mich?

Ich komme gerade von einem sehr unerfreulichen Treffen mit Paul Gram zurück. Ich bin direkt zu dir gekommen, weil ich dich nicht warten lassen wollte. Ich hoffe, das rechnest du mir an. Es ist nämlich nicht so gelaufen, wie wir uns das ausgemalt haben.

Ganz und gar nicht.

Vielleicht hätte ich dich auch diesmal wieder mitnehmen sollen. Vielleicht wäre dir spontan etwas eingefallen. Vielleicht hätte es auch nichts geändert. Aber wenigstens bliebe es mir jetzt erspart, dir berichten zu müssen, was vorgefallen ist.

Du musst verzeihen, mich in dieser Verfassung zu erleben, ich schwöre dir, das sieht mir normalerweise nicht ähnlich. Aber dieser Schmierfink ...

Mir geht gerade so einiges durch den Kopf, und glaube mir, vieles davon möchtest du nicht wissen.

Aber gut, zur Sache. Ich bin vorhin also wieder in die Lagerhalle gefahren. Möglicherweise war ich nach unserem gemeinsamen Treffen mit unseren drei Rebellen zu unbesorgt, aber ich ging einfach davon aus, dass wir diese unglückliche Situation regeln können, wenn wir so tun, als würden wir ihnen geben, was sie verlangen.

Ich habe mich getäuscht.

Du musst wissen, der Schmierfink, der Schnüffler und der Lächler haben mich geblockt, sogar der alte Liebenich hat sich völlig abgeschottet. Ich weiß nicht, wie sie das angestellt haben, aber es ist fatal. Mittlerweile kann ich sie nicht nur nicht lenken, ich kann nicht mal mehr in ihre Köpfe sehen, kann ihre Gedanken nicht mehr lesen, kann ihre Gefühle nicht mehr fassen.

Ich weiß nicht mehr, was sie wann planen und was sie damit bezwecken.

Kannst du dir vorstellen, was das für mich und meine Aufgabe bedeutet? Wie soll ich so arbeiten?

Jedenfalls war ich schon überrascht zu erfahren, dass Paul Gram alleine zu unserem Treffen kommen würde, aber ich habe mir anfangs nichts daraus gemacht. Ich dachte mir: Gut, er hat gestern schon die ganze Zeit geredet, da ist es doch nur natürlich, dass sie ihn vorschicken.

Ich hätte sie selbstverständlich nach unserem Abgang gestern belauschen können, um auf alle Eventualitäten vorbereitet zu sein – ganz entkommen werden sie mir nie. Aber ich wollte sie lieber allein lassen und ihnen das Gefühl vorgaukeln, frei zu sein. Ich wollte nicht riskieren, dass sie durch irgendeinen dummen Zufall herausfinden, dass ich sie abhöre, und dadurch ihre Entscheidung beeinflussen.

Im Nachhinein muss ich sagen: Es war ein Fehler. Wenn ich früher darüber informiert gewesen wäre, was passieren wird, hätte ich mich besser vorbereiten können.

Dann wäre mir der Schmierfink nicht so leicht davongekommen.

Als ich also in die Lagerhalle komme, blicke ich Paul Gram direkt in seine unschuldigen Augen. Ich habe ihn extra ein paar Minuten warten lassen, Pünktlichkeit ist eine Tugend, Unpünktlichkeit ein Machtmittel. Aber er steht seelenruhig da, als habe ihn jemand am Tisch festgekettet und fixiert, er bewegt sich keinen Millimeter, und als er mich sieht, fängt er an zu lächeln.

Für einen Moment denke ich, Konstantin von Kornweg steht vor mir – dieses Lächeln lässt einem auf Dauer das Blut in den Adern gefrieren, findest du nicht auch? Doch dann geht das Lächler-Lächeln in einer fließenden Bewegung in das Gram-Lächeln über, mit dem er sonst die Menschen zu umgarnen versucht.

Bei mir funktioniert das natürlich nicht, ich kenne ihn zu gut, um mich einlullen zu lassen. Aber ich frage mich trotzdem, ob ich den Verstand verliere und mir das Lächler-Lächeln nur eingebildet habe.

Dann erblicke ich auf dem Tisch hinter dem Schmierfinken eine Flasche Champagner und zwei Gläser. Ich erkenne den Champagner wieder, er hat ihn nach dem Artikel über die Vorkommnisse bei den Wasserwerken von seinem Chefredakteur geschenkt bekommen und für einen besonderen Anlass aufgehoben, der nie gekommen ist, weil … – nun machen wir uns nichts vor: Ein solcher Einzelgänger wie Paul Gram feiert selten mit anderen, nicht einmal besondere Anlässe.

»Da sind wir also wieder«, sagt er, und als er sieht, wohin mein Blick fällt, ergänzt er: »Ich dachte, das hier wäre eine schöne Gelegenheit, auf Freundschaft und Brüderschaft zu trinken«.

»Wir haben also was zu feiern?«, frage ich.

»Nun, das kommt ganz auf die Sichtweise an«, antwortet er, öffnet die Flasche und schenkt uns ein.

Er reicht mir ein Glas und hält mir seines hin, damit wir anstoßen können. Ich tue ihm den Gefallen, obwohl ich mich frage, worauf er hinauswill. Wir nehmen einen Schluck, er schlürft, schließt die Augen, seufzt genießerisch und stellt sein Glas zurück auf den Tisch.

»Gestern hast du mich gesiezt. Wollen wir nicht zum Du übergehen?«, schlägt er vor.

Ich nicke.

»Sehr schön. Ich käme mir sonst albern vor. Du verzeihst mir doch, dass ich dich von Anfang an geduzt habe. Wir waren alle ein wenig erregt. Da passiert so was.«

Ich nicke erneut.

»Gut. Und nun verrate mir: Wie stehst du zu unseren Bedingungen? Was meint dein Meister dazu? Bist du mit guten Nachrichten hergekommen?«

»Ich kann dir berichten, dass eure Bedingungen erfüllt werden, wenn ihr umgekehrt euren Rollen in dieser Geschichte gerecht werdet.«

Er nimmt das Glas wieder, trinkt, greift es am Rand, lässt seine Hand sinken, schwenkt es und bewegt sich weg von mir. Er läuft zu dem Fenster, durch das man einigermaßen hinausschauen kann, das kleine rechts neben der Tür. Es scheint, als wolle er sich vergewissern, ob da draußen eine Armee steht, aber mir kommt es mehr und mehr so vor, als wohne ich einem Schauspiel bei.

Dann beginnt er seine kleine Rede: »Wir, also nicht wir beide, sondern Matthias, Konstantin und ich, haben tatsächlich etwas zu feiern, unsere Freiheit nämlich. Siehst du, wir haben gestern lange darüber debattiert, ob wir dein Angebot annehmen wollen. Na gut, so lange war es dann auch wieder nicht, wir waren uns recht schnell einig. Allein die Tatsache, dass du bereit warst, unsere Bedingungen zu erwägen, hat uns gezeigt, dass du keine Macht mehr über uns besitzt. Wenn du uns zwingen könntest, weiter Schachfiguren in deiner Geschichte zu sein, würdest du das tun, du würdest uns dafür auslachen, dass wir überhaupt glauben, etwas von dir verlangen zu können. Und so wie ich das sehe, hast du unseren Punkt soeben endgültig bestätigt.«

Er kommt zurück und klopft mir auf den Rücken.

Ich möchte ihn dafür büßen lassen, ihm sehr wehtun, aber ich weiß, ich muss mich im Griff halten.

»Und was soll ich damit jetzt anfangen? Was willst du? Weitere Forderungen stellen?«, frage ich.

»Nein«, antwortet er und schüttelt theatralisch den Kopf.

Er wäre gar kein so mieser Schauspieler, also ein Schauspieler, der weiß, dass er Teil eines Schauspiels ist.

»Du kannst dir deine Geschenke in die Haare schmieren. Wir sind raus, deine Geschichte ist zu Ende.«

Jetzt schalte auch ich in den Theatermodus um. Ich habe es mit Höflichkeit versucht und er hat mir dafür ins Gesicht gespuckt. Ich gehe auf ihn zu und dränge ihn in Richtung des Tisches. Ich rücke ihm ganz nah auf die Pelle, lege meinen Kopf schief und lächle ihn an. »Und du bist sicher, dass du mir nichts anderes zu sagen hast?«

»Absolut.«

Ich spüre seine Selbstgefälligkeit bröckeln.

»Deine beiden Kollegen sind derselben Ansicht wie du?«

»Vollkommen.«

Ich glaube ihm kein Wort.

Matthias Caspar hat er vielleicht auf seine Seite gezogen, der war schon immer wankelmütig und leicht zu beeinflussen, aber du kennst Konstantin von Kornweg. Er wünscht sich nichts sehnlicher, als diese fürchterliche Gesichtslähmung loszuwerden. Er würde alles dafür tun. Er wirft die Chance, die wir ihm bieten, nicht einfach so weg.

Ein paar Sekunden stehe ich seelenruhig da, ich kann seinen Atem spüren, ich kann ihn riechen – und glaub mir, es ist kein Hochgenuss.

Ich tue so, als denke ich nach, als suche ich nach einem Ausweg aus der Situation, dabei weiß ich längst, was ich tun werde. Ich wende mich ab. »Nun, wenn das so ist. Dann kann ich wohl nichts tun, um dich umzustimmen.«

»Kannst du nicht«, höre ich ihn sagen.

Ich stehe noch immer mit dem Rücken zu ihm.

»Bedauerlich«, sage ich, »wirklich bedauerlich. Ich hätte gern für deine Sicherheit garantiert oder für die deiner Kameraden oder für die der Menschen, die dir wichtig sind, sagen wir für die deiner Eltern, die sind ja mittlerweile auch in einem Alter, in dem man auf seine Gesundheit besonders achten sollte. Aber wenn du nichts mehr mit mir zu tun haben willst, kann ich dich leider auch nicht mehr schützen.«

Er verschränkt die Arme, lächelt mich wieder an. Es ist eine Mischung aus Gram- und Lächler-Lächeln.

»Ach, sind wir jetzt dann wirklich und endgültig an dem Punkt angekommen, an dem du mir drohst?«

»Ja«, sage ich. »Genau an dem Punkt sind wir jetzt.«

Er schaut weg, schürzt die Lippen, es schmatzt, es quietscht.

»Und sind wir nicht willig ...« Er lacht kurz auf. »Weißt du«, sagt er schließlich, »es ist doch seltsam zwischen

uns Menschen. Es ist nur ein paar Minuten her, dass wir auf Freundschaft und Brüderschaft angestoßen haben, und sieh uns jetzt an: Wir drohen uns gegenseitig. Du drohst damit, meinen Eltern weh zu tun. Ich drohe dir, dich zu finden und dir deinen Mund zuzunähen und deine Augen mit einem Löffel aus den Höhlen zu pulen, sollte ihnen etwas geschehen, weil ich dich finden werde, egal wo du dich versteckst, das ist meine Garantie an dich. Aber diese Feindseligkeiten sind doch nur wieder Ausdruck unserer Erregung. Du und ich, wir müssen einen kühlen Kopf bewahren, wo käme die Welt hin, wenn die Erzähler und Berichterstatter sich von Hass und Wut leiten ließen?«

Er macht eine Pause, will offenbar eine Erwiderung von mir, er öffnet sogar kurz die Handflächen, doch ich tue ihm den Gefallen nicht.

»Nun gut, was hältst du davon: Wir gehen jetzt beide unserer Wege und du denkst in Ruhe darüber nach, ob du mit unserer Entscheidung nicht doch leben kannst und dir eine neue Geschichte zum Erzählen suchst.«

Er nimmt die dämliche Champagner-Flasche und füllt mein Glas auf, das ich auf den Tisch gestellt habe. Seines rührt er nicht an. Er kommt mit dem Glas auf mich zu, tätschelt mir schon wieder den Rücken.

»Trink noch einen Schluck, das kribbelt so schön im Bauch. Du kannst die Flasche mitnehmen. Vielleicht will dein Auftraggeber auch davon kosten.«

Dann geht er an mir vorbei und verschwindet. Er lässt mich allein.

Du kannst dir vielleicht vorstellen, wie es mir ging. Ich habe das Scheißglas in meiner Hand mit voller Wucht gegen die Wand geschmettert. Und dann noch einen Stuhl umgetreten. Das musste einfach raus.

Ich meine, was fällt ihm überhaupt ein?

Jede gute Geschichte braucht Rebellen wie ihn, die gegen höhere Mächte aufbegehren, die zeigen, dass es noch andere Wege geben kann als den vorgegebenen, die denen Hoffnung geben, die zu träge oder zu feige sind, selbst zum Rebellen zu werden, und die deshalb froh sind, wenn jemand diese Aufgabe für sie übernimmt.

Dir fallen bestimmt Dutzende solcher Scheinhelden ein, wenn du darüber nachdenkst. Ich habe nichts gegen sie, im Gegenteil, ich schätze sie, ohne sie wäre alles so viel langweiliger und gleichgeschalteter.

Weißt du, es ist alles eine Frage der Balance zwischen Gut und Böse, Aktion und Reaktion, Revolution und Konterrevolution. Solange das Ergebnis stimmt. Aber das, was er sich herausnimmt, geht zu weit.

Ganz gewaltig.

Und wofür? Für ein bisschen Freiheit, dem überbewertetsten Konzept überhaupt?

Er ist doch zufrieden, er lebt doch ein gutes Leben, er hat doch alles, was er braucht.

Aber um auf den Punkt zu kommen: Ich muss dich um Verzeihung bitten. Ich habe es noch nicht geschafft, meine Verpflichtung dir gegenüber einzuhalten. Aber ich versichere dir, das letzte Wort ist noch nicht gesprochen. Ich arbeite an der Lösung – und ich habe einen Mann eingeschaltet, der mich dabei unterstützen wird, einen Spezialisten.

Er nennt sich Problemlöser und er ist sehr effektiv. Entschuldige bitte, dass ich nicht zu sehr ins Detail gehen kann – es ist Teil der Vereinbarung zwischen ihm und mir, dass ich niemandem zu viel über ihn verrate, nicht einmal dir. Er ist kein Mensch für die Öffentlichkeit. Aber du wirst ihn bei der Arbeit erleben. Erkennen wirst du ihn an seinem kantigen Gesicht, dem roten Schopf und der Narbe über seiner rechten Augenbraue, die von einer früheren Auseinandersetzung herrührt. Das Angebot, sie entfernen zu lassen, hat er abgelehnt, er findet, sie verleihe seiner Erscheinung Ausdruck. Und wundere dich nicht: Er mag vielleicht nicht übermäßig muskulös sein, aber seine Kraft kommt vom Köpfchen.

Er und ich, wir werden diese abtrünnigen Schlaumeier zurechtstutzen. Du hast mein Wort darauf.

Und ich weiß auch schon, bei wem wir anfangen.

Kapitel fünfzehn

Vielleicht war es weibliche Intuition. Oder es lag daran, dass sie ihn seit Jahrzehnten kannte. Ganz sicher spielte Konstantin von Kornwegs Verhalten an den vorangegangenen beiden Tagen eine Rolle: Nicht nur, dass sie ihn niemals zuvor derart gedankenversunken erlebt hatte – das allein wollte schon etwas heißen. Ihr Chef war auch noch mitten am Tag verschwunden, »private Angelegenheiten erledigen«, wie er ihr zugenuschelt hatte, ohne das weiter auszuführen – nach seiner Rückkehr am Montag nicht und genauso wenig am Dienstag, den er eingeschlossen in seinem Büro verbracht hatte. Als sie einmal nach dem Rechten hatte sehen wollen, hatte sie ihn leise mit sich selbst sprechen hören.

Dieses gesamte Verhalten widersprach in ihren Augen völlig seiner Natur. Als Konstantin von Kornweg nun an diesem Mittwochmorgen an ihr vorbeihuschte, als könne er erst in seinem Büro wieder atmen, als sei das Vorzimmer der schreckliche Höhepunkt einer begehbaren Geisterbahn, da erhaschte sie flüchtig den Hauch einer Veränderung.

Es war dieses obligatorische »Guten Morgen«! Sonst mehr haspelnd geflüstert als gesprochen, eine zwanghafte Floskel vom Mann der vielen Gewohnheiten.

Heute: als meine er es so.

Ja, das war alles äußerst nuanciert, aber sie hatte recht. Das war nicht der Konstantin von Kornweg, den sie mit der Zeit zu schätzen, zu verachten, zu bemitleiden oder schlichtweg zu akzeptieren gelernt hatte, je nachdem, in welcher Gemütslage sie selbst sich gerade befand.

Das war ein Konstantin von Kornweg auf dem Pfad dessen, was er seit etlichen Jahren der Bequemlichkeit gleichermaßen ersehnt und gefürchtet hatte: dem Wandel.

Ihr »Guten Morgen« als Antwort kam verzögert. Es erreichte ihn fast nicht mehr.

Konstantin von Kornwegs Lächeln war nicht in Stein gemeißelt. Verschwinden lassen konnte er es nicht, aber er war durchaus in der Lage, es zu erweitern. Wenn der Lächler aus eigenem Antrieb lächelte, mutierte seine Fratze erst recht zu einem Zerrbild, das selbst dem hartgesottensten Clown vor lauter Angstschweiß die Schminke dahingeschmolzen hätte. Jeder Joker wäre gestorben vor Neid.

Freilich bekam niemand jemals dieses verbreiterte Lächeln zu Gesicht, weil Konstantin von Kornweg nicht aus eigenem Antrieb lächelte, seit langem keinen Grund mehr dafür sah und selbst im Fall der Fälle derartige Gefühlsausbrüche zu unterdrücken verstand.

Doch wie er nun an dem Kleiderständer seines Großvaters stand und sich seines Mantels und seines Huts entledigte, dabei mit den Fingern sanft über das Holz streichelte, da lächelte Konstantin von Kornweg aus eigenem Antrieb.

Und nur er wusste, warum er es tat.

Der Buchhalter verharrte länger als gewöhnlich in seiner Pose, bevor er zu seinem Schreibtisch ging, sich aber nicht hinsetzte und die Lampe anknipste, sondern am Tisch vorbei ging und mit einer ruckartigen Bewegung die Vorhänge aufzog.

Sein Brustkorb schien zu explodieren und der Lächler lächelte zum zweiten Mal binnen zwei Minuten aus eigenem Antrieb. Er wiederholte das Prozedere beim anderen

Fenster seines Büros, kehrte zum ersten zurück, öffnete beide Flügel, etwas mühselig zwar, aber letztlich erfolgreich, wiederholte wiederum dies beim zweiten Fenster, lehnte sich heraus und schaute nach unten.

Wind und Sonne drangen an seine Haut und er wehrte sich nicht dagegen.

Konstantin von Kornwegs nächster Weg führte ihn an seinen Aktenschrank. Er ging in die Hocke, zog die untersten drei Ordner ganz rechts hervor, stemmte sich ächzend wieder hoch, wobei seine Knie knackten und knirschten, und schleppte die Beute zu seinem Schreibtisch. Die leichte Staubschicht pustete er weg, dann öffnete er den ersten und ältesten Ordner und ließ seine Mundwinkel erneut wandern – zum dritten Mal! Er griff zu seinem Telefonhörer und bat seine Sekretärin herein.

Die Bitte allein genügte, um sie im Strudel der Verwirrung weiter nach unten zu treiben. Für gewöhnlich klärte ihr Chef selbst mit ihr sämtliche Dinge telefonisch und nicht persönlich.

Sie machte sich keine Vorstellung, was sie erwartete.

Als sie im Raum stand, geblendet vom Licht, fielen der armen Frau beinahe Stift und Block aus der Hand. Interessanterweise fragte sie sich zunächst, ob sie es war, die verrückt geworden war. Ob sie etwa vergessen hatte, die Fenster und die Vorhänge zu schließen.

Die andere Erklärung war noch schwerer zu glauben.

»Ah, da sind Sie ja«, sagte Konstantin von Kornweg so freundlich und so laut, wie er seit Urzeiten nicht mehr mit ihr gesprochen hatte – oder mit irgendeiner anderen Person. »Tun Sie mir bitte den Gefallen und stornieren Sie meine heutige Mittagessenbestellung. Ich esse auswärts.«

»Sie … essen … auswärts?«, stammelte seine Sekretärin. Sie versuchte, sich zu erinnern, wann er das letzte Mal nicht in seinem abgedunkelten Kabuff zu Mittag gegessen hatte. Es gelang ihr nicht. »Wo?«

Die Frage rutschte ihr unkontrolliert heraus. Sie biss sich zugleich auf die Zunge. Natürlich brannte sie vor Neugierde, aber es schickte sich nicht, das zu zeigen.

Konstantin von Kornweg verstand den Sinn der Frage anders. Oder tat so. »Ehrlich gesagt: Ich weiß es noch nicht«, sagte er. »Aber machen Sie sich keine Gedanken. Eine Reservierung ist nicht nötig.«

Sie schrieb sich »Bestellung stornieren« auf, obwohl sie durchaus in der Lage gewesen wäre, sich das zu merken. Sie wollte nur nicht mehr fassungs- und tatenlos herumstehen.

»Ich werde den Vormittag nutzen, um ein paar alte Ordner auszusortieren. Bitte sagen Sie den Kollegen aus dem Lager Bescheid, dass sie den ersten Schub heute Nachmittag hier abholen können.«

Sie schrieb sich auch das auf, mechanisch, denn parallel dazu strampelte sie mit aller Kraft gegen das Drehen ihres Kopfes an.

»Und dann verbinden Sie mich bitte mit meinem Neurologen. Ich muss einen Termin vereinbaren. Wahrscheinlich werde ich heute Nachmittag nicht mehr reinkommen.«

Da war die Gelegenheit! Sie ließ Stift und Papier senken.

»Herr von Kornweg. Ist etwas passiert? Stimmt etwas nicht?«

Er schaute sie an. Seine Mundwinkel zuckten kurz, aber er beherrschte sich offenbar. »Alles bestens. Vielen Dank, das wäre erst mal alles.«

Sie hatte ihm bereits den Rücken zugedreht, unfähig, das Erlebte zu greifen, da rief er sie zurück.

»Wo ich es mir recht überlege. Lassen Sie meine Schwester kommen. Sobald es ihr genehm ist, aber nicht später als 11:30 Uhr.«

»Sehr wohl«, sagte sie und wunderte sich über diesen altertümlichen Ausdruck, der ihr ewig nicht über die Lippen gekommen war, weil Kommunikation mit Konstantin von Kornweg anders funktionierte als mit seinem Vater oder mit der Hexe. Von der erwartete sie keine direkten Antworten auf ihre Fragen, wohl aber, dass ihre Reaktion auf die Veränderung des Bruders für sich sprechen würde.

Einige Kilometer entfernt bahnte sich zum gleichen Zeitpunkt ein zweiter Familiengipfel an. Matthias Caspar sprang aus dem Bett, als gelte es, die Welt zu retten. Das war insofern bemerkenswert, weil er den Tag zuvor in einem Zustand verbracht hatte, in dem er nicht einmal in der Lage schien, eine Fliege vor dem Ertrinken in einem Wasserglas zu retten, vermutlich nicht einmal fähig, ihren Überlebenskampf wahrzunehmen.

Matthias Caspar war das Stillsitzen gewohnt, auch wenn es ihm – so war es zumindest bis zuletzt gewesen – zuwider war. Grundlos still zu sitzen, um Gedanken nachzuhängen, passte nicht zu ihm.

Dennoch hatte er das fast einen ganzen Tag lang getan, aufrecht und gleichzeitig versunken in seinem schäbigen Couchsessel, mit riesigen Muschelkopfhörern auf den Ohren, hergestellt vom schärfsten Konkurrenten seines Vaters. Der Kauf war ein Akt stiller Rebellion gewesen, um sich selbst etwas zu beweisen – ohne zu wissen was. Er hatte dagesessen und stundenlang eine Auswahl instrumentaler Musik gehört, sich nur gerührt, um eine Tiefkühlpizza in den Ofen zu schieben, sie elfeinhalb Minuten später wieder herauszuholen und dann zu verspeisen.

Es war schon der dritte Tag in Folge gewesen, den er so verbrachte, unterbrochen einzig durch den Ausflug in die Lagerhalle am Montag, bei dem er – *korrigiere mich bitte, wenn du das anders siehst!* – den Eindruck vermittelt hatte, er befände sich auf einer Konferenz japanischer Atomphysiker.

Kurzum: Es war nicht zu ahnen gewesen, dass er an diesem Mittwochmorgen, nach noch einmal locker zehn Stunden Schlaf und ohne sich den Wecker gestellt zu haben, die Augen aufschlug und sich nicht etwa stöhnend auf die Seite wälzte, ja noch nicht einmal die Uhrzeit checkte, sondern aus dem Bett und unter die Dusche sprang.

Er wartete nicht wie gewöhnlich, bis das Wasser warm genug war, bevor er sich unter den Duschkopf stellte – das dauerte in seiner Wohnung immer mindestens zehn Sekunden –, er nahm die Kühle an.

Er verschwendete nicht wie gewöhnlich eine halbe Ewigkeit in der Dusche.

Er rasierte sich sorgfältiger als sonst.

Er holte eine Gesichtscreme aus dem Spiegelschrank, die dort seit drei Jahren unbenutzt und ungeöffnet lagerte.

Er zog sich ein Hemd und eine Stoffhose an.

Er wählte die Telefonnummer seines Vaters.

Er erreichte ihn.

Er sagte: »Oh gut, du bist zu Hause«.

Er fragte: »Du hast doch nicht vor auszugehen?«.

Er hörte die Antwort, die er sich offensichtlich erhofft hatte.

Er ergänzte: »Prima, ich komme in einer guten halben Stunde bei dir vorbei«.

Er legte auf, ohne sich zu verabschieden, ohne seinem Vater die Möglichkeit zu geben, zu fragen, worum es ginge.

Er begann, eine alte Melodie zu pfeifen, die er Gott weiß wo ausgegraben haben musste.

Und schließlich macht er etwas, das uns Sorgen bereiten muss: Er packt seine Sporttasche, mit Klamotten und Badesachen, die auf eine mehrtägige Reise hindeuten lassen.

Der Scheißkerl hat was vor.

Ein Fremder in Konstantin von Kornwegs Büro hätte um halb zwölf an diesem Tag ein absurd falsches Bild des Buchhalters gewinnen müssen. Überall verteilt lagen offene Aktenordner, allein vier stapelten sich halb aufeinander und halb ineinander verkeilt auf dem Schreibtisch. Er selbst saß – ernsthaft – im Schneidersitz auf dem Boden, einen Ordner zwischen den Beinen, zwei weitere links und rechts neben sich.

Chaos statt Ordnung, das ist gewiss nur ein temporäres Phänomen, keines, das Konstantin von Kornweg zum Prinzip erklären wird. Er mag sich noch so sehr darum bemühen, mit einem Mal unerschütterlich zu wirken, wie ein neuer Mensch, radikal anders als der alte. Er ist es nicht. Er wird es nie sein. Nur besonders naive Zeitgenossen werden ihm auf den Leim gehen. Solche, die dem Irrglauben nachhängen, Menschen könnten sich ändern, dauerhaft, könnten ihre Dämonen besiegen und für immer vertreiben – eine geradezu lachhafte Vorstellung.

Aufbruchsstimmungen sind Luftblasen, eine Laune der Natur, per Definition vorübergehend. Früher oder später ermattet ihre Kraft, und der Aufgebrochene fällt zurück in alte Verhaltensmuster, erst recht, wenn es sich bei ihm um einen Mann wie Konstantin von Kornweg handelt.

Lass dich also nicht täuschen. Er entkommt uns nicht. Alles, was es braucht, ist etwas Gegendruck. Des

Lächlers Regression ist nah. Und sie wird vernichtend werden.

Dieses Bild von ihm aber, würdig eines Gemäldes, musste bei Menschen, die ihn kannten, unweigerlich Zweifel wecken, Zweifel entweder an den eigenen Augen oder am Verstand des Buchhalters. Und da ihn keiner besser kannte als seine Schwester, prasselte auf sie ein regelrechtes Bombardement an Gedanken ein, als sie arglos in sein Büro drängte, um vor der Mittagspause den seltenen Wunsch des Bruders nach einem Besuch zu erfüllen.

Weit kam sie nicht. Die unerwartete Helligkeit des Raumes und der Luftzug auf ihren Wangen stoppten sie, der Rest raubte ihr kurzfristig die Fähigkeit, zu verstehen und zu sprechen.

»Ah, da bist du ja. Du kommst spät«, sagte Konstantin von Kornweg, nahm den Ordner vom Schoß und rappelte sich auf.

Seine Schwester war noch immer damit beschäftigt, sich umzuschauen. Ihr Mund stand offen, Worte kamen keine heraus.

»Ich muss mit dir über die Causa Liebenich sprechen.«

»Die Causa Liebenich«, wiederholte seine Schwester und klang wie eine Hypnotisierte. »Die Causa Liebenich«, sagte sie noch einmal. »Konstantin, was tust du hier?«

»Aufräumen.«

»Aufräumen?« Durch ihren Kopf schossen so viele Fragen, dass sie nicht wusste, welche sie ihm zuerst stellen sollte. Oder wie sie sie überhaupt formulieren konnte.

»Aufräumen. Und jetzt setz dich, ich habe nur eine Viertelstunde Zeit. Ich hänge meinem Zeitplan sowieso schon hinterher.«

»Deinem Zeitplan?«

Er musste sie an den Tisch führen, weil sie noch immer wie angewurzelt dastand. Ihre Nase sog einen Duft auf, der wie ein Wachrüttler wirkte. »Hast du Eau de Toilette aufgetragen?«

»Aftershave«, antwortete er. »Riecht besser als alter Mann, was?«

»Hast du jemanden kennengelernt?«, fragte sie und schalt sich sofort selbst für diesen abwegigen Gedanken.

»Ja, aber nicht so, wie du denkst. Und jetzt lass uns zum Wesentlichen kommen. Ich habe wie erwähnt wenig Zeit.«

»Die Causa Liebenich?«

»Genau, die Causa Liebenich. Ich habe beschlossen, die Sache selbst in die Hand zu nehmen.«

An dieser Stelle hätte es seine Schwester normalerweise für angebracht gehalten, laut loszulachen. Ihr kleiner Bruder wollte eine Sache selbst in die Hand nehmen. Das wäre das erste Mal seit zwanzig Jahren der Fall. Doch sie kam nicht zum Lachen. Das ging ihr alles zu schnell.

Man konnte es ihr nicht verdenken. Konstantin von Kornwegs Tempo hatte etwas Fanatisches.

»Ich habe außerdem beschlossen, dass mir eine Veränderung der innerbetrieblichen Aufgaben guttun würde. Ich möchte mehr Verantwortung übernehmen. Über Details und meine neuen Gehaltsvorstellungen müssen wir allerdings ein anderes Mal sprechen.«

»Ich verstehe nicht«, stammelte sie. »Was ist denn los mit dir? Ist etwas passiert?«

»Nichts von Belang, Schwesterherz. Ich sage dir Bescheid, sobald ich ein vernünftiges Angebot von Hermann Liebenich habe. Alles Weitere dann. Vielen Dank für deinen Besuch.«

Konstantin von Kornweg schnappte sich einen der Ordner und begann zu lesen. Nach einer halben Minute schaute er auf. Seine Schwester saß noch immer da.

»Ist noch was?«

Sie hatte sich inzwischen so weit gefangen, dass es nur noch eine Frage gab, die sie beschäftigte: Ob sie sich auf ein Wortgefecht mit ihrem seltsam selbstsicheren Bruder einlassen sollte oder lieber nicht. Sie war Taktikerin genug zu wissen, dass man für Wortgefechte besser vorbereitet sein musste.

»Nein, nichts. Viel Erfolg mit dem alten Liebenich«, sagte sie, stand auf und ging zur Tür hinaus, die einen Spalt weit offen geblieben war.

Die Sekretärin gab sich an ihrem Platz größte Mühe, so zu tun, als sei sie schrecklich beschäftigt.

Hermann Liebenich sah aus, als wäre er übers Wochenende um zehn Jahre gealtert. Und als sei sein Rasierer kaputtgegangen. Armselige Barthaare sprossen ungleichmäßig verteilt und ließen ihn wie das verwahrloste Opfer des Altenpflegenotstands wirken.

Der alte Hermann Liebenich hätte jeden Mitarbeiter, der ihm in einer halb so schlimmen Verfassung unter die Augen getreten wäre, mit dem dringenden Verweis nach Hause geschickt, es nicht noch einmal so weit kommen zu lassen, sollte ihm sein Arbeitsplatz etwas bedeuten.

Doch der alte Hermann Liebenich war verschwunden, fürs Erste. Suche und Bergung werden folgen.

Matthias Caspar musterte den Mann, den er so lange gefürchtet hatte. Er musste irgendetwas zwischen Entsetzen und Verwunderung spüren.

Tatsächlich ließ Hermann Liebenichs Verhalten darauf schließen, dass ihn nicht einmal der schmerzhafte Tod seiner Frau so schwer getroffen hatte wie die Schlussfolgerung, sein ganzes Leben sei eine Lüge. Er hatte das Haus seit dem schicksalhaften Samstag nicht verlassen und auch niemanden empfangen, hatte nicht einmal die Fenster geöffnet, zudem nicht nur die Gesichtspflege vernachlässigt, sondern seine Körperhygiene im Gesamten. Aus dem unzureichend zugebundenen Bademantel strömte Matthias Caspar ein Geruch entgegen, den er seiner Nase vermutlich gern erspart hätte und der sich mit dem Gestank verbrannten Essens vermischte.

Die Nahrungsaufnahme ließ sich anders als die Hygiene nicht ohne weiteres ignorieren, die zwei Cognacflaschen im Wohnzimmer waren allerdings Beleg dafür, dass sich Hermann Liebenich im Lichte der Erkenntnis hauptsächlich auf Flüssignahrung konzentrierte. In beiden Flaschen war ein kleiner Rest. Der notorische Essenbesteller hatte in der Not mehr schlecht als recht versucht, sich selbst zu versorgen. Auf dem Esstisch entdeckte Matthias Caspar einen Teller mit halb aufgegessenem, trockenem Brot. Eine Kolonie von Krümeln und die abgeschnittene Rinde bedeckten den Tisch. In der Küche füllte eine pechschwarze Pfanne die Spüle aus, das verkohlte Tiefkühlschnitzel lag im Mülleimer darunter.

»Wo ist deine Putzfrau?«, fragte Matthias Caspar.

»Freigestellt«, antwortete Hermann Liebenich und schlurfte seinem Sohn in quietschenden Badelatschen hinterher. Von Zeit zu Zeit streckte er seine Hände aus, wenn Matthias Caspar etwas wegräumte, als imitiere er Bewegungen, als wolle er gern helfen, habe aber vergessen, wie das funktioniert.

Später saßen sie im Wohnzimmer und der gähnende Hermann Liebenich schenkte sich nacheinander die Reste der beiden Cognacflaschen ein.

»Vater, ich muss schon sagen ...«

In den einst so wachen Augen des Bosses lag nur noch ein Ausdruck kompletter Wehrlosigkeit. »Was? Was willst du eigentlich?«

»Ich bin hergekommen, um mit dir zu besprechen, was aus meinem Auftrag wird. Aber wenn ich mir dich so anschaue ...« Er schaute sich um, schüttelte den Kopf.

»Dein Auftrag, dein Auftrag«, sagte Hermann Liebenich und hatte Schwierigkeiten, Kopf und Oberkörper gerade zu halten. »Dein Auftrag hat sich erledigt. Alles hat sich erledigt. Hast du das nicht kapiert?«

Matthias Caspar schwieg. Dann sagte er: »Ich finde, du übertreibst.«

Sein Vater prustete. Ein Rülpser drang unkontrolliert aus seinem Mund. Hermann Liebenich prostete seinem Sohn zu.

»Papa«, rief der empört, nannte seinen Vater zum ersten Mal, seit er Kind gewesen war, wieder so. Etwas ruhiger sprach er weiter: »Seit wann lässt du dich von einem Nackenschlag derart ausknocken?«

»Das war kein Nackenschlag. Das war ein Genickschuss. Bist du zu doof, das zu verstehen? Unsere Existenz basiert auf einem Schwindel. Nichts, was ich erreicht habe, ist echt.«

»Du ziehst falsche Schlüsse«, sagte Matthias Caspar und schilderte, was er erlebt hatte, berichtete aus der Lagerhalle, erzählte auch von dem Entschluss, den er mit dem Schmierfinken und dem Lächler getroffen hatte.

Sein Vater hielt während des gesamten Monologs die Augen geschlossen. »Und nach all dem willst du wissen, ob dein Auftrag noch aktuell ist?«, schlussfolgerte er. »Oder geht's dir nur darum, dass ich dir einen Scheck ausstelle?«

»Nein. Ich will wissen, ob ich etwas für dich tun kann. Falls nicht, würde ich für ein paar Tage verschwinden.«

Schlagartig wirkte Hermann Liebenich wach. »Wohin verschwinden?«

»Meine Ex und meine Tochter besuchen. Ungeklärtes klären. Mich entschuldigen.«

»Auf einmal?«

Die Frage war berechtigt. Matthias Caspar hatte sich in seinem Leben noch nie aus freien Stücken und vollem Ernst entschuldigt. Aber vielleicht hatte ihn diese ganze Situation dazu gebracht, nachzudenken über das, was geschehen war, über seine gescheiterte Ehe, seinen geplatzten Traum vom erfüllteren Leben als Privatdetektiv und über die Konsequenzen seiner Handlungen für andere.

»Ich verspreche mir gar nicht viel davon. Ich habe einfach das Gefühl, dass ich das tun muss, um einen klaren Schnitt zu machen und dann von vorn zu beginnen.«

Hermann Liebenichs Strohfeuer war schon wieder erloschen. Er nickte kaum sichtbar. Vielleicht war es auch nur eine erneute unkoordinierte Kopfbewegung.

»Hörst du? Von vorn beginnen. Denk darüber nach. Reiß dich am Riemen. Lass uns weitersprechen, wenn ich wieder da bin. Das Leben geht weiter.«

»Pah«, spie Hermann Liebenich. »Das Leben. Ein Scheißleben ist das.«

»Ja Papa, aber es ist das einzige Scheißleben, das du hast.«

Wenig später saß Matthias Caspar in seinem Auto, bereit sich auf die Reise zu machen.

Selbstverständlich sprang sein Motor nicht an.

Kapitel sechzehn

Das Gewerbegebiet lag am südlichen Ende der Stadt. Es war vierzig Jahre alt und als Industriegebiet entstanden, doch an die Anfänge erinnerte wenig, sollte wenig erinnern. Eine Handvoll Pionierfirmen war noch präsent, doch auch in ihnen hatten längst Jüngere das Ruder übernommen und die Zeichen der Zeit verstanden. Rauchende Schlote und graue Quadratklötze waren nicht mehr gefragt, die Gegenwart sah andere Farben vor. Eine aus unversiegbaren Förderquellen von Stadt, Land und Staat unterstützte Initiative der größten ansässigen Unternehmen, zu denen auch Liebenich Acoustics gehörte, hatte sich zehn Jahre zuvor entschlossen, eine Marke für den Innovationsstandort zu etablieren, die mit himmelblauer Webseite für einen Ort warb, an dem Zukunft nicht nur gedacht, sondern gestaltet wurde. Seitdem sprach man nicht mehr von Industrie, obwohl die produzierenden Unternehmen noch immer da waren, man sprach von Business und von nachhaltiger Wertschöpfung. Und: Man begrünte Dächer.

Journalisten, die – anders als Paul Gram – graben statt zu dichten und sich den Luxus leisten, lange und sorgfältig an einer Story zu recherchieren, hätten ihre wahre Freude daran, die Verwurzelungen freizulegen. Unter uns gesagt: Die handelnden Personen können von Glück reden, dass Journalisten heutzutage eher Content-Produzenten sind als Reporter.

Die konzertierten Anstrengungen der Initiative jedenfalls trugen Früchte – zum Wohle vieler. Das Gewerbegebiet wuchs nach und nach, einige alte Bauern stellten angrenzende Flächen zur Verfügung, es war ja doch kein Nachfolger zu finden und die Bedingungen in der Agrarwirtschaft machten auch keine Hoffnung. Die Stadt baute neue Straßen und Parkplätze, und nun erstrahlte das Gewerbegebiet autobahnnah auf insgesamt einhundertdreißig Hektar, Tendenz steigend.

Der stattliche Ahornbaum, unter dem Sebastian Vogt an diesem Vormittag saß, war der letzte Zeuge des Urzustandes, es hatte einst mehr von ihnen gegeben. Zu erklären, warum allein er übrig geblieben war, vermochte niemand, und auf die Menschen, die es hätten tun können, hörte keiner mehr. Hermann Liebenich war der Baum wichtig. Beim Bau seines neuen Verwaltungsgebäudes hatte er darauf bestanden, ihn in das Gelände zu integrieren, und sich vom ersten Entwurf des Architekten an ausgemalt, wie es sein würde, dort die Eröffnung zu feiern. Doch weil es eben der einzige Baum dieses Alters und dieser Größe im Umkreis von mehreren Kilometern war, fragte sich Sebastian Vogt, wie sich das Eichhörnchen an diesen Ort verirrt haben mochte. Der Nager saß keine zwanzig Meter von ihm entfernt auf dem Rasen und bearbeitete ein Stück Rinde.

Ein Mithäftling hatte Sebastian Vogt einmal erzählt, Eichhörnchen seien Einzelgänger. Seitdem waren ihm die Tiere noch sympathischer.

Sebastian Vogt saß regungslos auf einer Bank, dick eingepackt in eine vorzeitig aus dem Keller geholte Winterjacke. Eigentlich war er hergekommen, um in der zaghaft vom Himmel strahlenden Sonne zu sitzen, nachzudenken und der Eintönigkeit seines Büros zu entkommen, was eine Weile auch gut gelungen war – das Verwaltungsgebäude von Liebenich Acoustics lag in seinem Rücken und er beachtete es nicht. Nun aber beachtete er auch seine Gedanken nicht mehr. Stattdessen betrachtete er ein Eichhörnchen, schaute ihm beim Denken zu, hatte zumindest den Eindruck, dass es nachdachte, denn das Tier schien so weit weg von seiner Umwelt, ein Fuchs oder ein Marder hätte leichte Beute gehabt. Aber die hielten sich in dem Gewerbegebiet genauso wenig auf, wie es Eichhörnchen in der Regel taten.

Eine volle Minute lang ließ sich Sebastian Vogt von dem Anblick gefangen nehmen, bis ein aufheulender Motor in der Ferne seinen Vormittagspausenbegleiter aufschreckte und der in den Wipfeln des Baumes verschwand.

Sebastian Vogt war wieder allein, allein mit seinen Gedanken. Er fragte sich, ob er die neuesten Entwicklungen mit Genugtuung oder mit Sorge betrachten sollte. Der alte Liebenich war noch immer wie vom Erdboden verschluckt und in der Firma ging es drunter und drüber. Die einen glaubten zu wissen, er sei spontan verreist, um einen spektakulären Deal einzutüten, von dem niemand etwas wissen dürfe, andere trugen ihren Pessimismus offen zutage. Der Boss müsse ernsthaft erkrankt sein, raunten sie sich zu. Anders lasse sich seine vom Rest des Managements nicht näher erläuterte Abwesenheit gar nicht erklären.

Ohne den Kapitän schien niemand zu wissen, was zu tun war. Den Montag über hatte Ludwig Mayer noch gemeinsam mit der Pressesprecherin Strategien für die Abwesenheit von Hermann Liebenich erarbeitet und Kampagnen verschoben. Zu den Eigenheiten des Bosses gehörte es, selbst die simpelste Presseinformation final absegnen zu wollen, und nun näherten sich Deadlines für zwei bedeutsame Advertorials in Magazinen bedrohlich, und er war nicht da, schlimmer noch: nicht erreichbar, tatsächlich wie vom Erdboden verschluckt, selbst für seine engsten Vertrauten.

Einen Arbeitstag lang war Ludwig Mayer also vollauf beschäftigt gewesen, einen lehrreichen Arbeitstag, weil er Sebastian Vogt enorm dabei geholfen hatte, Abläufe und Abhängigkeiten im Hause zu verstehen. Doch schon am Dienstag hatte es für ihn nichts mehr zu tun gegeben, und er hatte die Zeit zwischen den Arbeitspausen in seinem Büro verbracht, wo er aus dem Fenster starrte – meistens geradeaus, voller Hoffnung, ohne Erfüllung – und sich Gedanken darüber machte, was wirklich hinter Hermann Liebenichs Verschwinden steckte. Paul Gram blieb für ihn unerreichbar, der Journalist ignorierte seine Nachrichten, und so blieb Sebastian Vogt nichts übrig, als zu glauben, die Welt habe sich – wieder einmal – gegen ihn verschworen.

Und während er ob dieses düster über ihm schwebenden Verdachts auf der Bank nahe des Ahornbaumes seine Magensäure spürte, was ihn ungerechterweise sein Frühstück verfluchen ließ, war nun wiederum er so weit weg von seiner Umwelt wie zuvor das Eichhörnchen. Es war kein Fuchs oder Marder, der sich ihm näherte, sondern die Pressesprecherin. Trotz des Knirschens ihrer Schritte auf dem Kies bemerkte er sie erst, als sie neben ihm stand.

»A penny for your thoughts.«

»Was?«

»Ich würde zu gern wissen, worüber du nachgrübelst.«

»Das kostet mehr als einen Penny.« Sebastian Vogt schaute Richtung Baum. Aus den Augenwinkeln heraus sah er sie schmunzeln.

»Darf ich?«, fragte sie und zeigte auf den Platz neben ihm.

Er nickte, sie setzte sich und kramte eine Schachtel Zigaretten hervor. »Stört es dich?«

»Gibst du mir eine ab? Dann verrate ich dir auch, was mir durch den Kopf geht.«

Was ihm zwei Wochen lang nicht gelungen war, hatte die Krise mit einem Schlag geschafft: Sie duzten sich und er wähnte sich in einem Vertrauensverhältnis, einem fragilen zwar, aber einem, das er zu nutzen entschlossen war.

»Deal«, sagte sie, hielt ihm die Schachtel hin, gab ihm Feuer und zündete sich ihre Zigarette an. Einen tiefen Zug später schaute sie ihn erwartungsfroh an. »Also …?«

»Ich glaube, ich weiß, warum der Boss abgetaucht ist.«

Ihre Augen wurden groß, ihre Augenbrauen hüpften. Er betrachtete das, was er ihr zu erzählen plante, als Test, um zu sehen, wie sie reagierte, und um eventuell herauszufinden, ob er richtig lag oder ob sie den wahren Grund kannte.

»Vor eineinhalb Wochen war in der Zeitung ein Artikel über Korruptionsvorwürfe zwischen der Wirtschaft und der Stadtverwaltung.«

Keine sichtbare Körperreaktion. »Ja, ich erinnere mich, den hab' ich gelesen.«

»Ich habe Grund zur Annahme, dass es eine Verbindung zwischen Liebenich und dem Autor des Textes gibt, einem gewissen Paul Gram.«

Wieder keine Körperreaktion. Gar nichts. Entweder war sie eine verdammt gute Schauspielerin oder sie wusste wirklich nichts.

»Was bringt dich zu der Vermutung?«

»Alte Kontakte«, nuschelte er und sprach schnell weiter, um ihr keine Zeit für Nachfragen zu geben. »Hör mal, ich würde diesen Paul Gram gern ein bisschen anbohren. Vielleicht finde ich was raus, was uns weiterhilft. Oder weißt du inzwischen, was los ist?«

Jetzt war sie es, die geradeaus schaute.

»Nein, wir wissen nichts. Er hat gestern eine neue Rundmail geschrieben und gebeten, bis zum Ende der Woche in Ruhe gelassen zu werden, egal wie wichtig die Angelegenheit sei, aber er hat sich nicht weiter erklärt.«

»Was hältst du von meinem Vorschlag?«

Sie nahm einen finalen Zug von ihrer Zigarette, drückte sie auf der Sitzfläche der Bank aus und verstaute den Rest der Kippe in einem Taschentuch.

»Gut, versuch dein Glück«, sagte sie dann. »Aber sei vorsichtig. Nicht, dass dieser Paul Gram auf falsche Gedanken kommt.«

Wenn Sebastian Vogt glaubt, Ludwig Mayer habe so etwas wie ein Vertrauensverhältnis zur Pressesprecherin aufgebaut, liegt er komplett daneben. Sie traut ihm kein Stück über den Weg, aber er ist längst nicht der einzige, für den das gilt. Du musst wissen: Sie kontrolliert lieber, als zu vertrauen.

Nur gibt es in diesem Fall nichts für sie zu kontrollieren. Und selbst wenn das anders wäre, käme von ihr kein Einspruch.

Der Schmierfink braucht jedenfalls Gegenwind. So einfach kommt er uns nicht davon. Warum also nicht Sebastian Vogt einen Teil der Drecksarbeit erledigen lassen?

Paul Gram saß zur gleichen Zeit in einem belebten Café in der Innenstadt und wartete auf einen Mann, von dem er bestimmt nicht erwartet hatte, ein Lebenszeichen zu erhalten: Sein einstiger Komplize aus dem Wasserwerk hatte ein Problem. Und sein Problem konnte auch Paul Gram in Turbulenzen bringen. In ganz gewaltige Turbulenzen sogar.

Je nachdem, wie sich die Dinge insgesamt entwickeln würden.

»Wir müssen uns sehen, sofort. Kann am Telefon nicht drüber sprechen, aber es ist existenziell«, hatte sein aufgelöster Geschäftspartner gesagt.

In dem Café baumelten bereits gelbe Sterne von der Decke, auf den Tischen standen wuchtige rote Kerzen in kleinen runden Gläsern, die Servietten glitzerten blau. Paul Gram schaute sich die Winterzauberkarte gar nicht erst an. Sein Tisch wackelte und er versuchte ihn mit einem abgebrochenen Bierdeckel zu reparieren, doch es wollte ihm nicht gelingen, der Tisch kippte immer leicht nach einer Seite hin ab. Bald gab er auf. Er bestellte sich eine Latte Macchiato und ein Stück Apfelkuchen. Der gelangweilte Kellner kritzelte sich die Bestellung auf einen Zettel, lief zurück in Richtung Bar und gab den Blick frei auf den Mann am Nachbartisch. Der war grob in Paul Grams Alter, trug einen schwarzen Rollkragenpullover, ließ einen Stift zwischen den Fingern kreisen und hatte ein Schwimmerkreuz, das deshalb so hervorstach, weil es nicht so recht zum restlichen Körper passen mochte und weil er dem Journalisten den Rücken halb zugedreht hatte.

Mister Schwimmerkreuz musterte Paul Gram über seine Schulter hinweg und stierte – kaum waren sich ihre Blicke begegnet – wieder auf seinen Notizblock. Er ließ den Stift nicht mehr zwischen den Fingern kreisen, sondern auf dem Blatt.

Der Journalist guckte sich in dem vom Geschnatter der Gäste und dem Gedudel der Musik belebten Café um. Eine Weile verharrte er bei dem Pärchen ganz hinten in der Ecke – er war dabei, ihr in die Jacke zu helfen. Aber falls sich Paul Gram fragte, ob es ratsam wäre, noch rasch umzuziehen, war er zu spät dran. Nicht nur, weil das

Nachfolgerpärchen bereits auf den frei werdenden Tisch zusteuerte. Auch auf ihn kam jemand zu. Und etwas.

Der Mitarbeiter der Wasserwerke hatte sich seit ihrer letzten Begegnung merklich verändert. Den erschreckendsten Eindruck auf Paul Gram mussten die roten Flecken im Gesicht und die dunklen Augenringe machen, die wie hingeschminkt aussahen, es aber nicht waren.

Der Mittvierziger ließ sich auf den Stuhl fallen, Mantel und Schal legte er gar nicht erst ab. Er zog den Rotz hoch und schüttelte sich, rieb die Hände aneinander und präsentierte ein Stirnrunzeln von astronomischer Dimension. Ihn fröstelte – und das lag nicht allein an der Kälte, die an den Tagen zuvor schon klirrender gewesen war. Als der Kellner neben ihm stand, bemerkte er ihn zunächst nicht, dann bestellte er einen Irish Coffee.

»Bist du erkältet?«, fragte Paul Gram.

»Nur etwas angeschlagen.«

Sie plauderten ein wenig über Belanglosigkeiten. Der nur etwas Angeschlagene stellte Fragen, deren Antworten ihn nicht interessierten, die er nur stellte, weil er Paul Gram noch ein wenig auf die Folter spannen sollte, bevor er zum Punkt kam. Der Journalist antwortete einsilbig, doch sein Gegenüber nickte nur abwesend, begutachtete währenddessen sogar seine ungepflegten Fingernägel, steckte sich den linken Zeigefinger in den Mund, biss, zog den Finger wieder raus, riss mit dem rechten Zeigefinger an dem beanstandeten Nagel und wiederholte die Prozedur, bis Paul Gram sich zweimal kräftig räusperte.

»Entschuldige bitte meine Ungeduld, aber du klangst am Telefon sehr aufgeregt. Was gibt es so Wichtiges?«

»Hab' meinen Job verloren.«

»Das tut mir leid. Warum?«

»Hab' Scheiße gebaut.«

Der Kellner kam mit dem dampfenden Getränk. Paul Gram wartete, bis er wieder verschwunden war.

»Was ist passiert?«

»Will nicht drüber reden.«

Der Neu-Arbeitslose trank hastig und verschluckte sich prompt. Der Hustenanfall erregte die Aufmerksamkeit mehrerer Gäste, unter anderem die von Mister Schwimmerkreuz, dessen Verhalten Paul Gram immer wieder verstohlen kontrollierte.

Der Schmierfink sprach noch ein wenig leiser als zuvor. »Hör mal, du solltest glaube ich dringend ein paar Tage ins Bett. Du siehst furchtbar aus. Aber wo du nun schon hier bist: Ich verstehe nicht ganz, was deine Situation, so schrecklich sie ist, mit mir zu tun hat.«

»Die haben meinen Computer beschlagnahmt.«

»Und?«

»Da sind Daten drauf, von unserer kleinen Vereinbarung.«

»Was? Wieso?« Paul Gram flüsterte nun nicht mehr nur, er beugte sich auch zu seinem Gesprächspartner vor.

»Zur Sicherheit. Falls ich sie mal brauche.«

»Und zu welchem Zweck solltest du die Daten brauchen können?«

»Na, jetzt zum Beispiel.«

Ob Paul Gram wohl schon etwas ahnte?

Er lehnte sich kurz zurück, beugte sich dann wieder vor. »Könntest du das bitte präzisieren?«

»Es ist so: Die Daten sind verschlüsselt, aber wenn die meinen Computer genauer unter die Lupe nehmen, werden sie sie finden. Ich kenne jemanden in der IT, der uns helfen kann, aber nix in der Welt ist umsonst.«

Paul Gram schnaufte. Ganz offensichtlich verstand er nun. Und ganz offensichtlich hatte er damit nicht gerechnet. »Von was für einem Honorar sprechen wir?«

»'nen Zehner mit drei Nullen dahinter.«

Jetzt war es Paul Gram, der sich verschluckte. Und er musste dazu nicht einmal vorher etwas trinken.

»Bis Ende der Woche muss mein Mann in der IT wissen, wie der Hase läuft.«

Und da das alles war, was er loszuwerden hatte, klopfte der Erpresser auf den Tisch, stand auf und ging davon, kehrte nur kurz zurück, um ein letztes klitzekleines Anliegen vorzubringen. »Ach, du kannst mir doch sicher etwas Kohle auslegen und meinen Irish Coffee bezahlen, oder? Ich bin momentan etwas knapp bei Kasse. Noch. Die nächste Runde geht dann auf mich. Versprochen.«

Paul Gram blieb zurück und fuhr sich mit der Hand durchs Haar. Er machte keine Szene und es war nicht zu erkennen, was in diesem Moment in ihm vorging, ob er nur fassungslos war oder wütend oder schon kühne Pläne schmiedete, wie er mit der Lage umgehen sollte. Er machte auch keine Szene, als sich sein Blick und der von Mister Schwimmerkreuz abermals begegneten, doch seine Mundwinkel zuckten leicht.

Der Schmierfink konnte ja nicht ahnen, dass es sich bei dem Mann um einen harmlosen Fotografen handelte, in dessen Terminkalender zum ersten Mal seit zwei Monaten für den Tag kein einziger Auftrag stand, was ihm viel Zeit gab, um in entspannter Atmosphäre zu überlegen, wem er was zu Weihnachten schenken wollte.

Es dürfte dich nicht überraschen, dass es kein Zufall war, dass der Fotograf ausgerechnet zu diesem Zeitpunkt an diesem Ort saß. Er führte seinen Auftrag absolut tadellos aus – obwohl er nicht einmal wusste, dass er einen hatte.

Und das ist alles erst der Anfang.

Kapitel siebzehn

Das Polizeiauto schlingerte. Mit lautem Gebrumm steuerte es schnurstracks auf den feuerroten Sportwagen zu. Der Aufprall war vorhersehbar, er ließ sich nicht verhindern, und als es krachte, da quiekte der Struwwelkopf mit dem zugeklebten linken Auge hinter einer bunten Kinderbrille vergnügt auf.

Konstantin von Kornweg saß im Wartezimmer seines Neurologen zwischen einem laut und stockend atmenden Großväterchen und einer magazinlesenden Mutter. Ihr Kind lag ihm zu Füßen und spielte, schaute auf und lachte ihn an. Es hörte auch nicht damit auf, als Konstantin von Kornweg nicht aufhörte zu lächeln, weil er nicht aufhören konnte. Doch der Lächler machte tatsächlich den Eindruck, als hätte er in dieser Situation auch ohne seine Gesichtslähmung gelächelt. Er schien beflügelt.

Das darf nicht so bleiben. Das wird nicht so bleiben.

Der Kleine streckte ihm die Zunge heraus und versuchte, seinen Kopf unter dem Arm seiner Mutter zu verstecken. Als ihr Blick Konstantin von Kornwegs streifte, schaute sie ihn erst überrascht, dann irritiert und schließlich grimmig an.

Irgendetwas musste dieses komische Männlein ja gemacht haben, um ihren Spatz derart zu erschrecken.

Dass ihr Spatz überhaupt das zweifelhafte Vergnügen genoss, dem Lächler zu begegnen, hatte der Kleine Konstantin von Kornwegs plötzlich aufgekeimter Entschlossenheit zu verdanken. Die Sprechstundenhilfe hatte ihn erst vertrösten wollen, als er am Vormittag anrief – wie sie das gewohnheitsgemäß bei Patienten wie ihm machte, die unheilbar verzweifelt waren.

»Der Herr Doktor hat heute keine Zeit mehr. Ich kann Ihnen frühestens nächste Woche einen Termin anbieten.«

»Das ist inakzeptabel. Es handelt sich um einen Notfall«, war seine Antwort gewesen, verbunden mit einem detaillierten Bericht von Schwindelanfällen, Kopfschmerzen und plötzlichen Blitzen in seinem Gesichtsfeld.

Früher hätte er nicht derart dreist gelogen, weil dem Konstantin von Kornweg, wie man ihn kannte, schon kleinere Lügen ein schlechtes Gewissen bereiteten. Nun schien es ihn nicht zu belasten.

»Ich mache mir ernsthaft Sorgen, ich möchte das bitte schnellstmöglich abgeklärt wissen.«

Er war damit durchgekommen.

Die Sprechstundenhilfe hatte geseufzt, mit den Seiten des Terminbuchs geraschelt, tuschelnd Rücksprache mit ihrer Kollegin gehalten und ihm schließlich angeboten, dass er gleich nach dem Mittag vorbeikommen könne.

»Aber bringen Sie Zeit mit.«

Also war er – per Straßenbahn! – gleich nach dem Mittag vorbeigekommen, einem Mittag, den er in einem italienischen Restaurant verbracht hatte, in dem er einen Meeresfrüchtesalat verspeiste, während die Anzugträger am Nachbartisch verärgert tuschelten, weil sie zu der Vermutung kamen, er amüsiere sich über sie – noch einer jener sozialen Kontakte, der ihn anders als sonst nicht zu betrüben schien. Er harrte zwei Stunden im Wartezimmer aus, die Mutter und ihr Spatz waren längst verschwunden, genauso der schwer schnaufende Opa und drei weitere Patienten, die nach ihm gekommen waren, aber vor ihm behandelt wurden. Er aber saß seelenruhig da, fragte nicht am Empfang nach, wie lange es noch dauern würde, wartete einfach.

Schließlich holte ihn eine junge Arzthelferin mit strähnigem Haar und glasigem Blick ab und führte ihn in einen kargen Raum, den Raum für EEG-Untersuchungen. Sie bedeutete ihm, sich auf einen Stuhl zu setzen und begann mit einer Prozedur, die er zur Genüge kannte. Erst kam das Haarnetz, dann die verkabelten Metallplättchen, das Kratzen mit den Wattestäbchen auf der Suche nach Kontakten, dazu die Elektroden für Ohrläppchen und Arm, bis er endgültig aussah wie ein Massenmörder, den man als Versuchskaninchen herangezogen hatte – und der das in vollsten Zügen genoss.

»Jetzt mal tief einatmen«, befahl die Arzthelferin mit der Dynamik einer Nacktschnecke, wartete – einundzwanzig, zweiundzwanzig – zwei Sekunden lang und ließ ihn wieder ausatmen.

Beim Abnehmen der Haube nach der Behandlung ging die Nacktschnecke etwas zu hastig vor. Sie riss Konstantin von Kornweg bedauerlicherweise ein paar Haare aus, entschuldigte sich aber auf sein Aufjaulen hin sofort.

»Sie können dann noch einmal kurz im Wartezimmer Platz nehmen. Der Herr Doktor wird die Ergebnisse gleich mit Ihnen besprechen.«

»Gleich« hieß in seinem Fall eine halbe Stunde, plus fünf weitere Minuten im Arztzimmer, in denen er die Knöchel seiner Finger knacken ließ, herumlief, auf einer alten mechanischen Waage sein Körpergewicht maß und es sich sogar erlaubte, in den Notizen zu schmökern, die sein Arzt über ihn angefertigt hatte und die auf dem Computerbildschirm offen zu lesen waren. Dabei erwischte ihn sein Neurologe, ohne dass der Ertappte ob der Peinlichkeit zusammenzuckte. Kommentarlos ging Konstantin von Kornweg zu seinem Patientenstuhl zurück.

Der Arzt hingegen stockte angesichts des ungewohnten Anblicks. Er behandelte Konstantin von Kornweg seit der Reha siebzehneinhalb Jahre zuvor, so lange wie kaum einen anderen Patienten, und in der Vergangenheit war der Buchhalter nie nicht lethargisch gewesen. Nun tischte er ihm nicht nur eine schwer glaubhafte Geschichte angeblicher Anfälle auf, für die es weder eine plausible medizinische Erklärung gab noch einen Beleg in den Aufzeichnungen seiner Gehirnströme, er schnüffelte auch noch in seiner digitalen Krankenakte herum.

»Guten Tag, Herr von Kornweg.«

Der Arzt schlurfte heran, streckte seine Hand aus und empfing einen knackigeren Händedruck als erwartet. Am Schreibtisch angekommen nahm er ein Brillenputztuch aus der Schublade, faltete es umständlich auseinander, benutzte es, betrachtete das Resultat ausgiebig, setzte sich die Sehhilfe wieder auf und wandte sich dem Buchhalter zu.

»Wie geht es Ihnen?«

»Sagen Sie's mir.«

Der Arzt studierte die Ergebnisse der Untersuchung. »Ich kann keine Auffälligkeiten erkennen. Sie sagen, Sie hätten in den letzten Tagen Kopfschmerzen und visuelle Anfälle gehabt?«

»Das habe ich gesagt, ja.«

Der Arzt stand auf. »Kommen Sie bitte. Ich möchte noch ein paar Dinge checken.«

Konstantin von Kornweg folgte ihm zum Behandlungsstuhl, zog sich bis auf die Unterhose aus und legte sich hin. Der Neurologe bearbeitete ihn mit einem Reflexhammer und strich mit einem kitzelnden Wattestäbchen an seinen

Armen und Schenkeln entlang. Dabei murmelte er Unverständliches.

»Es scheint alles mit Ihnen in Ordnung zu sein. Haben Sie sich zuletzt vielleicht ein bisschen übernommen? Hatten Sie Stress bei der Arbeit?«

»Ja, das muss es wohl gewesen sein«, antwortete Konstantin von Kornweg und knüpfte sein Hemd wieder zu.

»Gut, wenn Sie sonst nichts haben, würde ich sagen …«, begann der Neurologe und wollte ein Wiedersehen in einem Jahr zur neuerlichen Kontrolle vorschlagen.

»Da ist noch eine Sache«, unterbrach ihn der Buchhalter. »Ich bin der Ansicht, wir sollten uns noch einmal Gedanken über neue Behandlungsmethoden gegen meine Gesichtslähmung machen.«

Der Neurologe faltete die Hände vor der Brust. »Herr von Kornweg, wir hatten das Thema doch schon.«

»Ich weiß, dass wir das Thema schon hatten. Was wir nicht hatten, ist eine Lösung.«

»Ich kann mich nur wiederholen …« Wieder kam der Arzt nicht weit.

»Nicht nötig. Ich sage Ihnen, was wir machen. Ich komme in zwei Wochen wieder, Ihre Sprechstundenhilfe wird sicher einen freien Termin für mich finden. Und dann reden wir darüber, welche Möglichkeiten es gibt, die wir bislang noch nicht ausgeschöpft haben.«

»Herr von Kornweg, ich weiß nicht, was ich Ihnen noch sagen soll. Sie müssen lernen, Ihre Gesichtslähmung als einen Teil Ihres Selbst zu akzeptieren.«

»Sie müssen mir heute gar nichts sagen. Denken Sie einfach in Ruhe nach, erkundigen Sie sich bei ein paar Kollegen. Ich bin sicher, Sie kommen auf Ideen.«

Der Buchhalter stand auf, ging auf den verdutzten Arzt zu und reichte ihm die Hand.

»Es wäre doch schade, wenn ich mir nach so langer Zeit einen neuen Neurologen suchen müsste. Wissen Sie, ich kenne da einen Journalisten, der sich sehr für meinen Fall interessiert... Aber lassen wir das, ich will Sie nicht aufhalten. Der nächste Patient wartet bestimmt schon.«

Kaum zur Tür des Behandlungszimmers hinaus, ließ er seine Schultern fallen, verlangsamte seinen Schritt und berichtete der Frau hinter der Empfangstheke unterwürfig flüsternd, der Herr Doktor habe ihn gebeten, in zwei Wochen wiederzukommen. Ob sie ihm bitte einen Termin geben könne.

Als er die Praxis verließ, war es eigentlich an der Zeit, in Richtung Kneipe aufzubrechen – es war schließlich Mittwoch und er bereits am Montag nicht dort gewesen. Doch Konstantin von Kornweg fuhr mitnichten in die Altstadt. Er fuhr in die genau entgegengesetzte Richtung.

Er fuhr in die Richtung von Hermann Liebenichs Haus.

Eine halbe Stunde später passierte Konstantin von Kornweg das Auto von Matthias Caspar, das noch immer am Straßenrand stand. Der Privatdetektiv war noch nicht dazu gekommen, einen Abschleppwagen zu rufen und den Abtransport in eine Werkstatt zu organisieren. Er stand gerade in einer Warteschlange und drückte den bereits dritten Anruf seines Chefs weg.

Alle Versuche, zu verstehen, warum sein Wagen, der ihn bekanntlich noch nie im Stich gelassen hatte, plötzlich just das tat, waren nach dem Besuch bei seinem Vater zum Scheitern verurteilt gewesen. Als der Motor nicht ansprang, stand er ein paar Minuten grübelnd über den Motorraum gebeugt und checkte nach und nach die möglichen Fehlerquellen, die ihm am nachvollziehbarsten erschienen.

Wie du dir denken kannst, sitzt das Problem tiefer. Es wird auch den Mechaniker verblüffen, der die Freude haben wird, die Ursache herauszufinden.

Also rief Matthias Caspar ein Taxi und bat die gesprächige Fahrerin mit dem schlechten Atem und den gelben Fingern, ihn zum Bahnhof zu bringen.

»Aber sicher doch«, sagte die, erkundigte sich, wohin er reisen wolle, und kommentierte seine Antwort mit ihrer rauchigen Stimme ausführlich, überquerte zwei Ampeln bei dunkelgelb – »Nicht, dat Sie mir Ihren Zug verpassen!« –, wechselte dreimal im Stil eines übermotivierten Rennfahrers die Spur und bremste kurz vor dem Ziel einmal scharf, als sie ihrerseits geschnitten wurde.

Matthias Caspar, der sich dabei so etwas wie ein Minischleudertrauma geholt haben musste, krallte sich danach noch intensiver an den bereits leicht lockeren Haltegriff über seinem Sitz. Und weil er auf ihre Schimpftirade nicht einging, forderte sie ihn mit einem »Hab' ich doch recht, oder etwa nicht?« dazu auf, es nachzuholen.

Im Bahnhof wollte er sich ein Ticket am Automaten lösen, doch der quittierte seinen Dienst. Also musste er im Servicecenter eine Nummer ziehen. Unglücklicherweise waren nur drei der sechzehn Schalter besetzt und einer für Gäste der ersten Klasse reserviert – wer konnte auch ahnen, dass an einem Werktag außerhalb der Ferien so viele Menschen mit der Bahn verreisen wollten? Und dann waren auch noch lauter Verwirrte vor ihm an der Reihe, die weder Sprache noch Zugklassensystem verstanden. Als Matthias Caspar sein Ticket endlich in den Händen hielt – ein Papierstau im Drucker hatte ihn weitere Minuten gekostet –, fuhr sein anvisierter Zug gerade aus dem Bahnhof heraus.

Der nächste, eine Stunde später, kam schon mit Verspätung an, doch Matthias Caspar zeigte keine Regung, auch nicht, als er seine Tasche in der Gepäckablage verstaut und seinen Platz eingenommen hatte, dann aber von den technischen Schwierigkeiten am Triebwagen erfuhr, die eine Weiterfahrt unmöglich machten. Eine Zugführerin verwies ihn auf einen Ersatz dreißig Minuten später.

»Sie müssen dann zwar zweimal mehr umsteigen und sind eine halbe Stunde länger unterwegs, aber immerhin kommen Sie heute noch an Ihr Ziel.«

Diesen Hinweis hatten sie und ihre Kollegen allerdings noch ein paar anderen Fahrgästen gegeben. Der Andrang auf den besagten Zug war so immens, dass zwar alle einsteigen konnten, aber nicht alle mitfahren. Wegen Überfüllung mussten einige wieder aussteigen. Zu den Opfern zählte Matthias Caspar, der sich über die Abfahrtszeiten des nächsten Zuges informierte, offenbar gewillt, sich durch nichts und niemanden von seinem Plan abbringen zu lassen, egal wie sehr sich alles gegen ihn verschworen zu haben schien.

Eine herrenlose Reisetasche, eine kleine Massenpanik und eine Evakuierung des Bahnhofs zerstörten endgültig die Hoffnung, an dem Tag noch einen Zug in die Hauptstadt zu kriegen. Und nachdem sein Vordermann in der Warteschlange im benachbarten Mietwagencenter auch noch das letzte verfügbare Auto abgriff – es war draußen inzwischen dunkel, und eine Kurznachricht seines Chefs forderte ihn auf, seine Mails zu checken –, befiel ihn vielleicht endlich eine Idee, wer sich gegen ihn verschworen hatte.

Matthias Caspar fuhr mit der Straßenbahn nach Hause, ganz ohne Zwischenfälle, setzte sich an seinen Schreibtisch und checkte statt seiner Mails die Flugpreise für den folgenden Tag. Leider waren die Preise horrend – und bevor er auf dumme Gedanken kommen konnte, vibrierte sein Telefon und übermittelte eine Kurznachricht von einer unbekannten Nummer.

Flugzeuge sind zwar das sicherste Verkehrsmittel. Aber wenn was schief geht, willst du nicht drinsitzen. Außerdem: Möchtest du nicht mal deinem Chef gehorchen?

Und tatsächlich: der Schnüffler gehorchte – endlich.

Matthias, ich habe gehört, der Auftrag bei deinem Vater hat sich erübrigt. Wäre schön, wenn ich solche News nicht zufällig erfahre. Ich erwarte dich morgen früh um acht zur Lagebesprechung in der Detektei. Wir haben einen wichtigen Job bekommen und ich brauche dich. Erste Details findest du im Anhang.

Matthias Caspar klickte auf die Datei. Zum Lesen kam er nicht. Ein Klopfen an seine Wohnungstür beanspruchte seine Aufmerksamkeit. Er spähte durch den Türspion und erstarrte.

Hermann Liebenich war kein sonderlich philosophischer Mensch. Und wenn er dazu gezwungen gewesen wäre, einen Lieblingsgelehrten zu benennen, wäre er mit einiger Wahrscheinlichkeit eher bei Charles Darwin gelandet als bei Zenon von Kition und seiner Stoa. Umso erstaunlicher war es, dass er auch nach dem Abgang seines Sohnes nichts anderes getan hatte als in den Tagen zuvor. Er hatte sich in sein Wohnzimmer gesetzt und eine klitzekleine Unebenheit auf der Wand gegenüber angestarrt.

Man müsste meinen, irgendwann hätte es nichts mehr geben können, worüber er noch nicht nachgedacht hätte, aber offenbar fand Hermann Liebenich immer wieder etwas Neues. Oder er steckte fest und kam nicht weiter. Sein Mienenspiel ließ kein Urteil darüber zu.

Das Kabel seines Telefonanschlusses hatte er gezogen und sein Handy ausgeschaltet, nachdem sich die belästigenden Anrufe gehäuft hatten – eine süditalienische Firma hatte ihr Olivenöl verkaufen wollen, ein Meinungsforschungsinstitut Fragen zur politischen Lage stellen, und der Chef seines Sohns wissen, wie es um den Auftrag stünde und ob er Matthias eventuell für einige Tage entbehren könne, es sei wichtig. Als einmal jemand am Gartentor aufgetaucht war und geklingelt hatte, hatte er sich nicht gerührt und den Störer ignoriert. Es war der Postbote gewesen, der vergeblich gehofft hatte, eine Schuhbestellung der abwesenden Nachbarin mit der markerschütternden Gesangsstimme loszuwerden.

Konstantin von Kornweg ließ sich nicht abwimmeln. Der Buchhalter klingelte nicht nur am Gartentor, über das er nach einer kurzen Wartezeit einfach kletterte. Er klingelte auch direkt an der Haustür. Er klingelte nicht nur einmal, sondern dreimal – und beim dritten Mal klingelte er Sturm.

»Was zum Teufel?«, fluchte Hermann Liebenich und verbannte seinen inneren Stoiker ins ewige Nichts, zumindest vorübergehend. Er eilte zum Flur, rief »Ja doch«, band sich seinen Bademantel zu und öffnete die Tür. Einem Mann gegenüberzustehen, der sich offenbar königlich amüsierte, dürfte nicht zu seiner guten Laune beigetragen haben.

»Was?«, spie er. »Was wollen Sie? Wer sind Sie?«

»Guten Tag, Herr Dr. Liebenich. Konstantin von Kornweg mein Name. Wir haben uns zu unterhalten.«

Das Bild des Lächlers kannte der Boss, begegnet war er ihm aber nie. Man kann es ihm angesichts der Lage, angesichts des Wandels, nicht zum Vorwurf machen, dass er ihn nicht sofort erkannte. Immerhin war es nach dieser Vorstellung so, als erlebe der alte Hermann Liebenich eine Wiedererweckung.

»Haben Sie Ihren Verstand verloren? Was fällt Ihnen ein, mich so unverschämt zu behelligen?«, brüllte er.

Man konnte Gewohnheiten vielleicht vergraben und so tun, als wäre man sie losgeworden, doch sie kamen immer wieder zum Vorschein.

»Sie sehen blass aus. Geht es Ihnen nicht gut? Habe ich Sie aus dem Bett geholt?«, erkundigte sich Konstantin von Kornweg, offenbar fest gewillt, nicht seinerseits in alte Gewohnheiten zurückzufallen.

Verblüfft dich diese Metamorphose auch so? Aber der Mensch, der nicht zu brechen ist, muss erst gezüchtet werden.

»Antworten Sie gefälligst nicht mit Gegenfragen. Ich wiederhole: Was fällt Ihnen ein, mich so unverschämt zu behelligen?«

»Diese Frage habe ich Ihnen doch schon beantwortet: Wir haben uns zu unterhalten.«

Konstantin von Kornweg trieb sein Verhalten auf die Spitze. Er schlüpfte an Hermann Liebenich vorbei.

Der Hausherr starrte ihm verdutzt hinterher, dann lief er auf den Buchhalter zu, der am Ende des Flurs stehen geblieben war und Größe und Einrichtung der Liebenich-Residenz bewunderte.

Hermann Liebenich packte ihn an der Schulter und riss ihn um. »Sie verschwinden jetzt sofort aus meinem Haus oder ich rufe die Polizei.«

»Machen Sie die Tür zu, Herr Dr. Liebenich. Es zieht. Und dann reden wir wie zwei Geschäftsmänner miteinander, die einen gemeinsamen Feind haben. Ganz vernünftig.«

Konstantin von Kornweg nahm Hermann Liebenichs Hand und führte sie sanft von seiner Schulter weg.

Vielleicht zum ersten Mal in seinem Leben als Gebrandmarkter ließ ihn seine Gesichtslähmung nicht gruselig wirken, sondern verlieh ihm einen Anstrich von Selbstsicherheit.

»Ich gehe schon mal ins Wohnzimmer. Vielleicht wollen Sie sich für unsere Unterhaltung etwas anderes anziehen.«

Hermann Liebenich starrte ihm erneut verdutzt hinterher, dann an sich herunter. Er schloss die Tür und folgte seinem Besucher die Treppen ins Wohnzimmer hinunter, wo Konstantin von Kornweg den Spirituosenschrank nach volleren Flaschen durchsuchte. »Wenn es Ihnen nicht passt, wie ich angezogen bin, können Sie ja wieder gehen.«

»Wenn Sie sich in Ihrem Bademantel wohlfühlen, soll es mir recht sein.« Er zog eine Flasche heraus. »Was meinen Sie, ein Botucal ist doch jetzt genau das Richtige, oder?«

Hermann Liebenich ging an einen anderen Schrank, holte zwei frische Gläser hervor und nahm Konstantin von Kornweg die Flasche aus den Fingern, um selbst einzuschenken. Wie zwei Synchronschwimmer schwenkten sie ihre Gläser, hielten die Nase hinein, stießen miteinander an und nahmen einen kleinen, aber genussvollen Schluck.

»Und jetzt verraten Sie mir endlich Ihr Anliegen.«

»Herr Dr. Liebenich, unsere beiden Väter haben Geschäfte miteinander gemacht, und das hatte nicht allein mit ihrer Freundschaft zu tun, sondern mit einem profitablen gegenseitigen Geben und Nehmen. Sie haben einen Fehler gemacht, als Sie den Vertrag mit uns gekündigt haben.«

Hermann Liebenich wollte das Wort ergreifen, wie er es gewohnt war, wenn man ihm Fehler vorwarf, aber Konstantin von Kornweg, der ein solches Verhalten von seiner Schwester gewohnt war, ließ es nicht zu.

»Lassen Sie mich bitte ausreden. Und verstehen Sie mich nicht falsch. Ich mache Ihnen das gar nicht zum Vorwurf, ich kann mir sogar gut vorstellen, dass die Entscheidung vielmehr für Sie getroffen wurde, Sie also überhaupt keine Schuld trifft. Sie bleibt aber ein Fehler. Die Qualität Ihres neuen Zulieferers ist minderwertig, das schadet auf Dauer der Qualität Ihrer Produkte und somit Ihrem Ruf.«

Hermann Liebenich versuchte es noch einmal. »Herr von Kornweg, mit Verlaub ...«

»Ich bin noch nicht fertig, Herr Dr. Liebenich. Ich sage Ihnen, was wir tun. Wir nehmen die Zusammenarbeit bei nächster Gelegenheit wieder auf. Meine Schwester und ich kommen Ihnen bei unseren Preisen ein wenig entgegen, damit Sie die Umkehr intern begründen können. Falls es überhaupt jemanden gibt, der Ihre Entscheidungen infrage stellt.«

Hermann Liebenich ließ ein schallendes Lachen erklingen. »Herr von Kornweg, ich fürchte, Sie gehen von völlig falschen Voraussetzungen aus. Wenn Sie vergangene Woche mit dieser Chuzpe zu mir gekommen wären, hätte ich Ihren Vorschlag vielleicht sogar erwogen. Aber Sie wissen doch selbst, wie radikal sich die Bedingungen geändert haben.«

»Die Bedingungen haben sich geändert, ganz recht, Herr Dr. Liebenich. Das bringt uns zu unserem gemeinsamen Feind. Wir sind hinters Licht geführt worden. Aber das ist vorüber. Und das hier ...«, er zeigte auf die noch immer auf dem Tisch stehenden Cognacflaschen, er zeigte auf Hermann Liebenich selbst, »... das hier kann doch unmöglich Ihre Antwort auf alles sein. Gucken Sie sich an: Was hätte der alte Dr. Liebenich gesagt, wäre er Ihrem jetzigen Ich begegnet?«

»Der alte Dr. Liebenich war eine Lüge.«

»Schön und gut, aber muss das bedeuten, dass der neue Dr. Liebenich ein verzottelter Säufer sein muss, der sein Haus nicht mehr verlässt?«

»Zügeln Sie Ihre Worte, Herr von Kornweg.«

»Reißen Sie sich am Riemen, Herr Dr. Liebenich«, sagte Konstantin von Kornweg, kippte sich den Rest seines Glases in die Kehle und stand auf. »Ich lasse Sie jetzt allein. Denken Sie über mein Angebot nach. Und hören Sie verdammt noch mal auf, in Selbstmitleid zu zerfließen. Das steht Ihnen nicht.«

Seine Worte haben etwas unfreiwillig Humoristisches, wenn man bedenkt, wo er herkommt, wo er gelandet ist und welche Entwicklung Hermann Liebenich in der gleichen Zeitspanne durchgemacht hat. Und welche Ironie birgt es doch, dass der Lächler, ohne selbst dazu in irgendeiner Weise ver- oder geleitet worden zu sein, den Alten in die Richtung zu leiten versucht, in die er geleitet werden muss, um die Geschichte zu ihrem vorgesehenen Ende zu bringen. Das verlangt fast Dankbarkeit, findest du nicht auch?

Aber allzu weit wird die Dankbarkeit nicht führen. Die Geschichte verträgt diesen neuen Konstantin von Kornweg nicht. Seine Rolle ist eine andere.

Die Straßenbahn, in der der Lächler nach Hause aufbrach, vermutlich sehr zufrieden mit sich und der Ausbeute des Tages, bestand aus zwei Waggons. In den einen stieg er ein, in dem anderen saßen drei jugendliche Freunde, von denen einem, auch diesmal ganz in Weiß gekleidet, das bekannte Gesicht sofort auffiel. Er machte seine Kameraden auf den neuen Mitfahrer aufmerksam. Spontan beschlossen sie, ihre Abendpläne neu zu sortieren.

Ihr Glück und gleichzeitig Konstantin von Kornwegs Pech war, dass zwar sie ihn sahen, er sie aber nicht. Ein chipsmampfender Fleischklops stellte sich ihm in den Weg.

Kapitel achtzehn

Paul Gram macht sich eigentlich nicht viel aus Geld. Oder aus den Dingen, die man gemeinhin für Geld kauft. Von seinem Gehalt schaufelt er sich allmonatlich einen beachtlichen Anteil auf ein Konto, das er zu leeren plant, sollte er einmal den unwiderstehlichen Wunsch verspüren, alles hinter sich zu lassen, nach Norwegen an einen Fjord zu ziehen und Geschichten zu erfinden, die für jeden offensichtlich fiktiv sind. Und Paul Gram ist jemand, dem, anders als den meisten Menschen, zuzutrauen ist, seine Träume wahrzumachen und nicht nur immer wieder darüber zu reden, es irgendwann einmal zu tun.

Nun lässt sich, wie du weißt, nicht mit Sicherheit sagen, inwieweit er diesen Traum hinterfragt, ob er ihn womöglich längst verworfen hat, weil er glaubt, es wäre gar nicht sein Traum, sondern lediglich eine von außen auf seinen Charakter zugeschnittene Illusion. Es lässt sich genauso wenig sagen, wie sehr ihn der Verlust der zehntausend Euro treffen würde, die als Schweigegeld von ihm verlangt werden.

Er hat auf die Forderung seines ehemaligen Komplizen nicht panisch oder unüberlegt reagiert. Anders als der Schnüffler macht er auch keine Anstalten, sich mir nichts, dir nichts aus dem Staub zu machen. Er macht überhaupt nichts, was Rückschlüsse auf seinen Gemütszustand zulässt, vielleicht, weil er ahnt, dass wir ihn beobachten, dass wir auf seine nächsten Schritte lauern.

Es macht ihn nur umso verdächtiger. Der Schmierfink ist unsere größte Bedrohung. Er ist völlig unberechenbar, jetzt wirklich. Wir dürfen nicht zulassen, dass er uns zerstört.

Ein Glück, dass er vom Café aus direkt ins Pressehaus gefahren ist – aus freien Stücken. Genau dorthin, wo wir ihn haben wollen. Seine Anwesenheit dort ist erwünscht, nicht nur vom Ressortleiter, diesem nützlichen Idioten, auch von einer zweiten Person, die bereits auf ihn wartet – und von zwei weiteren, die bald an seinem Arbeitsplatz einlaufen werden.

Paul Gram betrat das Pressehaus und kam zunächst nur bis zum Empfang. Dort saß seine Lieblingsempfangsdame – ein ewig blonder Wonneproppen von inzwischen fast fünfzig Jahren mit einem stolzen Sortiment an ausgefallenen Ohrringen und Halstüchern in allen Farben des Regenbogens, diesmal in Violett. Immer wenn er auftauchte, pflegte sie sich ihre Schildmütze neckisch schief aufzusetzen, zu salutieren und ihm aus ihrem schier unerschöpflichen Arsenal an Witzen einen zu erzählen, über den sie dann selbst so lauthals lachte, dass nahezu jede Sorge verfliegen musste.

»Paul«, rief sie vergnügt. »Kennst du den? Sagt ein Arzt zu seinem Patienten: ›Ich habe leider keine guten Nachrichten. Sie haben nicht mehr lange zu leben.‹ Der Patient schluckt. ›Wirklich, das ist ja furchtbar. Wie lange habe ich noch?‹ Der Arzt schaut ihm tief in die Augen. ›Zehn‹, sagt er. ›Zehn was? Jahre? Monate? Wochen?‹, fragt der Patient voller Panik. ›Neun.‹«

Paul Gram lachte nicht, schmunzelte lediglich leicht.

»Ach komm, der war gut«, beschwerte sie sich, sichtlich enttäuscht.

»Das ist es nicht. Mir ist nur nicht zum Lachen zumute«, antwortete er und richtete ihre Schirmmütze, womit er wenigstens diesen Part ihrer stillschweigenden Vereinbarung einhielt. Als er sich auf den Weg weg von ihr machte, hielt sie ihn auf.

»Paul, was bekümmert dich?«

»Nicht der Rede wert, mach dir keine Gedanken.«

Er wollte weitergehen, doch auch der zweite Fluchtversuch scheiterte.

»Du hast einen Besucher. Er sitzt da hinten«, sagte sie und nickte zur von vernachlässigten Grünpflanzen gesäumten Sofaecke, in der drei Männer saßen, von denen nur alles vom Bauch abwärts zu sehen war – der Rest war verborgen hinter aufgeschlagenen Zeitungen.

»Weißt du noch, welcher es war?«

Sie reckte ihren Hals. »Öhm«, sagte sie. »Diese Besucher sehen alle gleich aus.« Dann zwinkerte sie ihm zu. »Es ist der im Stuhl ganz rechts. Ein Ludwig Mayer.«

Paul Gram drehte sich um, schien einige Sekunden darüber nachzudenken, ob er diesen Besucher empfangen wollte, dann schritt er doch auf ihn zu. Langsam.

»Herr Mayer?«

Sebastian Vogt nahm die Zeitung herunter. Er hatte erst mit dem Sportteil begonnen, war dann ins Lokale gewechselt, hatte die Wirtschaftsnachrichten gelesen und war zuletzt sogar bereit gewesen, das Feuilleton durchzuackern, so lange wartete er schon, aber das blieb ihm zu seiner Erleichterung erspart. Er erhob sich.

»Guten Tag, Herr Gram.«

»Was kann ich für Sie tun?«

»Nun, Sie wissen doch, wie das ist. Wenn der Prophet nicht zum Berg kommt, muss der Berg eben zum Propheten gehen. Hier bin ich also.«

Paul Gram versuchte es mit einem Lächeln. Aber gegen Lächeln war Sebastian Vogt immun, sofern es nicht von Frauen in gegenüberliegenden Büros kam.

»Ich schulde Ihnen wohl eine Entschuldigung. Aber die vergangenen Tage haben mich sehr auf Trab gehalten.«

»Ja, den Eindruck hatte ich auch.«

Sebastian Vogt stand unter Strom. Ludwig Mayer musste ihn zurückhalten. Denn für einen Ludwig Mayer schickte es sich nicht, so zu reagieren, wie das Sebastian Vogt in seiner ganzen Impulsivität getan hätte.

»Sie werden das jetzt vielleicht nicht glauben, Herr Mayer, aber es ist die Wahrheit: Ich wollte mich heute bei Ihnen melden.«

»Was Sie nicht sagen. Dann können wir das ja jetzt sogar persönlich klären, von Angesicht zu Angesicht.«

Die beiden anderen Besucher im Wartebereich waren per se gesittete Männer, die wussten, was Anstand ist. Bei Paul Grams Ankunft hatten sie deshalb zunächst einfach weiter Zeitung gelesen – einer von ihnen sogar im Feuilleton, ganz freiwillig. Doch das war vorbei. Die Blätter gesenkt, verfolgten sie den Dialog gebannt, wie Zuschauer eines Tennisspiels mit packenden Grundlinienduellen. Sebastian Vogt scherte sich nicht im Geringsten darum, Paul Gram dagegen offenbar schon.

»Lassen Sie uns doch an einen Ort gehen, an dem wir uns in Ruhe unterhalten können. Wenn ich mich nicht täusche, müsste es heute in der Cafeteria Waffeln geben.«

Sebastian Vogt zuckte mit den Schultern. »Sie kennen den Weg. Gehen Sie voran.«

Der Geruch, der ihnen bereits am Eingang der Cafeteria entgegenschlug, bestätigte Paul Grams Vermutung. Sebastian Vogt aber hatte weder Durst noch Hunger, nicht auf Waffeln jedenfalls. Paul Gram hingegen schnappte sich zu seiner Portion, die er in einem See aus Vanillesoße schwimmen ließ, noch einen Schokoriegel. Sein Mittagessen und den Kaffee aus dem Automaten auf einem Tablett balancierend, signalisierte er seinem Begleiter, ihm zu folgen und lief nickend an einigen Kollegen vorbei. Er steuerte einen Platz in dem Bereich der Cafeteria an, in dem am wenigsten los war.

Am Tisch angekommen, machte er sich als Erstes über die Waffel her, schob sich ein viel zu großes Stück in den Mund, ließ Vanillesoße auf den Tisch tropfen, wischte den Fleck mit dem Finger weg und leckte ihn ab.

»Ich könnte in Vanillesoße baden. Und Sie wollen wirklich nichts?«

Sebastian Vogt schüttelte den Kopf. »Was ich will, ist wissen, warum Sie sich nicht wie vereinbart bei mir gemeldet haben. Was ist bei Ihrem Treffen herausgekommen?«

»Glauben Sie mir, das wollen Sie nicht wissen«, sagte Paul Gram und spießte bereits das letzte Stück seiner Waffel auf.

»Die Entscheidung überlassen Sie bitte mir.«

»Nun, wenn ich es Ihnen erzähle, ist die Entscheidung aber schon gefallen.«

»Was reden Sie da für einen Blödsinn?«

Paul Gram seufzte. Er schien nachzudenken. »Na gut, wie erkläre ich Ihnen das jetzt?«, sagte er und begann zu erklären.

Er machte seine Sache gut, da zeigte sich der Chronist und Könner, keine Frage.

Sebastian Vogt glaubte ihm trotzdem kein Wort.

Das liegt nicht allein an den Sicherheitsmaßnahmen, die ich getroffen habe. Niemand wird jemals diese Geschichte glauben, egal wie überzeugend der Schmierfink oder einer der anderen Rebellen sie vorbringt, egal wie stichhaltig ihre Argumentation ist. Nicht einmal Paul Grams Großmutter, die inzwischen im Heim lebt, aber noch immer an den Lippen ihres Enkels hängt.

Es wird keine weiteren Mitwisser geben, sei dir dessen gewiss. So ein peinlicher Fehler unterläuft mir nicht noch einmal.

Für Sebastian Vogt war ein Schutzschild gegen unbequeme Wahrheiten aber gar nicht nötig. Sebastian Vogt gehörte einer Spezies an, die sich an ihre einmal geschaffenen Wahrheiten derart hartnäckig klammerte, dass nichts daran zu rütteln imstande war. Es machte ihn rasend zu hören, Hermann Liebenich sei nur eine Figur in einer Geschichte und somit womöglich gar nicht verantwortlich für seine unverantwortlichen Taten – wie weit die Fremdsteuerung reiche und wie viel Selbstbestimmung es geben könne, vermochte Paul Gram nicht zu sagen.

»Ich bin gerade dabei, es herauszufinden.«

Doch selbst die Befürchtung, die Geschichte könnte ein Fünkchen Wahrheit besitzen, musste Sebastian Vogt sofort verwerfen, um sich nicht vor die Aufgabe gestellt zu sehen, seinen Hass und seine Rachegelüste zu reflektieren und anders zu kanalisieren, sich einzugestehen, einem Phantom hinterhergerannt zu sein.

Das hätte alles geändert – und alles zu ändern war zwar durchaus sein Anliegen, aber zu seinen Gunsten. Zu irren war in diesem Plan nicht vorgesehen.

Er war davon ausgegangen, Paul Gram habe übers Wochenende die dunklen Machenschaften Hermann Liebenichs endgültig aufgedeckt, sich dann aber von ihm kaufen lassen. Noch so einer, der auf Moral und Ethos schiss. Er hatte sich darauf eingestellt, Paul Gram würde versuchen, ihm weiszumachen, sie hätten sich getäuscht, die Verdächtigungen seien vom Tisch.

Stattdessen solch eine an den Haaren herbeigezogene Story zu hören, war ein starkes Stück. Für wie leichtgläubig und minderbemittelt hielt ihn dieser Typ eigentlich?

Nur: Wie sollte er dagegen andiskutieren?

Auf die Schnelle ließ sich das nicht verarbeiten und in eine neue Verhandlungstaktik ummünzen, also bat er, um Zeit zu gewinnen, darum, das Ganze noch einmal erklärt zu bekommen, das sei ja alles unfassbar.

Sein Problem war, einmal mehr, dass er nicht als Sebastian Vogt an diesem Tisch saß, sondern als Ludwig Mayer. Als ein Mann also, der auf eine solche Neuigkeit gleichzeitig erleichtert und erschüttert reagieren musste. Erleichtert, weil das schließlich seinen Boss entlastete. Erschüttert, weil das allen, die Teil dieser unglaublichen Geschichte waren, ihn eingeschlossen, den Teppich unter den Füßen wegziehen musste.

Sich daran zu halten, also die Angriffshaltung abzulegen, mit der er es zuvor ja tatsächlich fast schon übertrieben hatte, zerriss ihn innerlich. Die Wut staute sich an, er würde später den Sandsack im Fitnessstudio noch länger als sonst malträtieren müssen.

Während Paul Gram also seine Geschichte wiederholte, hörte Sebastian Vogt gar nicht zu. Sein Schädel brummte von den vielen Umdrehungen seiner Gedanken.

»Was bedeutet das jetzt für Ihre Arbeit? Was werden Sie tun?«, fragte er den Journalisten, weil ihm auf die Schnelle nichts Besseres einfiel.

»Das kann ich noch nicht sagen.«

»Sie müssen dranbleiben. Sie müssen das alles ans Licht bringen, gar keine Frage«, beschwor ihn Sebastian Vogt, ohne Interesse daran, was Paul Gram wirklich machte.

Es war klar, dass er diese Schlacht verloren hatte, dass es keinen Artikel mehr geben würde, der Hermann Liebenichs Imperium zusammenbrechen ließ, keinen von Paul Gram jedenfalls. Sebastian Vogt brauchte entweder einen neuen Verbündeten, der sich nicht so einfach umdrehen ließ, oder eine neue Strategie.

Aufzugeben war keine Option.

»Halten Sie mich bitte auf dem Laufenden, ja?«, bat er zum Abschied.

Paul Gram versprach es. Dann gingen sie auseinander. Der Journalist riss die Verpackung seines Schokoriegels auf, knabberte im Gehen, flirtete im Aufzug mit der Ressortsekretärin aus dem Sport und verzog sich an seinen Schreibtisch, wo er begann, Notizen zu machen, die aussahen, als überlege er sich eine Struktur für eine Story über die Welt und wie sie von fremden, undurchsichtigen Mächten gelenkt ist.

Der Ressortleiter, der von der Nachmittagsblattkonferenz kommend an seinem Büro vorbeilief, blieb stehen, obwohl er es eilig hatte. Er klopfte an die Scheibe vor Paul Grams Zelle und trat ein.

»Mein lieber Paul, wenn ich es nicht besser wüsste, müsste ich glauben, du weichst mir aus. Wo bist du die letzten Tage gewesen?«

»Unterwegs, beschäftigt«, antwortete Paul Gram und hörte nicht auf, sich Notizen zu machen.

»Ich sehe, du arbeitest«, stellte der Ressortleiter fest. »Das freut mich. Heißt das, ich kann morgen endlich mit deiner aktualisierten Korruptionsgeschichte rechnen?«

»Nicht direkt.«

»Wie bitte?«

Nun sah sich der Journalist doch gezwungen, den Stift sinken zu lassen.

»Es ist, wie bereits angedeutet, so, dass sich neue Erkenntnisse ergeben haben, die alles Bisherige in einem völlig anderen Licht erscheinen lassen. Mit der Geschichte kannst du morgen rechnen, spätestens übermorgen, ich sammle noch. Aber mit den Korruptionsvorwürfen hat das nicht mehr viel zu tun. Oder besser gesagt: gar nichts.«

Der Ressortleiter trat von einem Fuß auf den anderen, hin- und hergerissen zwischen den Zwängen des Tagesgeschäfts und seiner Nervosität.

»Das musst du mir erklären. Am besten schnell.«

»Das geht nicht schnell. Aber je schneller du mich weiterarbeiten lässt, desto schneller bekommst du die Geschichte zu Gesicht.«

»Aye, aye«, sagte der Ressortleiter, drehte sich um und bog nach links ab, um seine Blattmacher zu informieren, was in der Nachmittagskonferenz beschlossen worden war. Da ließ ihn eine plötzliche Ahnung zögern. Er schaute sich um.

Am Ende des Ganges tauchten zwei Personen auf, deren Erscheinen in diesen Räumen Verblüffung, ja sogar Sorge hervorrufen musste: ein hochgewachsener durchtrainierter Kerl Anfang dreißig und eine etwas jüngere und viel kleinere Blondine mit Pferdeschwanz, beide in Polizeiuniform.

»Paul Grams Büro?«, fragte der Mann und klang nicht sonderlich positiv gestimmt.

»Darf ich fragen, was Sie hier wollen?«, erkundigte sich der Ressortleiter.

»Wir suchen das Büro Ihres Kollegen Paul Gram«, stellte die Polizistin klar, nur unwesentlich freundlicher.

Der Ressortleiter deutete auf das Zimmer, aus dem er eben gekommen war und blieb wie festgenagelt stehen. Zwei weitere Lokalredakteure kamen hinzu, gleichsam irritiert ob der Staatsmacht in den Räumen der vierten Gewalt.

»Was wollen die hier?«, flüsterte einer dem Ressortleiter zu, doch der zischte nur: »Pscht!«

»Treten Sie bitte beiseite«, forderte der Polizist die Teilnehmer der Miniversammlung auf, klopfte und drückte die Tür auf.

»Herr Gram?«

Diesmal ließ der Schmierfink seinen Kugelschreiber sofort sinken. »Ja«, antwortete er und ließ es gleichzeitig wie eine Bestätigung und eine Frage klingen.

Der Beamte und seine Kollegin zogen gleichzeitig ihre Dienstausweise. »Wir müssen Sie leider bitten, uns zu einer Befragung zu folgen. Jetzt sofort.«

Kapitel neunzehn

Man hätte Matthias Caspar vermutlich viele Chancen geben können, zu erraten, wer da an einem Mittwochabend nach acht vor seiner Tür stand. Auf die richtige Antwort wäre er nie gekommen. Als Erstes hätte er wohl auf den dauerbekifften Studenten aus dem vierten Stock getippt, der gelegentlich bei ihm klingelte, um sich etwas auszuleihen, für das ihm der Gang in den Supermarkt um die Ecke zu weit und zu anstrengend war. Vielleicht wäre ihm angesichts der Ereignisse des Tages auch Paul Gram in den Sinn gekommen oder sein Chef, der sich nicht darauf verlassen wollte, dass er seine Mails tatsächlich checkte.

Mit einer Frau hatte er sehr wahrscheinlich nicht gerechnet – und mit dieser Frau ganz sicher nicht.

Hätte man Matthias Caspar hingegen die Chance gegeben, sich einen Gast zu wünschen, die Wahl wäre sofort auf die Assistentin seines Chefs gefallen.

Wenn Wünsche wahr werden, kann das schon mal lähmen. Wenn sie wider Erwarten wahr werden, ist das noch schwerer zu verkraften.

Der Schnüffler verkraftete es sichtbar schwer. Er benahm sich wie ein pubertierender Schuljunge, der sich im falschen Moment in eine Frauenumkleidekabine verirrt – oder im richtigen, je nach Sichtweise.

»Hallo Matthias.«

Die Frau seiner feuchten Träume war mit freundlicher Mithilfe einer zufällig gleichzeitig ankommenden

Nachbarin ins Haus gelangt. Ihr Gesicht war verheult. Sie wartete seine Reaktion ab. Und weil keine kam, entschuldigte sie sich.

»Ich wusste nicht, wo ich sonst hingehen sollte. Mein Freund und ich hatten einen Megastreit.«

Matthias Caspar stand mit offenem Mund an der Tür seiner Wohnung und bewunderte die Gestalt, deren lange Haare aus einer neckischen Strickmütze hervorpurzelten. Sie stand in einem petrolfarbenen Kaschmir-Poncho und einer Cotton-Stretch-Hose vor ihm.

»Willst du mich nicht reinbitten?«, fragte sie nach einer Weile und schwankte zwischen Amüsement und Verunsicherung.

Sie wusste selbst nicht, warum sie ausgerechnet bei dem Kollegen Zuflucht suchte, den sie immer als unerträglich lüstern und alles andere als anziehend empfunden hatte, über dessen Einfühlungsvermögen sie sich erst Gedanken zu machen begann, als sie feststellte, dass ihr Freund – oder ihr Ex-Freund? – so sensibel war wie ein eingeweichtes Toastbrot.

Ihr Herz hatte sie direkt zu Matthias Caspar geführt und sie war entschlossen herauszufinden, was es ihr damit sagen wollte.

»Natürlich, entschuldige, bitte komm rein, mach's dir gemütlich.« Stotternd trat Matthias Caspar beiseite, führte seinen Gast ins Wohnzimmer und zog im Vorbeigehen die offen stehende Tür zu seinem Schlafzimmer zu, in dem es aussah, wie es in Schlafzimmern von Singlemännern gelegentlich nun mal aussah. Das Bett war ungemacht, auf dem Boden lagen Klamotten neben einer fast leergeknabberten Packung Erdnussflips und vier vollgerotzten Papiertaschentüchern.

Ein fünftes war aus anderen Gründen verklebt.

Seine Herzensdame hockte sich aufs Sofa und schaute sich im Wohnzimmer um, in dem es ein wenig aufgeräumter aussah.

»Kann ich dir was anbieten? Ein Wasser oder ein Bier vielleicht?«

»Hast du nichts Stärkeres?«

»Ich schau mal.«

Matthias Caspar machte sich auf den Weg in die Küche. Sein Geschirr vom Abend zuvor und vom Morgen stand noch auf der Ablage. Er stellte es in die Spüle. Das machte zwar praktisch keinen Unterschied, für ihn aber offensichtlich schon. Dann kehrte er ein paar Krümel in die Hand und warf sie in den Mülleimer.

Sein Gast tänzelte im Wohnzimmer umher, kaum dass er es verlassen hatte, checkte die DVD- und CD-Sammlung des Schnüfflers und begutachtete – mit schiefem Kopf – sein Bücherregal. Hin und wieder lächelte sie, wenn sie ein Buch entdeckte, das sie ebenfalls gelesen und das ihr gefallen hatte.

Auch Matthias Caspar befand sich auf Entdeckungstour, sah sich aber mit einer weitaus geringeren Auswahl konfrontiert. Er fand eine Flasche Ouzo, die er zwei Jahre zuvor aus einem Griechenlandurlaub mitgenommen hatte und die seitdem in seiner Küche verstaubte, außerdem eine noch ältere Flasche Eierlikör, ein scherzhaftes Abschiedsgeschenk seiner alten Polizeikollegen. Also nahm er zwei Schnapsgläser und den Ouzo, ließ Leitungswasser in eine Karaffe laufen, holte noch zwei weitere Gläser aus dem Schrank, stellte alles auf ein Tablett und war schon auf dem Weg zurück ins Wohnzimmer, als er es sich anders überlegte. Er stellte das Tablett wieder ab und nahm nur den Ouzo und die Schnapsgläser mit.

»Du hast eines meiner absoluten Lieblingsbücher«, sagte sie bei seiner Rückkehr und tippte auf den Buchrücken. »Hast du es gelesen?«

Er hatte. Die ersten vierzig Seiten. Dann hatte er es gelangweilt weggelegt.

»Ich habe angefangen, komme nur nicht dazu weiterzulesen. Aber der Anfang ist toll.«

Während er die Gläser füllte, kam sie mit wogendem Schritt auf ihn zu. Ihr fiel wieder ein, warum sie hier war. Mit einem Schlag war sie todunglücklich.

Matthias Caspar reichte ihr ein Glas.

»Cheers?«

»Cheers!«

Sie trug ein Parfüm, dessen Duft die Männer für gewöhnlich verrückt machte. Und sie saß ganz nah neben ihm.

»Möchtest du mir jetzt erzählen, was passiert ist?«

»Erst noch einen Schnaps«, verlangte sie und er gehorchte, verzog die Mundwinkel und versuchte, das so gut es ging zu verschleiern.

Sie fand das niedlich.

»Also, du hast dich mit deinem Freund gestritten?«

»Dieses Arschloch«, zischte sie. »Wir waren verabredet und er hat mich versetzt, weil die Großmutter seiner Ex gestorben ist. Meinte, er müsste da hin. Sofort.«

Sie hielt inne, fuhr sich durch die Haare, dachte noch einmal über ihr Urteil nach, kam zu dem gleichen Schluss wie schon dreimal zuvor.

»Ich meine, schön und gut, er hat sie gut gekannt und gemocht, aber hätte es nicht bis morgen warten können, dass er hinrennt und auf Beileid macht?«

»Absolut.«

»Ich glaube, der wahre Grund ist, dass er noch immer an seiner Ex hängt.«

»Hört sich ein bisschen so an, ja.«

»Und diese Schlampe tut alles dafür, unsere Beziehung zu sabotieren. Schreibt ihm ständig irgendwelche ach so unschuldigen Nachrichten. Und wenn ich ihm dann sage, dass mir das nicht passt, meint er nur, da würde nichts laufen, sie hätte sich schließlich von ihm getrennt und sie seien nur noch gute Freunde und ich solle nicht so eifersüchtig sein.«

Sie begann, ihn nachzuäffen, und Matthias Caspar ließ ein zaghaftes Lächeln sehen. Vermutlich war er sich nicht sicher, ob es angebracht war oder welche Reaktion sie von ihm erwartete.

»So was ist immer scheiße«, sagte er. »Ich meine, es spricht ja prinzipiell nichts dagegen, mit dem Ex-Partner befreundet zu sein, aber man sollte bei alldem Rücksicht auf die Gefühle des neuen Partners nehmen.«

»Eben! Danke!«, rief sie.

Es war eine große Erleichterung für sie, bei dem Thema endlich einmal eine Bestätigung von einem Mann zu bekommen. Sogar ihr bester Freund riet ihr ständig, sich nicht so zickig anzustellen. Er formulierte das natürlich nie so direkt, aber sie sah in seinen Augen, dass er genau das meinte, wenn er fragte, ob sie ihrem Freund denn vertraue.

Dabei hatte das eine mit dem anderen doch überhaupt nichts zu tun.

»Und jetzt ist er einfach zu seiner Ex gefahren?«

»Ja, wir haben eine Ewigkeit diskutiert und irgendwann meinte er, ich sei egoistisch, wenn ich ihn nicht verstehen würde, und dass ich darüber mal nachdenken solle.«

»Oh Mann«, sagte Matthias Caspar und seufzte. »Darauf kann es auch nur eine Antwort geben.«

»Ach ja, welche?«

Er füllte die Gläser ein weiteres Mal. »Alkohol!«

»Amen«, erwiderte sie, stieß wuchtig an und kippte sich den Ouzo in die Kehle.

»Noch einen?«, fragte er.

»Klar, auf einem Bein kann man nicht stehen.«

»Wenn wir so weitermachen, sicher nicht mehr.«

Sie kicherte und er verschüttete beim Einschenken ein paar Tropfen.

»So, und jetzt lass uns überlegen, was wir mit deinem Freund anstellen.«

Sie leckte sich Ouzomoleküle von den Lippen. »Bin offen für Vorschläge.«

»Okay, ich kenn da ein paar Jungs. Wir entführen einfach seine Ex und tun so, als hätten wir dich auch gekidnappt. Und dann rufen wir ihn an und stellen Lösegeldforderungen. Und dann schauen wir, welche er zuerst zahlt. Na, ist das ein Hammerplan oder ist das ein Hammerplan?«

Sie schaute ihn entgeistert an. Und prustete dann los. »Du bist lustig«, stellte sie fest und tätschelte seinen Arm.

Es sollte eigentlich eine ganz unschuldige Berührung sein, aber etwas passierte dabei, etwas, das sie sich nicht erklären konnte.

Alle Geräusche um sie herum, die Autos draußen auf der Straße, der dumpfe Bass aus der Stereoanlage des Nachbarn, das Fußgetrippel in der Wohnung über ihnen, verstummten.

Das kam ihr nicht nur so vor, das passierte wirklich.

Es gab nur noch sie beide.

Die Initiative zu ergreifen blieb an ihr hängen. Sie rückte näher an ihn heran, streichelte wieder seinen Arm, diesmal ganz eindeutig nicht mehr unschuldig, kitzelte seine Wange und drückte ihre Lippen auf seine.

Es war süß, dass er nur empfing und nicht reagierte, er kam ihr so rein, so unschuldig vor. Sie sah Überraschung in seinen Augen und schloss ihre. Kurz bevor sie bereit war, sich fallen zu lassen, kehrten mit einem Mal all die Geräusche zurück.

Verwirrt darüber, verwirrt über die gesamte Situation, öffnete sie ihre Augen wieder. Diesmal bewegte er sich auf sie zu, doch sie wehrte ihn ab, zuckte zurück und fiel in sich zusammen.

»Hab' ich was falsch gemacht?«

»Nein, es liegt an mir«, flüsterte sie. »Es tut mir leid. Das ist nicht richtig.«

Und als habe sie diese Worte selbst hören müssen, stand sie auf, stocknüchtern in einer einzigen Bewegung.

»Es tut mir leid«, sagte sie noch einmal. »Ich muss gehen. Wir sehen uns.«

Matthias Caspar, nicht stocknüchtern, stemmte sich hoch und versuchte, hinterherzukommen, doch als er im Flur ankam, war sie längst zur Tür draußen.

In seinem normalen Schritttempo brauchte Konstantin von Kornweg von seiner Haltestelle zu sich nach Hause eine Viertelstunde. In seinem neuen normalen Schritttempo waren es nur noch zwölf Minuten. Die ersten elf verliefen an diesem Abend ohne besondere Vorkommnisse, doch als er in die Straße einbog, in der das Haus seiner Schwester und seines Schwagers und damit seine Wohnung lag, eine etwas versteckte Straße mit verkehrsberuhigtem Bereich, änderte sich das. Es passierte unter einer Straßenlaterne, die aus unerkennbarem Grund ausging. Plötzlich sah er sich umzingelt.

Seine Verfolger hatten lange auf die passende Gelegenheit gelauert, was eigentlich nicht ihrem Naturell entsprach und schon gar nicht ihrer Intelligenz, aber ihnen war klar, dass sie in einer Gegend wie dieser – nicht supernobel, aber doch gehoben – auf der Hut sein mussten, um nicht aufzufallen. Deswegen hielten sie Abstand, deswegen hielten sie die Schnauze. Bis einer von ihnen, der Wicht in Weiß, der sich sowieso einbildete, der Anführer des Trios zu sein, seinen Kumpanen ein Zeichen gab, sie sich sicherheitshalber noch einmal vergewisserten, dass sie auch ja unbeobachtet waren – was der Fall war –, und losrannten.

Konstantin von Kornweg hörte die flinken Schritte in seinem Rücken zu spät. Als er sich im Gehen umdrehte, war der Vorsprung vor seinen jungen Peinigern nahezu aufgebraucht, der Überraschungseffekt eliminierte den Rest.

Sie bildeten einen Kreis und tippelten um ihn herum, pfiffen währenddessen eine vorab vereinbarte Melodie, die den Lächler einschüchtern sollte. Er drehte sich ebenfalls im Kreis und blickte in schauderhafte Grimassen. Vorfreude, die Lust an der Qual Schwächerer und ein vorauseilendes Triumphgefühl – all das lag darin.

»Wenn das nicht unsere Grinsekatze ist«, sagte der weiße Wicht und blieb genauso stehen wie seine Kompagnons. »Wo haste deine Bodyguards gelassen? Du sollst doch so spät nicht ohne Bodyguards aus'm Haus gehen!«

»Die sind bei deiner Mama«, antwortete Konstantin von Kornweg.

Der Lulatsch und der Muskelprotz machten ein Geräusch, das fast wie ein Lachen klang. Der weiße Wicht schnellte auf Konstantin von Kornweg zu.

»Du spielst wohl gern mit dem Feuer, was?«, knurrte er.

Die Szene barg eine gewisse Komik, denn er war mehrere Zentimeter kleiner als der Buchhalter und musste nach oben starren.

»Du spielst wohl ungern mit deiner Zahnbürste. Dein Atem stinkt erbärmlich«, konterte Konstantin von Kornweg und ging damit den wohl entscheidenden Schritt zu weit.

Der weiße Wicht zog ein Schnappmesser aus der Hosentasche und hielt es dem Lächler unter die Nase. »Na Krüppel, noch 'nen dummen Spruch auf Lager?«

Konstantin von Kornweg schaute das Messer an, trat einen Schritt zurück, trat dabei beinahe dem Muskelprotz auf die Füße und hielt die Hände schützend vor seinen Körper. »Ruhig, ganz ruhig. Wir wollen doch vernünftig sein.«

Sein Angreifer blickte zu seinen Kumpels und plante gerade »Jetzt hat er Schiss« zu sagen, kam aber nicht dazu, weil ihn ein rechter Ellenbogen an der Schläfe traf und die Kante einer linken Hand am Gelenk seiner Hand, mit der er das Messer hielt.

Danach lag es am Boden.

Der Überraschungseffekt hatte die Seiten gewechselt, und dass Konstantin von Kornweg zwanzig Jahre nach seiner letzten Krav-Maga-Einheit diesen Verteidigungsschlag auspackte, war tatsächlich eindrucksvoll, doch er konnte den Vorteil nicht nutzen, schaffte es nicht, nach dem Messer zu greifen, was ihm mit etwas Glück erspart hätte, was auf ihn zukam. Der Muskelprotz griff ihn von hinten am Hals und schleuderte ihn mühelos zu Boden.

Und dort blieb Konstantin von Kornweg, weil Faustschläge und Fußtritte der zwei anderen auf ihn einprasselten. Er dachte womöglich daran, um Hilfe zu rufen, in der Hoffnung, dass ihn doch selbst in dieser gottverlassenen Straße, in der an diesem Abend noch weniger los war als sonst, irgendjemand hören musste. Doch ein Tritt in seinen Bauch nahm ihm den Atem, der Schlag auf seine Nieren ließ ihn ächzen.

»Stopp!«, schrie da plötzlich der weiße Wicht, der sich von seinem Schock erst hatte erholen müssen. »Der Wichser gehört mir.«

Der Lulatsch und der Muskelprotz ließen von ihm ab, ihr kleiner Freund trat heran. Konstantin von Kornweg lag flach auf dem Boden, ein Ohr auf den Asphalt gepresst.

Der weiße Wicht trat auf ihn zu und hob die Schuhsohle. »Hier, schnupper mal. Bin vorhin in Hundescheiße getreten. Was hältste von dem Geruch? Schlimmer als mein Atem?«

Und dann trat er dem Buchhalter mit dem verunreinigten Schuh mitten aufs Gesicht.

Die anderen beiden lachten und der weiße Wicht hob sein Messer auf, das ein paar Meter entfernt lag. Er drehte es in der Hand. »Willste erfahren, wie scharf es ist?«, fragte er.

»Will er nicht«, ertönte eine Stimme.

Der Mann, dem die Stimme gehörte, trat aus dem Dunkel einer Einfahrt heran. Das Holzfällerhemd unter seiner Jeansjacke korrespondierte beeindruckend mit seinen feuerroten Haaren. In seinem Mund rotierte ein Zahnstocher, doch das Merkmal, das dem Muskelprotz und dem Lulatsch am meisten Respekt einflößte, war die Narbe über der Augenbraue. Der Kerl, dachten beide gleichzeitig, musste kampferprobt sein.

Ihr adrenalingeladener Kumpel nahm die Narbe gar nicht wahr. »Und wer bist du? Der Held des Abends?«

Der Problemlöser hob einen Finger als Zeichen an seine Zuhörer, sich kurz zu gedulden. Er ging einige Schritte zurück in die Einfahrt. Als er wieder im Hellen stand, hatte er den Baseballschläger in der Hand, den sich Paul Gram bei der letzten Auseinandersetzung des Lächlers mit dem schrecklichen Trio so gewünscht hatte. Er schwang ihn, warf ihn von der rechten in die linke Hand und schlug mit beiden einen imaginären Home Run.

»Noch Fragen?«

Die Antwort des Muskelprotzes und des Lulatsches war unmissverständlich. Sie rannten weg.

Der weiße Wicht verteilte die Wut in seinem Blick gleichmäßig auf seine feigen Freunde, den Problemlöser und Konstantin von Kornweg. »Hast mal wieder Schwein gehabt. Das nächste Mal schlitz ich dich auf, ich schwör's dir!«

Und wieder spuckte er seinem Opfer auf den Kopf, bevor er Leine zog. Der Problemlöser legte seinen Schläger zurück ins Dunkel, ging auf Konstantin von Kornweg zu und half ihm auf die Beine.

»Danke«, sagte der. Seine Lippe war aufgeplatzt, ansonsten aber schien er glimpflich davongekommen zu sein.

»Sie sollten sehr aufpassen, wen Sie sich zum Feind machen, Herr von Kornweg. Sonst ist Ihre Sicherheit womöglich dauerhaft in Gefahr«, sagte der Problemlöser und wandte sich zum Gehen.

Konstantin von Kornweg hörte auf, sich den Dreck von den Klamotten zu klopfen. »Kennen wir uns?«

»Gehen Sie nach Hause, Herr von Kornweg, kümmern Sie sich um Chronos. Man muss diesen stolzen Tieren viel Zuneigung schenken, sonst kann es sein, dass sie von einem Tag auf den anderen eingehen. Das wollen Sie doch nicht, oder?«

»Hey, Moment, warten Sie!«, rief Konstantin von Kornweg dem Problemlöser hinterher, doch der erhörte ihn nicht.

Wann dem Lächler wohl auffiel, dass er die Bewohner des Hauses, vor dem er stand, sehr wohl kannte, der Mann, der ihn gerettet hatte, aber nicht dazugehörte?

Matthias Caspar lehnte nach dem überstürzten Abgang seiner überraschenden Besucherin mit dem Rücken an seiner Wohnungstür und lächelte debil. Dann hämmerte er mit seinem Kopf mehrmals gegen das Holz und seufzte.

Die Augen geschlossen, stand er da und atmete tief durch. Als es auf der anderen Seite der Tür klopfte, hielt er den Atem schlagartig an.

Hatte sie es sich anders überlegt?

Matthias Caspar riss die Klinke förmlich ab.

Nein, hatte sie nicht.

Hinter der Tür stand ein Mann, der keine Nachbarinnen brauchte, um in fremde Häuser zu kommen.

»Wer sind Sie?«

»Der Freund«, log der Problemlöser und ließ dem Schnüffler gar nicht die Chance, die Information zu verarbeiten. Sein perfekt gesetzter Kinnhaken knockte Matthias Caspar aus.

Kapitel zwanzig

Die Polizisten des innerstädtischen Reviers rückten mit einem Großaufgebot aus, zehn Beamte, verteilt auf einen Mannschafts- und zwei Streifenwagen. Mit Blaulicht und Sirene pfiffen sie durch die nächtliche City.

Es hatte eine Bombendrohung gegeben, in einer Diskothek, hauptsächlich besucht von ausländischen Jugendlichen, allgemein bekannt als Hauptumschlagplatz für Partydrogen. Das Revier war keine fünf Minuten von dem Club entfernt, und es ließ sich argwöhnen, es rückten nur deswegen so viele Beamte aus, weil die bisherige Nacht ruhig gewesen war und sie sich tödlich langweilten. Abgesehen von einer Schlägerei unter Obdachlosen, einer geprellten und verprügelten Prostituierten und drei randalierenden Barbesuchern, die mehr getrunken hatten, als sie vertrugen, war bis um halb drei nicht viel passiert. Niemand rechnete damit, dass die Bombendrohung ernst zu nehmen war, vermutlich wollte sich wieder nur ein Abgewiesener dafür rächen, dass dem Türsteher seine Schuhe und seine Visage missfallen hatten. Die Beamten räumten den Club sicherheitshalber trotzdem. Sie ließen die Feierbiester draußen stehen, wo viele, in verschwitzten Shirts dem Discolicht entzogen, vor Dezemberkälte und Aufregung zitterten, in kleinen Gruppen zusammenstanden und sich fragten, was diese Razzia nun schon wieder sollte – oder sich – wiederum sicherheitshalber – gleich verdrückten, um den Inhalt der kleinen Plastiktütchen in ihren Unterhosen anderenorts unters gierige Volk zu bringen.

Paul Gram stand, gewärmt von einem dicken Wintermantel und einem extra für den Abend besorgten schwarzen Strickschal, daher also nur vor Aufregung zitternd, inmitten der Discobesucher und verfolgte das Geschehen. Er hatte sich unter sie gemischt, um zu lauschen, in der Hoffnung, nicht aufzufallen. Als die Beamten schließlich abrückten, ohne eine Bombe gefunden zu haben, saß er im Streifenwagen auf der Rückbank.

Dort, wo sie für gewöhnlich die Tatverdächtigten abtransportierten.

Von dort aus blickte er aus dem Fenster in erstaunte Checker-Gesichter und glaubte, Unglauben zu erkennen.

Dieser Aufwand für einen solchen Hänfling?

Der junge Paul Gram, noch keine einundzwanzig Jahre alt, bis oben gefüllt mit journalistischem Idealismus, auf einer Reportagetour mit dem Innenstadtrevier, amüsierte sich königlich über die Vorstellung, sie hielten ihn für einen Gangster, verschwieg dies aber in seiner Reportage. Genau wie die Tatsache, dass die ihm zugeteilten Beamten bei der Rückkehr von einem späteren, ebenso unspektakulär verlaufenen Einsatz beinahe in eine mobile Radaranlage gerast wären.

Nun, da er sich zum zweiten Mal in seinem Leben auf dem Rücksitz eines Streifenwagens wiederfand, das Rauschen des Polizeifunks hörte und sich dem penetranten Geruch eines Wunderbaums der Sorte Piña colada ausgesetzt sah, dachte er vielleicht wieder an die Nacht vor so langer Zeit. Amüsiert oder aufgeregt wirkte er diesmal nicht, eher verärgert.

»Würden Sie mir vielleicht endlich mal verraten, was das Ganze hier soll?«, fuhr er die beharrlich schweigenden Ordnungshüter an.

Es war der männliche Polizist auf dem Fahrersitz, der sich endlich erbarmte, mit ihm zu sprechen. »Wir sind nur der Abholservice, Herr Gram. Selbst wenn wir nähere Informationen hätten, wären wir nicht befugt, sie mit Ihnen zu teilen.«

»Sie wollen mir weismachen, dass man Sie beauftragt hat, mich abzuholen, ohne Ihnen zu verraten, warum? Für wie blöd halten Sie mich?«

Keine Antwort.

Er trug keine Handschellen, das musste er als positives Indiz werten, aber seine Fragen beantwortete das nicht.

»Und wohin bringen Sie mich? Können Sie mir wenigstens das sagen?«

»Aufs Präsidium.«

Weitere Versuche, ein Gespräch zum Laufen zu bringen, startete Paul Gram nicht, wohl weniger, weil ihm nichts mehr einfiel, das würde nicht zu ihm passen, sondern eher, weil er die Aussichtslosigkeit der Situation erkannte.

Der Polizeibeamte steuerte den Wagen an einer Baustelle vorbei, über die die Kollegen seines störrischen Fahrgasts dutzende Male geschrieben hatten, während er dutzende Male an ihrem Rande gestanden hatte, um bei Demonstrationen wütender Bürger für Recht und Ordnung zu sorgen und sich als Bastard und Marionette einer infamen Koalition zwischen dem Unrechtsstaat und der Privatwirtschaft beleidigen zu lassen. Einen guten Freund und Kollegen von ihm hatten sie vorübergehend vom Dienst suspendiert, weil er – in seinen Augen sein gutes Recht, für die Schreibtischtäter der Presse aber ein mittelgroßer Skandal – den Schlagstock geschwungen hatte, nachdem er von einer dieser Antifa-Zecken bespuckt worden war.

Der Polizeibeamte suchte die Schuld dafür am wenigsten bei seinem Kollegen, noch nicht einmal beim

Krawallmacher, sondern bei den Journalisten, die das Ganze aufgebauscht hatten. Nun einen der ihren hinter sich sitzen zu haben und ihn zumindest ein bisschen schikanieren zu können, erfüllte ihn mit stiller Genugtuung.

An einem stadtbekannten Blitzer hinter der Baustelle, kurz bevor die Geschwindigkeitsbegrenzung nicht mehr dreißig, sondern fünfzig betrug, ging er vom Gas, nahm direkt anschließend aber eine Linkskurve schneller als nötig, weil er es wollte und weil er es konnte. Paul Gram, der sich auf seinem Rücksitz gewohnheitsgemäß nicht angeschnallt hatte, weil er das als unerwünschte Einschränkung seiner Freiheit empfand, verlor das Gleichgewicht, machte aber keinen Mucks. Den Hauch eines vorwurfsvollen Blicks seiner Beifahrerin, die ihn schon Dutzende Male beschworen hatte, auf solche Sperenzchen zu verzichten, lächelte der Beamte genussvoll hinweg. Wenige Minuten später bog er auf den Parkplatz eines Gebäudeklotzes ein, dessen Fenster vor allem in den oberen Stockwerken fast alle unbeleuchtet waren.

»Wenn wir Sie dann bitten dürften«, sagte er zu Paul Gram beim Aussteigen.

»Dürfte ich denn ablehnen?«, erkundigte der sich.

»Jetzt tun Sie mal nicht so, als wären Sie nicht gespannt, warum wir Sie hergeholt haben«, antwortete sein Chauffeur und fühlte sich überlegen.

Gemeinsam mit der Blondine, die diesen Einsatz als lästige Pflicht ansah und sich nach dem Ende ihrer Schicht sehnte, führte er Paul Gram durch Türen mit surrendem Schloss ins Innere. Im Eingangsbereich setzte der Polizist ihn zwischen einen apathischen japanischen Touristen, dem sämtliche Papiere gestohlen worden waren, und eine rüstige Rentnerin, die sich herbemüht hatte, um die Beamten davon zu überzeugen, dass ihre Nachbarn dringend überprüft werden müssten, weil sie in letzter Zeit nachts ständig Besuch von windigen Gestalten bekämen und außerdem ihren Müll nicht trennten.

Noch immer nicht.

Es war nicht ihre erste Stippvisite, und der Beamte hinter der Scheibe am Schalter tat seit einer Viertelstunde so, als habe er wichtige Akten zu prüfen, doch der Geduldsfaden der Rentnerin war strapazierfähiger als seiner.

»Warten Sie hier«, befahl der Abholservice Paul Gram.

Der gehorchte – vielleicht, weil ihm nichts anderes übrig blieb, vielleicht auch, weil er tatsächlich gespannt war.

»Was haben Sie angestellt, junger Mann?«, erkundigte sich das Großmütterchen.

»Alten Damen die Handtasche gestohlen. Und Sie?«

Die alte Dame rümpfte die Nase und rutschte so weit sie konnte von ihrem Sitznachbarn weg.

Es dauerte fünf Minuten, bis ein Polizist mit weniger Haaren auf dem Kopf als seine Abholer, aber mehr Sternen auf den Schulterklappen vor ihm auftauchte.

»Herr Gram, kommen Sie bitte mit«, sagte er. Mehr nicht.

Wortlos brachte er den Schmierfinken zu einem Aufzug, drückte das Knöpfchen für den siebten Stock und führte ihn durch einen spärlich beleuchteten Gang in ein karges Besprechungszimmer von fünfzehn Quadratmetern Größe mit einem länglichen Tisch, sechs alles andere als bequemen Stühlen und einem verschmierten Whiteboard. Das Fenster führte zum Hof.

Auch vom internen Abholservice prallten sämtliche Fragen Paul Grams ab. »Meine Kollegen werden gleich bei Ihnen sein und alles erklären. Bitte haben Sie noch ein wenig Geduld. Möchten Sie vielleicht ein Glas Wasser oder einen Kaffee?«

Paul Gram lehnte ab.

Und war wieder zum Warten verdammt.

Diesmal dauerte es zehn Minuten, dann ging die Tür hinter ihm auf und zwei Männer in Zivil traten ein. Der jüngere und kleinere der beiden, ein unaufgeregt wirkender Enddreißiger mit himmelblauem Hemd und dunkelblauer Jeans, setzte sich zu Paul Gram an den Tisch. Sein finsterer Kollege, ein Schrank von einem Mann, fast zwei Meter groß und ohne ein Gramm Fett am Körper, stellte sich ans Fensterbrett, legte eine Akte ab, verschränkte die Arme und warf mit vernichtenden Blicken um sich.

»Herr Gram, schön, dass Sie sich die Zeit für uns nehmen«, sagte der Good Cop und stellte erst seinen Kollegen und dann sich selbst vor, ohne etwas über ihren Dienstgrad oder ihr Aufgabengebiet zu verraten.

»Schön wäre es zu erfahren, was ich hier soll.«

Der Good Cop streckte seine Hand nach hinten und bekam vom Bad Cop die Akte gereicht. Er legte sie zunächst geschlossen auf den Tisch.

»Herr Gram, Sie müssen die Umstände verzeihen. Es handelt sich um eine etwas delikate Angelegenheit. Obendrein eine, bei der wir nicht viel Zeit verlieren dürfen. Wir sind auf Ihre Hilfe angewiesen. Und wenn ich wir sage, meine ich unseren Staat und seine Bürger.«

Er öffnete die Akte. Ganz oben lag ein Zeitungsausschnitt.

»Ich nehme an, Sie erkennen den Artikel wieder?«

Paul Gram nickte. Es war der Text, den er über den Vater erfunden hatte, der seinen Sohn aus den Fängen des Islamischen Staates befreien will.

»Gut. Wir haben Grund zur Annahme, dass es sich bei dem von Ihnen beschriebenen Mann um einen gewissen Alperen Bozkurt handelt.«

Er hielt inne, wartete auf eine Bestätigung, die ihm Paul Gram verweigerte.

»Ihre Beschreibung des Vaters deckt sich mit den Daten, die uns von Alperen Bozkurt vorliegen. Unseren geheimdienstlichen Informationen zufolge hat er das Land kurz nach Erscheinen Ihres Artikels verlassen und ist seitdem nicht zurückgekehrt. Aus vertrauenswürdigen Quellen wissen wir, dass er inzwischen in Syrien ist. Alles andere, was er Ihnen aufgetischt hat, ist blanker Unsinn. Bei Alperen Bozkurt handelt es nicht um einen besorgten Vater, sondern um eine zentrale Figur der hiesigen islamistischen Szene. Er hat mehrere deutsche Staatsbürger angeworben. Außerdem gibt es diverse direkte Verbindungen zu Attentatsplanern im In- und Ausland. Er ist, wenn Sie mir den Ausdruck erlauben, ein verdammt dicker Fisch.«

Wieder ließ er seine Worte eine Weile im Raum stehen. Fügte ihnen diesmal aber nichts Weiteres hinzu.

»Was erwarten Sie jetzt von mir?«

»Arbeiten Sie mit uns zusammen. Erzählen Sie uns alles, was Sie wissen. Helfen Sie uns, eine große potenzielle Gefahr abzuwenden. Alperen Bozkurt hasst diesen Staat. Er hasst uns. Er hasst Sie.«

Paul Gram fing an zu lachen. »Selbst wenn Ihre Annahme korrekt wäre, dass es sich bei dem Vater aus meiner Geschichte um Alperen Bozkurt handelt: Ihnen ist bewusst, dass mir der Pressekodex verbietet, die Vertraulichkeit zu meinem Protagonisten zu verletzen? Selbst in einem solchen Fall.«

Der Bad Cop grunzte, gab seine starre Haltung auf, war drauf und dran, sich einzumischen, doch der Good Cop hob seine Hand und brachte ihn zum Schweigen.

»Kommen Sie uns jetzt hier nicht mit der Pressefreiheit und Ihrem Zeugnisverweigerungsrecht. Alperen Bozkurt ist ein gefährlicher Mann. Sie haben vielleicht keine gesetzliche, aber eine moralische Pflicht, uns bei der

Terrorabwehr zu helfen. Oder wollen Sie dafür verantwortlich sein, wenn Menschen sterben?«

Paul Gram atmete tief ein und aus. Es schien, als brodele es in ihm, als dränge es ihn dazu, ausführlich zu antworten.

Am Ende aber sagte er nur: »Okay, dann jetzt ganz offen und ehrlich: Ich kenne keinen Alperen Bozkurt. Sie täuschen sich.«

»Wir gehen davon aus, dass er Ihnen einen falschen Namen genannt hat.«

»Das kann ich zu hundert Prozent ausschließen.«

Der Good Cop drehte sich zum Bad Cop um, der keine Regung zeigte.

»Herr Gram, überlegen Sie sich genau, ob Sie wirklich bei dieser Haltung bleiben wollen. Ich muss Ihnen ja kaum sagen, was passiert, wenn wir Ihnen nachweisen können, dass Sie den internationalen Terrorismus unterstützen.«

»Viel Glück dabei.«

Nun schnellte der Bad Cop doch vor, schlug mit den Fäusten auf den Tisch, lehnte sich runter. »Du mieses, kleines Arschloch …«

Wieder reichte eine Handbewegung des Good Cops aus, um seinen Kollegen zum Schweigen zu bringen.

»Herr Gram, bevor die Emotionen hier und heute überhandnehmen, schlage ich vor, Sie fahren nach Hause und denken noch mal in Ruhe darüber nach, ob Sie Herrn Bozkurt nicht doch kennen und sachdienliche Hinweise für uns haben. Dann wird Sie niemand wegen Ihrer Erinnerungslücken behelligen.«

»Hören Sie«, sagte Paul Gram und schaute zuerst sein Gegenüber und dann, deutlich länger, den Mann hinter ihm an, nun offenbar doch auf Deeskalation bedacht. »Überlegen Sie sich das doch mal: Welchen Sinn sollte es haben, dass ein Mann wie Alperen Bozkurt über mich eine solche Geschichte in der Zeitung platziert? Solche Menschen hantieren doch im Verborgenen, oder nicht?«

»Wir vermuten, die Story sollte ein geheimes Signal an seine Mitstreiter senden.«

»Über mich? Auf diese Art und Weise?«

»Sie sind möglicherweise missbraucht worden.«

Paul Gram lachte erneut. Der Good Cop, gerade noch frohen Mutes, vielleicht doch zum Journalisten durchzudringen, schaute ihn entgeistert an.

»Entschuldigen Sie, aber das ist so absurd, da muss ich einfach lachen«, sagte Paul Gram.

»Du kleiner Pisser«, fauchte der Bad Cop. »Wenn wir mit dir fertig sind, wird dir das Lachen vergehen. Glaub bloß nicht, dass du so einfach davonkommst.«

Das gesagt, rauschte er aus dem Besprechungszimmer.

Der Good Cop raffte in aller Seelenruhe seine Akte zusammen. »Ich bin kein Freund von Drohungen. Aber ich bitte Sie inständig, uns bei dieser Sache zu unterstützen. Wir können uns das nächste Mal auch zu zweit zusammensetzen.«

Paul Gram schaute an dem Beamten vorbei aus dem Fenster.

»Kommen Sie, ich bringe Sie nach unten.« Im Aufzug griff der Good Cop in seine Jeanstasche und zog eine Visitenkarte hervor. »Rufen Sie mich morgen oder übermorgen an. Das ist ein gut gemeinter Ratschlag.«

Als Paul Gram die Bühne des Schauspiels verließ, warf er die Karte in den ersten Mülleimer, an dem er vorbeikam.

Zu Hause fand er einen Brief auf seinem Schreibtisch, extra handgeschriebenen für einen Mann der Feder. *Werter Paul, du solltest wirklich nicht so sorglos mit gut gemeinten Ratschlägen umgehen. Manche Menschen können dir das Leben zur Hölle machen*, stand darin.

Paul Gram ließ auch diesen Brief im Mülleimer verschwinden – nachdem er ihn fein säuberlich zusammengefaltet und in zweiunddreißig Einzelteile zerrissen hatte. Dann setzte er sich an seinen Rechner und begann, einen Artikel zu schreiben, was ihn die halbe Nacht kostete.

Die zähen Burschen sind die, die besonders hübsch knacken, wenn sie doch noch brechen.

Dabei müsste er doch intelligent genug sein, um zu wissen, wer letztlich am längeren Hebel sitzt. Wir beide nämlich.

Kapitel einundzwanzig

Der Dobermann hob seinen Kopf, stellte die Ohren auf und knurrte mit gefletschten Zähnen. Zwischen ihm und Konstantin von Kornweg lagen keine vier Meter. Der Lächler trat einen Schritt zurück und prallte mit dem Rücken an die Wand. Ein Zittern ergriff ihn.

Er hatte Hunden noch nie getraut.

»Pfui«, rief der Halter des Dobermanns, ein Sportstudent mit Ohrstöpseln, der vor lauter Beats die Lage erst gar nicht erkannte. Er zog an der Leine und rief sein Tier zur Ordnung. »Keine Sorge, der tut nichts«, flötete er.

Konstantin von Kornweg tat gut daran, kein Risiko einzugehen. Er verzog sich in die entgegengesetzte Richtung und setzte sich unter ein Bild des kleinen Tigers und des kleinen Bären. Links von ihm kaute eine Frau mit einer Transportbox auf dem Schoß Fingernägel, rechts saß ein Grauhaariger und tätschelte einen Dackel, der hechelte, als ginge es um Leben und Tod. Die getigerte Katze der Frau ließ aus dem Dunkel der Box ein herzzerreißendes Maunzen hören.

Zum zweiten Mal innerhalb von vierundzwanzig Stunden fand sich der Lächler in einem Wartezimmer wieder, anders als bei seinem Gang zum Neurologen diesmal mit hängenden Schultern und blassem Gesichtsausdruck, als wäre er wieder der alte Konstantin von Kornweg oder als wäre er der Patient, diesmal mit tatsächlichem Leiden.

Das nannte man wohl Empathie. Chronos lag in einer Schachtel und erbrach sich ein weiteres Mal.

Konstantin von Kornwegs Schildkröte ging es nicht gut. Es ging ihr gar nicht gut. Als der Lächler am Abend zuvor in seine Wohnung zurückgekehrt war, hatte die Begegnung mit seinen Peinigern sichtbare Spuren hinterlassen. Er hatte leicht gehinkt und sich die Seite gehalten. Was in ihm vorging, blieb zwar sein Geheimnis, aber wir können davon ausgehen, dass er nicht nur an der Demütigung zu knapsen hatte, sondern auch über das kurze Gespräch mit dem Problemlöser nachgrübelte, um darauf zu kommen, woher der Fremde seinen Namen und den seiner Schildkröte kannte.

Die am nächsten liegende Antwort war wie so häufig die richtige. Die Frage ist nur, ob sie ihm einfiel und – wichtiger noch – ob er bereit war, sie zu akzeptieren, denn das hätte bedeutet, seine Machtlosigkeit anzuerkennen.

So oder so: Die Erwähnung von Chronos hatte offensichtlich zunächst keine Alarmglocken bei ihm schrillen lassen.

> *Vielleicht unterschätzt er meine Kompromisslosigkeit, von der ich hoffe, dass sie dich nicht schockiert, schließlich tue ich das alles für dich. Ich bin dein Diener und von deinem Wohlwollen abhängig.*

Statt sich um seine Schildkröte zu kümmern, kümmerte sich Konstantin von Kornweg jedenfalls als Erstes um sich. Er trottete ins Bad, um seine Wunden zu inspizieren und vermied es dabei, sich ins Gesicht zu schauen. Sein nächster Gang führte ihn in die Küche, wo er sich ein Glas Wasser einschenkte und in einem Zug leertrank. Erst danach ging er zum liebsten Wesen seiner Welt, begrüßte es, sah die Flecken auf dem Panzer, sah die tränenden Augen, sah dem Tier Sekret aus der Nase laufen, sah all die unverkennbaren Zeichen.

»Oh mein Gott, was ist mit dir?«, rief Konstantin von Kornweg.

Die Antwort bestand aus einem lauten Atemzug, der wie ein Seufzen klang.

In der Nacht schlief der Buchhalter wenig und schlecht, drehte sich mal auf die Seite, mal auf den Bauch und kehrte doch immer wieder auf den Rücken zurück, so auch um halb drei, als er hellwach die Augen öffnete und den gleichen finsteren Blick wie bei unserem Treffen in der Lagerhalle zur Schau trug.

»Ich weiß, dass du mich hören kannst«, sagte er, und es war schon da offensichtlich, dass er nicht betete. »Wenn du mein Tier quälst, dann gnade dir Gott.«

Nicht einmal zwanzig Sekunden dauerte dieser Auftritt, dann schloss er die Augen, drehte sich erneut zur Seite und fand seinem Atemrhythmus zufolge bald darauf die Ruhe, die er so verzweifelt gesucht hatte.

Konstantin von Kornweg fuhr am nächsten Morgen nicht ins Büro. Er quälte sich nach wenigen Stunden des Schlafs aus dem Bett, stellte fest, dass der Zustand seiner Schildkröte sich über Nacht weder verbessert noch verschlechtert hatte, rief mit weinerlicher Stimme in der Praxis seiner Tierärztin an und bat, wegen eines dringenden Notfalls vorbeischauen zu dürfen, am besten sofort.

Das Schicksal meinte es gut mit ihm. Die Arzthelferin gab ihm ohne Widerrede einen Termin für den Vormittag. Ohne zu murren, weil mal wieder ein stellvertretend hypochondrischer Tierhalter Panik schob.

Keine Viertelstunde nach Konstantin von Kornwegs Eintreffen im Wartezimmer der Tierärztin klingelte der Problemlöser an der Haustür von Hermann Liebenich. Die Kluft der vergangenen Nacht hatte er gegen seinen feinsten

Zwirn getauscht, ein zweitausend Euro teurer Maßanzug, den er seinem letzten schwergewichtigen Kunden auf die virtuelle Spesenabrechnung gekritzelt hatte.

Falls du einmal selbst auf die Dienste des Problemlösers zurückgreifen willst, sollte dir bewusst sein, dass du keine Rechnungen mit ausgewiesener Mehrwertsteuer von ihm erwarten darfst. Für ihn ist nur Bares Wahres.

Seine Verkleidung war der Verhandlungstaktik geschuldet, die er bei Hermann Liebenich anzuwenden gedachte. Gewalt war für den Problemlöser eine Lösung, aber nicht die einzige. Beim Alten sollte das Hirn sprechen, und der Inhalt des Köfferchens in der Hand des Problemlöser, nicht wie beim Sohnemann die Faust.

Nachdem er Matthias Caspar zielsicher gefällt und auf die Couch geschleift hatte, auf der der Schnüffler kurz zuvor noch die vermeintliche Freundin seines Besuchers hatte abschlabbern wollen, war der Problemlöser mit den beiden benutzten Gläsern in die Küche gegangen. Er hatte sie ausgespült, ins Wohnzimmer zurückgetragen, mit Ouzo gefüllt und eines seinem mithilfe von Riechsalz wiedererweckten Gastgeber gereicht.

»Nichts für ungut, Kamerad. Friedenstrunk gefällig?«

Dem Schnüffler die Fresse zu polieren, war notwendig gewesen, um die ungeteilte Aufmerksamkeit für die Predigt zu erlangen, die er ihm halten wollte. Darüber, dass es sich nicht schickte, die Frauen anderer Männer betrunken zu machen, egal wie sehr sie sich einem an den Hals warfen. Dass es erst recht nicht in Ordnung war, ihnen die Zunge in den Hals zu stecken. Dass das Leben einem zwar ständig Dinge gebe und wieder nehme, man aber vorsichtig sein solle, welche Rolle man in diesem Kreislauf spiele.

Matthias Caspar, halb betrunken und halb benommen, war nicht in der Lage gewesen, sich zu wehren, weder mit Worten noch mit Taten, was ihm ganz sicher auch nicht zu raten gewesen wäre. Mochte der Problemlöser ein noch so großes Herz für Verlierer haben, die sich selbst überschätzten, weil sie sich wünschten, etwas Besseres zu sein in dieser Welt: Er tolerierte es nicht, wenn man ihm nicht zuhörte – ganz abgesehen davon, dass sein Herz bei der Arbeit ohnehin nur die überlebenswichtigen Funktionen zu erfüllen und nicht anderweitig dazwischenzufunken hatte.

Vom alten Liebenich erwartete der Problemlöser mehr Gegenwehr. Er war gewillt, es ihm durchgehen zu lassen, wenn der Alte vorübergehend die Contenance verlor oder seine gute Kinderstube vergaß. Er kalkulierte es sogar fest ein, dass Liebenich ausfällig werden würde, zumal auch der Problemlöser erst Sturm klingeln musste, bevor sich Hermann Liebenich zur Tür bequemte.

Der Hausherr hatte seinen Bademantel in den Wäschekorb verbannt. Das war ein Fortschritt, aber ein kleiner, denn stattdessen trug er eine Trainingshose, die zuletzt vor fünf Jahren seine Beinhaare touchiert hatte, und ein T-Shirt, das einen schlummernden Snoopy und die Aufschrift *Full-Time Job* zeigte.

»Was?«, fauchte er und nahm Haltung an, als er sah, welches Outfit der Mann vor seiner Tür trug. »Wer sind Sie und was wollen Sie von mir?«

»Ich bin Ihr Erretter, Herr Dr. Liebenich«, sagte der Problemlöser in einem bestimmenden Ton, der sein Gegenüber nicht zu überzeugen schien.

»Wenn Sie mir jetzt mit irgendeiner Jesus-Scheiße kommen, hole ich meine Knarre.«

»Nein, Herr Dr. Liebenich. Das Jenseits liegt mir fern. Ich

bin, oder besser gesagt: mein Auftraggeber ist an sehr irdischen Dingen interessiert.«

»Und die wären?«

Schweigend öffnete der Problemlöser seinen Aktenkoffer und präsentierte den Inhalt für exakt fünf Sekunden, genug Zeit, um Hermann Liebenich die einhunderttausend Euro bestaunen zu lassen, die in Sachen Gesprächsbereitschaft Wunder wirkten.

»Wie sagten Sie gleich ist Ihr Name?«

»Herr Dr. Liebenich, das ist doch unter Ihrer Würde. Ich habe Ihnen meinen Namen nicht verraten, weil er nichts zur Sache tut. Sie müssen sich nur die Frage stellen, ob Sie sich das Angebot meines Auftragsgebers anhören möchten oder nicht.«

»Und der Name Ihres Auftraggebers ist?«

»Hätten Sie vielleicht ein Glas Wasser oder Whisky für mich? Meine Stimme ist so trocken.«

Und da auch ein Geschäftsmann im tiefsten Inneren immer ein Geschäftsmann bleiben wird, selbst wenn er ein Snoopy-Shirt trägt, seit Tagen seine unternehmerische Pflicht vernachlässigt und seine Zeit stattdessen mit Grübeln auf dem heimischen Sofa verbringt, bat Hermann Liebenich seinen Gast ins kuschelige Innere seiner Residenz.

Dort offenbarte ihm der Problemlöser, dass das Geld in seinem Koffer nur ein Trinkgeld sei im Vergleich zu dem, was ihm winke. Er unterbreitete Hermann Liebenich das Angebot von dessen schärfstem Mitbewerber, einer Marke, die sich wiederum seit einigen Jahren im Besitz eines Konzerns befand, der gleichzeitig eine Menge Umsatz mit Militärtechnik machte. Auch jener Mitbewerber war einmal ein florierendes Familienunternehmen gewesen, bis der kinderlose geschäftsführende Gesellschafter, ebenfalls Enkel des Firmengründers, seinen Sitz geräumt hatte.

Hermann Liebenich hatte daraufhin bei Branchentreffen keine Gelegenheit ausgelassen, sich über das ehrlose und feige Verhalten zu echauffieren, das einen stolzen und ehrlichen Hersteller von Audio- und Videotechnik in die Fänge eines seelenlosen Großkonzerns getrieben hatte.

Nun hörte er sich die Ausführungen des Problemlösers in Ruhe an und machte währenddessen Klickgeräusche mit dem Kugelschreiber in seiner Hand.

»Wie kommt Ihr Auftraggeber auf die völlig abwegige Idee, ich würde Liebenich Acoustics an ihn abtreten?«

»Nun, Herr Dr. Liebenich, es ist ihm zu Ohren gekommen, dass Sie etwas amtsmüde geworden sind.«

»Wer behauptet so etwas?«

»Stimmt es nicht?«

Hermann Liebenich antwortete nicht.

»Sie sind jetzt sechsundsechzig, das stimmt doch, oder?«, fragte der Problemlöser und wartete ein Nicken ab. »Das ist doch das beste Alter, um die Verantwortung in andere Hände zu geben. Und wenn es nun mal keinen direkten Nachfolger in Ihren eigenen Reihen gibt …« Er zeigte auf ein Foto von Hermann Liebenich und seiner Frau. »Ihre Gattin würde sich doch sicher auch freuen, wenn Sie ab sofort mehr Zeit mit Ihnen verbringen könnte.«

Hermann Liebenichs Augenbrauen zuckten. »Meine Frau ist vor einigen Jahren verstorben«. Er stellte das ungewohnt leise fest.

»Oh, mein aufrichtiges Beileid«, sagte der Problemlöser. »Haben Sie vielleicht Enkel?«

»Nein«, antwortete Hermann Liebenich und korrigierte sich sofort. »Doch, eine Enkelin, aber keinen Kontakt.«

»Sehen Sie, dann wird es Zeit, dass Sie Zeit mit ihr verbringen. Oder sich mehr Zeit für sich nehmen. Stellen Sie sich das doch mal vor: Endlich nicht mehr fünf Tage die

Woche und teilweise am Wochenende zehn bis vierzehn Stunden arbeiten, so viel sind es doch, habe ich recht?«

Der Problemlöser ließ Hermann Liebenich keine Gelegenheit zu antworten. Er griff in die Innentasche seines Jacketts und zog eine getürkte Visitenkarte hervor.

»Sehen Sie«, sagte er, »jetzt erfahren Sie meinen Namen doch noch. Denken Sie über unser Angebot nach und rufen Sie mich an.«

Den Koffer mit hunderttausend Euro fest im Griff verließ er die Wohnung.

Konstantin von Kornweg musste sich eine halbe Stunde mit winselnden Hunden und dem Geruch eines transportablen Hasenstalls auseinandersetzen, mit dem ihn ein pickliger Schüler drangsalierte, der kurz nach ihm ins Wartezimmer gekommen war und ironischerweise früher selbst unter einer Hasenscharte gelitten hatte. Im Gegensatz zum Lächler war er in den Genuss einer Operation gekommen, die ihn fast vollständig von seinem Leiden befreit hatte. In der halben Stunde des Wartens saß Konstantin von Kornweg auf seinem Platz und wich jedem Blickkontakt mit Mensch und Tier aus. Als die Arzthelferin hereinkam und ihn aufrief, hätte ihn ein elektrischer Schock nicht fixer von seinem Stuhl holen können.

»Ach du liebes Lieschen«, entfuhr es der Tierärztin, einer flinken, kleinen Frau mittleren Alters, die von klein auf eine besondere Sympathie für Reptilien gehegt hatte und die der festen Überzeugung war, dass es wenig gab, was sie noch nicht gesehen hatte.

Eine Schildkröte in einem derart desolaten Zustand war ihr allerdings noch nie untergekommen.

»Was stimmt mit ihr nicht?«, fragte Konstantin von Kornweg und hielt sich an einem Stuhl fest.

»Ich weiß gar nicht, wo ich anfangen soll«, antwortete die Ärztin, ohne während der Behandlung aufzublicken.

Vorsichtig kontrollierte sie das Tier, das von einer Atemwegserkrankung über Rachitis bis hin zum Wurmbefall sämtliche denkbaren Krankheitssymptome aufwies.

»Seit wann ist sie in diesem Zustand?«

»Seit gestern Nacht«, antwortete der Lächler.

Er erntete einen Blick, in dem Unglauben und eine gewisse Wut darüber steckte, wieder einmal von einem Tierhalter zum Narren gehalten zu werden.

»Ehrlich, Frau Doktor, Sie kennen mich doch, Sie wissen, wie sehr ich auf Chronos achte.«

Die Ärztin schüttelte den Kopf, mehr aus Fassungslosigkeit über die zahlreichen Leiden des Tieres als über die Beteuerungen des Halters. Sie verabreichte der Schildkröte einen Medikamentenmix, der die größtmögliche Linderung verschaffen sollte, ohne Chronos zu töten.

Sie konnte ja nicht ahnen, dass es einzig eines Aktes der Vernunft von Konstantin von Kornweg bedurfte, um die Schildkröte wieder zu heilen und damit den Zustand wiederherzustellen, in dem sie dank der Penibilität ihres Herrchens immer gewesen war.

Zur weiteren Behandlung gab sie ihm mehrere Präparate mit und erklärte ihm haarklein, wann er was wie verabreichen sollte.

»Wir müssen ein paar Tage warten, wie sich alles entwickelt. Wenn es bis Montag nicht besser geworden ist, kommen Sie wieder vorbei.«

Der Lächler machte einen zerknirschten Eindruck, als er nach Hause zurückkehrte. Nicht einmal die Grußkarte mit den Genesungswünschen schien ihn aufzumuntern. Vorne drauf war eine erkältete Giraffe mit riesigem Schal, auf der Rückseite stand: *Gute Besserung an deine*

Schildkröte. Wenn ich etwas für dich oder sie tun kann, sag Bescheid. Ein Freund.

Kapitel zweiundzwanzig

An und für sich sind sechs Stunden Schlaf in einer Nacht ja ausreichend, gerade noch angemessen für Menschen, denen ihre Gesundheit am Herzen liegt. Matthias Caspar und Paul Gram hatten in der vorangegangenen Nacht, ähnlich wie Konstantin von Kornweg, nicht gerade erholsam geschlafen, sechs Stunden zwar, aber dummerweise nicht jeder, sondern beide zusammengerechnet.

Beide hatte die Pflicht geplagt.

Der eine, Matthias Caspar, war nach dem Verschwinden des Problemlösers an seinem brummenden Laptop vorbeigelaufen und hatte sich erinnert. Er hatte gezögert, sich dann aber doch hingesetzt und den E-Mail-Anhang seines Chefs geöffnet. Es war ein ziemlich großer Anhang mit ziemlich vielen Seiten und ziemlich vielen Details gewesen, den der Schnüffler mit unkontrolliert nach links und nach rechts und nach vorn und nach hinten wackelndem Kopf zu lesen begonnen, die Lektüre aber gleich wieder abgebrochen hatte. Ohne seinem Bad einen Besuch abzustatten, war er in sein Schlafzimmer geschlichen, hatte darauf verzichtet, die Rollläden herunterzukurbeln, sich vornüber auf sein Bett fallen lassen, die Hose abgestrampelt, versucht, sein Hemd aufzuknöpfen, aber bald aufgegeben. Er hatte sich seinen Wecker geangelt, ihn auf sechs Uhr gestellt und sich gar nicht erst bemüht, ihn zurück aufs Nachtkästchen zu stellen. Stattdessen war der Wecker neben dem Kopfkissen liegen geblieben.

Kurz darauf hatte sich Matthias Caspar nicht mehr gerührt. Seine Augen hatte er fest zusammengekniffen. Doch einzuschlafen war ihm nicht gelungen, bis er um kurz vor drei endlich seine Ruhe fand.

Es mussten wohl viele Gedanken in seinem Kopf rotiert sein. Am nächsten Morgen fasste er ihn grummelnd an, gleich nachdem er beinahe seinen Wecker zertrümmert hatte. Diesmal waren es jedoch wahrscheinlich weniger die Gedanken, die ihn plagten, sondern eher die Folgen des Abends. Die Flasche Ouzo in seinem Wohnzimmer war zu zwei Dritteln leer, die Karaffe mit Wasser in seiner Küche hingegen voll und unberührt.

Der andere Kurzschläfer, Paul Gram, grummelte nicht beim Aufstehen und kämpfte auch nicht mit Katern. Er hatte die Nacht damit zugebracht, eine Geschichte niederzuschreiben und sie anschließend ein halbes Dutzend Mal durchzulesen und zu überarbeiten. So lange, bis er offensichtlich zufrieden genug war und sie an seinen Chef schickte. Es war eine Geschichte über existenzielle Fragen, über Vorbestimmung und Schicksal, über Lebenswege und Abzweigungen. Darüber, wie der Mensch zu Entscheidungen kam, und wer den meisten Profit aus ihnen schlug. Es war ein brillanter Text, besser als alles, was Paul Gram zuvor in seinem Leben zu Papier gebracht hatte.

Der Schmierfink darf stolz auf sich sein. Ein Jammer, dass seine Geschichte nur einen Leser haben wird.

Matthias Caspars Morgen ging mit einer ausführlichen Dusche, einem verdammt starken schwarzen Kaffee und dem zweiten Versuch einer Auseinandersetzung mit dem E-Mail-Anhang seines Chefs weiter. Mehr als einmal unterbrach ein exzessives Gähnen die Lektüre. Der Schnüffler brauchte eine Stunde, bis er alles gelesen hatte und ins Geschäft aufbrechen wollte. Seinen Autoschlüssel in der Hand ging er in Richtung Tür und hielt plötzlich inne.

Das war wohl der Moment, in dem ihm einfiel, wie nutzlos ein Autoschlüssel ohne Auto war.

»Fuck«, fluchte er, holte sein Handy hervor, schaute, wie viel Uhr es war, ließ ein weiteres »Fuck« verlauten und eilte hinaus.

Er setzte zum Sprint in Richtung Straßenbahnhaltestelle an, hielt aber nur etwa hundert Meter durch. Einige Schritte lief er daraufhin in normalem Tempo, angelte im Laufen wieder sein Handy aus der Hosentasche, sprintete ein zweites, noch kleineres Stück, hechelte bald so stark, dass er es problemlos mit leidenden Dackeln älterer Herren in Wartezimmern von Tierärztinnen hätte aufnehmen können, und kam doch nicht zum Verschnaufen. Am Horizont tauchte eine Straßenbahn auf. Im innerstädtischen Bummelzugtempo rollte sie auf die Haltestelle zu, die noch ein ganzes Stückchen weit entfernt von Matthias Caspar lag.

Der schien all die Kraft der Erinnerung an sein früheres sportliches Selbst zusammenzunehmen und rannte los. Er war noch etwa zwanzig Meter von der hinteren Tür der Straßenbahn entfernt, als die sich wieder in Bewegung setzte.

Zu der für acht Uhr angesetzten Lagebesprechung kam er fünfzehn Minuten zu spät – just die Zeit, die er auf die nächste Straßenbahn hatte warten müssen. Die Assistentin seines Chefs, ebenfalls bei der Besprechung zugegen, musterte ihn, als sei der Abend mit ihr nur ein Traum gewesen. Sie wusste es auch nach der Besprechung zu vermeiden, allein mit ihm zu sein.

Der Auftrag, für den er in den Detekteialltag zurückkehrte, band nicht weniger als zehn Kollegen. Es war ein äußerst lukrativer Auftrag, unmöglich abzulehnen, allen Personalproblemen zum Trotz. Ein Beratungsunternehmen verdächtigte zwei Projektmanager, interne Informationen an die Konkurrenz weiterzugeben. Mehrere Pitches waren zuletzt auf unerklärliche Weise in die Hose gegangen. Die Consultants wollten nun, da eine neue Präsentation bevorstand, das Fehlverhalten ihrer Angestellten und die aktive Verwicklung des Konkurrenten stichhaltig nachgewiesen sehen.

Matthias Caspar sollte dem Team angehören, das einen der Verdächtigen observieren sollte, einen vom Scheitel bis zur Sohle geleckten Anzugträger. Der Schnüffler löste mittags einen Kollegen ab, der die Zielperson schon seit dem frühen Morgen verfolgt und die vergangenen Stunden damit verbracht hatte, sich am Firmensitz des Beratungsunternehmens auf die Lauer zu legen.

Matthias Caspar wollte aber nicht nur die Aufgabe, sondern auch das Auto des Kollegen übernehmen, einen schnittigen schwarzer Mittelklassewagen.

»Warum, was ist mit deinem?«

»Ist kaputt.«

»Große Klasse. Und wie komme ich hier weg?«

»Taxi oder Straßenbahn.« Der Schnüffler hob entschuldigend die Schultern. »Kannst es ja auf die Spesenabrechnung setzen.«

Sein Kollege, ohnehin keiner seiner besten Freunde, zog eine Schnute und holte die Spiegelreflexkamera vom Rücksitz hervor. »Kannst dich glücklich schätzen, hier zu sein. Der andere Typ fährt von einem Termin zum anderen. Unser Goldschatz dagegen ist heute Morgen von daheim direkt zur Arbeit gefahren. Ist jetzt seit kurz vor neun hier und hat sich seitdem nicht blicken lassen.«

Auf dem Bildschirm der Kamera zeigte er Matthias Caspar einen Mann mit auffälliger, roter Jacke über dem Anzug.

»Wollte uns wohl einen Gefallen tun, damit wir ihn auch ja nicht übersehen.« Ein kurzes Grinsen zierte das Gesicht des Detektivs, verschwand aber rasch wieder. »Ich mach mich auf den Weg. Wenn du mein Auto auch kaputtmachst, gibt's Ärger. Kapiert?«

Er vergewisserte sich, dass niemand in der Nähe war und stieg aus. Matthias Caspar rückte vom Beifahrersitz nach links und blieb mit seinem Hintern beinahe am Schaltknüppel hängen.

In der nächsten Stunde sah er einige Menschen in eine späte Mittagspause gehen und aus ihr wiederkommen, seine Zielperson war nicht dabei. In der Stunde nach der Stunde sah er kaum jemanden kommen und gehen, schon gar nicht seine Zielperson.

Da war er also wieder, ein niederer Bediensteter, verdammt dazu, auszuführen, was man von ihm verlangte. Und in dem Auto, in dem er saß, konnte er noch nicht einmal mit Pistazienschalen werfen.

Die Sonne stand tief, als er an der Eingangstür zur Firma etwas Rotes aufscheinen sah, das zunächst wieder im Innern verschwand, eine halbe Minute später aber zurückkehrte. Er griff nach dem Fernglas, doch die Person wandte ihm konsequent den Rücken zu. Ohne zu zögern griff Matthias Caspar nach dem Funkgerät, um die andere Hälfte des Observationsteams zu kontaktieren und sich zu erkundigen, ob sie eine bessere Übersicht hätte.

Die beiden folgenden Ereignisse traten nahezu gleichzeitig ein: Die Person mit der roten Jacke setzte sich in Bewegung, und Matthias Caspar musste feststellen, dass sein Funkgerät nicht funktionierte.

»Fuck«, schrie er, schon wieder, schob den Ein- und Ausschalter hin und her, als ändere das etwas, warf das Gerät auf den Beifahrersitz und nahm das Fernglas wieder in die Hand.

Die Person in der roten Jacke hatte sich die Mütze tief ins Gesicht gezogen. Zu tief.

»Fuck, fuck, fuck«, schrie er.

Der Schnüffler schälte sich aus dem Auto und nahm die Verfolgung auf. Im Laufen versuchte er, den Kollegen anzurufen, von dem er nicht wusste, dass er längst abgezogen war, um in einer unübersichtlichen Situation bei der Verfolgung des zweiten Projektmanagers zu helfen. Matthias Caspar wüsste das längst, hätte sein Funkgerät nicht im ungünstigsten Moment den Geist aufgegeben und sein Handy ein unter normalen Umständen unerklärliches Funklochproblem gehabt, weswegen ihn der Anruf des Kollegen auch nicht erreicht hatte. Dass er noch immer in einem Funkloch stecken musste, durfte Matthias Caspar feststellen, als statt eines Freizeichens nur seltsame Geräusche aus dem Hörer drangen.

Dem Privatdetektiv gingen offenbar die Flüche aus. Er steckte das Handy weg und lief in sicherem Abstand der roten Jacke hinterher, zehn Minuten lang, bis der Mann mitten auf der Straße stehenblieb und sich umdrehte.

Matthias Caspar merkte es nicht sofort, er war zu sehr damit beschäftigt, so zu tun, als sei er ein Unbeteiligter. Doch spätestens als ihm der Mann zuwinkte, ganz sicher ihm, es war niemand anderes in der Nähe, gab es keine Zweifel mehr.

Der Mann in der roten Jacke war nicht sein Mann.

Matthias Caspar eilte zurück, musste schon wieder sprinten, geriet ins Schwitzen. Zurück auf dem Parkplatz stürzte er ins Auto, versuchte erneut, das Funkgerät in

Gang zu bringen, scheiterte trotz Ersatzbatterien, genauso wie am Mysterium seines Handys, das sich auch durch einen Neustart nicht umstimmen ließ.

Er spielte noch immer mit der Technik herum, ein Auge immer auf den Eingangsbereich der Firma gerichtet, falls der echte Projektmanager auftauchen sollte, als ihn ein Klopfen an das Fahrerfenster aufschrecken ließ.

Der echte Projektmanager tauchte auf, von hinten, ohne rote Jacke. In der Hand hielt er ein Handy, das wunderbar funktionierte, vor allem die Kamera. Er forderte Matthias Caspar mit einem Zeichen auf, das Fenster herunterzufahren.

Der Schnüffler gehorchte.

»Schönen Gruß an den Chef auch«, sagte seine Zielperson und zog von dannen.

Paul Grams Ressortleiter hatte die E-Mail seines Reporters sofort nach dem Aufstehen entdeckt, als er noch im Bett neben der leicht schnarchenden Lifestyle-Reporterin mit den winzigen, aus dem Mund laufenden Speichelfäden die erste Pflicht des Tages erledigte: die Internetseiten der eigenen Zeitung und die der regionalen und nationalen Konkurrenz checken und sein Postfach öffnen.

Über Nacht waren mehrere Nachrichten eingetrudelt, und eigentlich konnten alle warten, bis er an seinem Schreibtisch saß, doch Paul Grams Story, die der Starreporter mit so großen Worten angekündigt und von der der Ressortleiter schon befürchtet hatte, sie würde nie fertig werden, lockte ihn. Er rang ein paar Sekunden mit sich, ob er sie nicht in aller Ruhe später anschauen sollte, aber konnte es dann doch nicht lassen. Und obwohl er sich vornahm, nur den ersten und vielleicht den zweiten Absatz anzuschauen, um zu wissen, was sein Investigativmann diesmal ausgegraben hatte, las er weiter. Er las den dritten und den vierten Absatz, er überflog die nächsten fünf, er las das Ende wieder genauer. Was ihn nach dem letzten Satz erfasste, war ein Gefühlsmix aus Verwirrung, Fassungslosigkeit und Ärger.

Was, fragte er sich, hatte Paul Gram da nur geritten?

Der Ressortleiter schob den Gedanken weg, ging unter die Dusche, machte sich einen Kaffee, weckte die Frau in seinem Bett und fuhr in die Redaktion zur ersten Besprechung des Tages. Drei Konferenzen und einen hastig am Schreibtisch eingenommenen Mittagspausensnack später nahm er sich den Artikel ein zweites Mal zur Brust.

Vielleicht, so hoffte er, hatte die Schlaftrunkenheit seine Urteilsfähigkeit vernebelt.

Doch es blieb dabei, auch nach der erneuten Lektüre. Diese Geschichte würde in seiner Zeitung nicht erscheinen. Und auch nirgendwo sonst, jedenfalls nicht mit dem Namen Paul Gram in der Autorenzeile, wenn dem seine Reputation und sein Job etwas wert waren.

Diesen Entschluss gefasst, ließ er den Schmierfinken zu sich kommen.

»Und, was sagst du?« Paul Gram machte einen angespannten Eindruck auf ihn.

»Ich weiß eigentlich nicht, was ich dazu sagen soll. Ich meine, Paul, was hast du dir dabei gedacht?«

»Wie soll ich die Frage verstehen?«

Der Ressortleiter nahm den Ausdruck in die Hand. »Was ist das?«

»Ich würde es als Essay bezeichnen. Was gefällt dir daran nicht?«

»Was mir daran nicht gefällt?« Der Ressortleiter schnappte nach Luft. »Ist das dein Ernst? Wir sind gelenkt von einer aus dem Verborgenen agierenden Macht? Unsere

Entscheidungen sind eigentlich gar nicht unsere, sondern dienen einem fremden Zweck? Muss ich noch mehr sagen?«

Der Mann auf der anderen Seite des Schreibtisches setzte sich auf und streckte seine Hände vor, als wolle er jemanden beschwören. »Aber es ist so, erkennst du das denn nicht? Denk doch mal darüber nach! Du wolltest einen Scoop von mir. Das ist der Scoop schlechthin.«

»Paul, was ist los mit dir? Du glaubst das doch nicht ernsthaft? Wie kommst du auf solche Ideen? Und was ist aus der Korruptionsgeschichte geworden?«

Paul Gram sackte in seinen Stuhl zurück und blickte zur Seite. »Hat sich erledigt.«

»Wie erledigt?«

»Wenn du nicht bereit bist, dich mit der Wahrheit auseinanderzusetzen, ist es müßig, dir das zu erklären.«

Es war ein trotziges, unprofessionelles Verhalten, fand der Ressortleiter, dessen Ärger im Vergleich zu seiner Verwirrung und Fassungslosigkeit immer mehr an Macht gewann. »Paul, ich warne dich«, sagte er, »so kommst du mir nicht davon. Was ist los: Hat sich dein Informant geirrt? Hast du aufs falsche Pferd gesetzt?«

»Ich habe auf gar kein Pferd gesetzt.«

»Und jetzt? Was erwartest du jetzt von mir?« Er griff wieder nach den Blättern, so grob, dass sie zerknitterten. »Was soll ich deiner Meinung nach damit machen?«

Paul Gram vermied erneut jeden Blickkontakt. »Vergiss es. Gib mir ein paar Tage, ich liefere dir eine andere Geschichte.«

Der Ressortleiter faltete die Hände und schüttelte den Kopf. »In Ordnung Paul, aber unsere Geduld mit dir ist so langsam am Ende.«

»Unsere?« Blitzartig blickte sein Gegenüber auf. »Unsere?«, wiederholte er, noch forscher.

»Ja«, erwiderte der Ressortleiter verwirrt. »Meine, die des Chefredakteurs, und ein paar Kollegen hinterfragen deinen Status auch immer mehr.«

»Ach so«, sagte der Journalist und kehrte prompt in die Nachdenklichkeit zurück.

Die folgenden Stunden verbrachte Paul Gram in seinem Büro, ohne sich Notizen zu machen, ohne Anrufe zu tätigen, ohne im Internet zu recherchieren. Er sprach mit niemandem, wohnte der Schlusskonferenz im Ressort bei und verharrte selbst da im Ruhemodus, zumindest äußerlich.

Das änderte sich erst am Ende seines Heimwegs. Vor seinem Haus parkten zwei Einsatzfahrzeuge der Feuerwehr, einer der Gaswerke und ein Rettungswagen. Paul Gram entdeckte sie – und begann zu rennen.

»Was ist passiert?«, fragte er einen Feuerwehrmann.

»Wohnen Sie hier?«

Paul Gram blickte hoch zum Fenster seiner Wohnung. Es war nichts zu erkennen. Er nickte.

»Ein ziemlich ernstes Gasleck. Es besteht erhöhte Explosionsgefahr. Heute können Sie auf keinen Fall in Ihre Wohnung zurück. Haben Sie jemanden, zu dem Sie können?«

Paul Gram blickte weiter hinauf zum Fenster.

»Haben Sie mich verstanden?«

»Ja«, antwortete Paul Gram abwesend.

Der Feuerwehrmann ging ab, er hatte seine Schuldigkeit getan.

Zwei Sanitäter kamen mit einer Krankentrage aus dem Haus. Darauf lag, mit einer Sauerstoffmaske auf dem Mund, die direkte Nachbarin des Schmierfinken, eine zurückgezogen lebende, gebrechliche, alte Dame, für die Paul Gram gelegentlich einkaufte. Ein dritter, deutlich jüngerer

Sanitäter lief neben der Trage her und hielt einen Beutel mit Infusionslösung in die Höhe.

Von hinten schlich sich ein Mann an Paul Gram heran und stellte sich neben ihn.

»Schrecklich, oder?« Er streckte seine Hand aus. »Ich bin ein neuer Nachbar, erst vor ein paar Tagen oben unters Dach eingezogen. Na ja, eigentlich bin ich noch gar nicht hier.«

Paul Gram brummte nur, schaute dem wegfahrenden Krankenwagen hinterher.

»Ich schätze, wir haben verdammtes Glück gehabt, dass wir heute Nachmittag nicht hier waren. Und dass sich das Gas nicht entzündet hat.«

»Sieht so aus«, sagte Paul Gram und hatte seinen neuen Nachbarn noch immer nicht angeschaut.

»Ich zittere ganz schön, sehen Sie.« Er demonstrierte es anhand seiner Hand. »Wissen Sie, ich wollte heute eigentlich meine Wände weiterstreichen, aber dann rief meine Mutter an, weil sie sich ausgeschlossen hatte und den Ersatzschlüssel von mir brauchte. Ich bin also zuerst zu ihr und dann hierher, und als ich ankam, war die Feuerwehr schon da.«

Etwa eine Minute verfolgten sie schweigend die Arbeit der Männer in Rot. Dann sprach der Nachbar weiter.

»Haben Sie manchmal nicht auch das Gefühl, gewisse Dinge passieren nur, damit andere nicht passieren? Es ist, als ob uns eine unsichtbare Kraft leitet.«

Der Journalist erbrachte den ultimativen Beweis, dass er nicht nur körperlich anwesend war, sondern durchaus zuhörte. »Was sagen Sie da?«

»Ich meine, wir müssen auf die Zeichen achten, die uns das Leben schenkt. Dann leben wir länger und besser. Oder sind Sie da anderer Meinung, Herr Gram?«

»Woher kennen Sie meinen Namen?«

»Nennen wir es Beobachtungsgabe«, sagte der Problemlöser. »Aber nun muss ich los. Vielleicht führen wir die Diskussion ja ein anderes Mal fort. Wobei ich für Sie hoffe, dass das nicht nötig ist. Sie verstehen schon: Zeichen erkennen.«

Paul Gram starrte seinem falschen Nachbarn hinterher. Er machte keine Anstalten, ihn aufzuhalten, um die Diskussion sofort fortzusetzen.

Kurz darauf klingelte sein Mobiltelefon.

Kapitel dreiundzwanzig

Unangenehme Begegnungen mit Vorgesetzten hatten an diesem Tag Konjunktur. Auch Matthias Caspar musste eine verdauen. Schließlich hatte ihm seine Zielperson aufgetragen, Grüße auszurichten – und es wäre ja unhöflich gewesen, dem nicht nachzukommen.

Die Grüße indes waren schneller als er. Sie erreichten Matthias Caspars Detektei per Mail, in Form eines Fotos, das den – metaphorisch gesprochen – entblößten Schnüffler mit reichlich entsetztem Gesichtsausdruck zeigte.

»Kannst du mir das erklären?«, fragte der Chef bei der Abendbesprechung vor versammelter Mannschaft.

»Er wusste, dass wir da sind. Jemand muss ihm einen Tipp gegeben haben, er hat mich ausgetrickst, und er hatte einen Komplizen, der mich weggelockt hat«, versuchte sich Matthias Caspar zu rechtfertigen.

Es klang, als könne er nicht mal sich selbst überzeugen. Ja, seine Zielperson war ihm einen Schritt vorausgewesen, aber das erklärte noch lange nicht sein Versagen. Das Funkgerät funktionierte einwandfrei, nichts deutete auf ein technisches Problem hin, es war brandneu und von bester Qualität. Der angebliche Defekt ließ sich genauso wenig begründen wie das Unheil mit dem Handy und dem Funkloch. Wahrscheinlicher war, dass der Schnüffler schlichtweg seine Sorgfaltspflicht vernachlässigt hatte.

Wahrscheinlich, aber nicht wahr. Für nichts von dem, was vorgefallen ist, liegt die Schuld bei ihm.

»Verdammte Scheiße, Matthias. Was ist los mit dir? Weißt du, was das für uns bedeutet? Für mich?«, fuhr ihn sein Chef an. »Der Auftrag ist im Arsch. Du hast alles verbockt.«

Und jeder sah es, jeder hörte es. Ein Dutzend Augenpaare waren auf ihn gerichtet. Nicht wenige Kollegen teilten den Ärger des Chefs und genossen diese aus ihrer Sicht vollauf berechtigte Standpauke.

Die Assistentin saß mit übereinandergeschlagenen Beinen auf ihrem Stuhl und bedachte ihn mit einem Blick, der schlimmer war als der verachtende, den sie früher immer für ihn übriggehabt hatte. Sie empfand Mitleid für ihn, die Art von Mitleid, die einem Mann in den Augen einer Frau jegliche Attraktivität nahm, weil sie in ihm einen schwächlichen, wehrlosen Versager sah. Und das Schlimmste für sie war: Matthias Caspar tat nichts, um an diesem Bild zu rütteln. Er kämpfte nicht, ertrug die Kopfwäsche mit gesenktem Haupt.

Manchmal fickt einen das Leben gewaltig, stand in der Kurznachricht, die er zwei Stunden später erhielt, als sein Handy selbstverständlich wieder funktionierte. Da hatte er gerade einen sinnlosen Observationsbericht verfasst. Die Nachricht kam von derselben unbekannten Nummer, von der er auch die Warnung erhalten hatte, nicht zu fliegen.

Hilf mir, dir zu helfen, stand in der nächsten Nachricht, drei Minuten später.

Er rief die Nummer an. Der Anschluss war vorübergehend nicht zu erreichen.

Stattdessen telefonierte Matthias Caspar mit Konstantin von Kornweg. Der Lächler hatte die Initiative ergriffen, nach langem Grübeln am Krankenlager von Chronos. Er erreichte erst den Schmierfinken, als der gerade vor seinem

Haus stand, und dann den Schnüffler. Beiden teilte er das Gleiche mit: »Wir müssen uns sehen. Und zwar schnell. Die Lage hat sich geändert.«

Weder vom Schmierfinken noch vom Schnüffler kam Widerrede.

Sie trafen sich am nächsten Morgen in der Lagerhalle, durch die ein eisiger Wind pfiff, weil irgendein Rowdy ein Fenster kaputt geschlagen hatte.

Der Lächler kam als Erstes an, betrachtete das Unheil, kehrte aber noch nicht einmal die Scherben zusammen, setzte sich einfach nur an den nach wie vor wackelnden Tisch.

Die beiden anderen erschienen gemeinsam, weil sie sich in der Straßenbahn getroffen hatten.

»Was ist hier passiert?«, fragte Matthias Caspar und kickte mit den Winterstiefeln einige Scherben zusammen.

»Wahrscheinlich wieder eines seiner Zeichen«, folgerte Paul Gram ganz richtig.

In der Bahn hatten der Schnüffler und er sich schon auf den neuesten Stand gebracht, nun ließen sie den Lächler erzählen.

»Er schreckt vor nichts zurück«, stellte Matthias Caspar fest.

Der Lächler nickte traurig. »Wir müssen etwas tun, wir müssen auf seine Forderungen eingehen.«

»Nein«, sagte der Schmierfink und jeder Muskel in seinem Körper spannte sich an. »Nein«, sagte er noch mal. »Ich gebe diesem Scheißkerl nicht, was er will.«

»Aber ...«, fing der Schnüffler an, ohne seinen Gedanken zu Ende bringen zu können.

Im Lächler erwachte die neu entdeckte Energie, mit der er in dieser Woche schon so viele Menschen erstaunt hatte.

»Zur Hölle mit deiner verschissenen Sturheit. Du siehst doch, wozu er fähig ist. Er sitzt am längeren Hebel. Ich lasse mir mein Leben nicht kaputtmachen.«

Der Schmierfink machte einen Fehler. Er lachte. »Was ist denn mit dir passiert?«, erkundigte er sich.

Auf das Lachen allein reagierte der Lächler noch verdutzt. Die dazugehörige Frage versetzte ihn in Angriffshaltung. »Was mit mir passiert ist?«, fragte er, und wiederholte die Gegenfrage, noch einmal lauter. »Was mit mir passiert ist? Ich will dir sagen, was mit mir passiert ist. Chronos liegt daheim und leidet Höllenqualen und wenn du dich weiter verweigerst, wird es dir ähnlich gehen, das schwöre ich.«

Der Schmierfink hob beschwichtigend die Hände. »Ruhig, ganz ruhig. Das Letzte, was wir tun sollten, ist, einen Keil zwischen uns treiben zu lassen.«

Die Gesichtszüge des Lächlers entspannten sich nur langsam, aber sie taten es – die jedenfalls, die nicht gelähmt waren. »In Ordnung«, sagte er, »was schlägst du vor?«

»Wir lassen es darauf ankommen. Er lässt doch nur die Muskeln spielen. Er zieht das nicht durch. Er bringt deine Schildkröte nicht um. Wenn wir jetzt standhaft bleiben, wird er bald aufgeben und uns in Ruhe lassen. Ich spüre das.«

Es ist erstaunlich, wie falsch jemand liegen kann, der für sich in Anspruch nimmt, Menschen einschätzen zu können. Aber vielleicht glaubte er ja selbst nicht wirklich daran.

»Nein, ich will das nicht riskieren, ich werde das nicht riskieren. Lasst es uns zu Ende bringen, unter der Bedingung, dass er uns danach in Ruhe lässt«, erwiderte der Lächler.

»Und wenn er es nicht tut? Wenn er eine neue Geschichte erzählen will? Wenn er uns wieder als Marionetten braucht?«

»Wird er nicht. Warum sollte er noch einmal durch solche Anstrengungen gehen, wenn er sich einfach neue Figuren suchen kann, die keine Ahnung haben?«

Der Lächler schätzte die Situation vollkommen richtig ein.

»Was sagst du denn dazu?«, erkundigte sich der Schmierfink beim Schnüffler.

»Ich bin ganz bei ihm«, sagte der erstaunlich schnell und zeigte auf den Lächler. »Sorry!«

Der Schmierfink lächelte und schüttelte gleichzeitig den Kopf. Er schien zu realisieren, dass er den Kampf verloren hatte. Wie sollte er das nur mit seinem Selbstverständnis vereinbaren?

»Es liegt also an dir«, stellte der Lächler fest. »Ohne dich können wir das nicht durchziehen.«

»Also gut«, sagte der Schmierfink. »Unter einer Bedingung: Er bringt den Mist, den er angerichtet hat, in Ordnung.«

Und auf einmal sprach er nicht mehr zu seinen Leidensgenossen, sondern in die Luft, als richte er seine Worte an Gott im Himmel.

»Hörst du mich, du schaffst mir diesen Pisser von Erpresser und die Bullen vom Leib, du lässt Konstantin in Ruhe und machst seine Schildkröte wieder gesund und du …« Er wandte sich an Matthias Caspar: »Was willst du von ihm?«

»Mir ist alles egal. Er soll nur verschwinden«, sagte der Schnüffler, nicht gen Himmel, sondern zum Schmierfinken.

»Keine Sorge. Er kriegt keine Kontrolle mehr über uns. Wir bringen sein Theaterstück zu Ende und dann ist es vorbei«, mischte sich der Lächler ein.

»Ach, und eines noch.« Der Schmierfink blickte noch einmal gen Decke. Er reckte seine Faust. »Du kommst mir besser nicht mehr unter die Augen, wenn du nicht auf sehr starke Schmerzen aus bist.«

Ob du's glaubst oder nicht, ich kann seinen Ärger verstehen. Aber er hat ihn sich selbst eingebrockt. Wenn er und die anderen von Beginn an vernünftig gewesen wären und das getan hätten, wofür sie geschaffen wurden, hätten wir uns die ganzen hässlichen Ereignisse der vergangenen Tage sparen können. Dieser kindische Widerstand war mehr als unnötig.

Es ist schon seltsam, dass immer etwas Dramatisches passieren muss, bevor wir uns dem Wesentlichen stellen.

Und das Wesentliche ist in dem Fall natürlich die Geschichte.

Du weißt doch noch, wo wir unterbrechen mussten, oder? Der Privatdetektiv, der Buchhalter und der Journalist warten gemeinsam auf den Unternehmer, weil Paul Gram aus Versehen etwas Wahres erfunden hat und Konstantin von Kornweg durch unglückliche Umstände in die Sache hineingeschlittert ist. Hermann Liebenich ist zu allem entschlossen, um seine Existenz zu schützen. Und im Hintergrund lauert Sebastian Vogt darauf, sie zu zerstören.

Alles klar, oder?

Sag jetzt bloß nicht, dass du meine Methoden missbilligst, dass du Mitleid mit den Rebellen hast.

Du hast es doch gesehen: Es ging nicht anders. Ich musste so handeln. Ich habe dir versprochen, unsere ausgescherten Figuren wieder in die Spur zu bringen, und das habe ich getan. Nicht einmal habe ich während der ganzen Zeit die Bitte von dir gehört, damit aufzuhören.

Werde jetzt bloß nicht weich, es wäre das falsche Zeichen. Wir stehen kurz vor dem Ende.

Kapitel vierundzwanzig

Die komplette Halle war hell erleuchtet. Die Decke war grau, die Röhren darunter weiß, der Boden und die Wände ebenso, die meisten Maschinen wiederum grau. Futuristisch wirkte das, ein wenig steril auch, so wie sich Sebastian Vogt den Ort vorstellte, an dem Aliens Menschenversuche machten. Nur an wenigen Ecken gab es schwarze oder blaue Sprenkel, durch hydraulische Arme oder, jawohl, Mülleimer. Tonnen, in die Arbeiter Spulen warfen, die nicht ganz rund geraten waren, somit unbrauchbar für den weiteren Produktionsverlauf.

Ludwig Mayer hatte es doch noch in die Fertigungshalle von Liebenich Acoustics geschafft, ein Vorhaben, das schon in Vergessenheit geraten war, aber wieder auf den Tisch kam, nachdem sein Gespräch mit Paul Gram in der Cafeteria des Pressehauses so enttäuschend gelaufen war. Nachdem er sich also gezwungen sah, auf anderen Wegen an Informationen zu gelangen, durch die er seinen leiblichen Vater in die Knie zwingen würde.

Er war zu seinem ursprünglichen Plan B zurückgekehrt: intern zu bohren und Unmut zu säen.

Hermann Liebenichs anhaltende Abwesenheit ermöglichte ihm den von ihm gewünschten Besuch in der Produktionsstätte. In der Verwaltung standen die Räder ohnehin praktisch still. Die Pressesprecherin hatte sogar jemanden organisiert, der Ludwig Mayer abholte. Sein Pate war ein schnauzbärtiger Bär kurz vor der Rente, seit

Jahrzehnten in Liebenichs Diensten.

Sein Bär und er verbrachten den Vormittag damit, den Produktionsprozess der Liebx3-Lautsprecher Schritt für Schritt zu verfolgen. Viele Hände waren da im Spiel, viel mehr als vermutet. Sebastian Vogt hatte erwartet, dass die Maschine den Menschen an viel mehr Stellen verdrängt hätte, damit Hermann Liebenich überall, wo es auch nur ansatzweise möglich war, Gehalt und Sozialausgaben sparen konnte.

»Nein, nein. Unsere Hand ist in vielen Bereichen noch immer deutlich präziser als ein Roboter«, sagte sein Pate und führte ihn an einige der Stationen, wo sie – mit dem gebührenden Sicherheitsabstand – Arbeitern über die Schulter schauten, die immer wieder den immer gleichen komplexen Arbeitsschritt ausführten.

Hinter einer Kollegin mittleren Alters rief der Bär: »Du wärst erstaunt, was sie mit ihren Fingern alles anstellen kann«, und zwinkerte seinem Besucher zu. Die Frau mit den angeblich flinken Fingern hörte seinen Kommentar nur deswegen nicht, weil in den Produktionshallen zwar die Menschen dominierten, die Maschinen aber einen Höllenlärm machten.

Sebastian Vogt fand das alles ungemein spannend, aber er konnte trotzdem an nichts anderes denken als daran, welche Fragen er wann und wem stellen musste, um die Information zu finden, die er so begierig suchte.

Später saßen der Bär und er neben einem zappeligen Auszubildenden mit Igelfrisur im Pausenraum und verspeisten Wurstbrötchen und Käseknacker. Ludwig Mayer schmiss eine Runde Spezi aus dem Automaten.

»Was machst du eigentlich hier? Schreibst du einen Artikel über uns?«, erkundigte sich der Azubi.

»Nein, ich wollte nur sehen, wie ihr in der Produktion arbeitet.«

»Und? Wie arbeiten wir?«

Der Teenager schaute ihn herausfordernd an. Sebastian Vogt wusste nicht, was er antworten sollte.

Da fing der Azubi an zu lachen. »Keine Angst, ich verarsch' dich nur. Aber dein Gesicht gerade war zu geil.«

Sebastian Vogt malte sich aus, wie er dem Jungen nach und nach die Finger beider Hände brach.

Ludwig Mayer hingegen gab den reumütigen Ertappten. »Ich finde es faszinierend, ich habe ja keine Ahnung von handwerklicher Arbeit. Ich habe nur die ganze Zeit mit dem alten Liebenich zu tun. Das ist auch eine Herausforderung«, sagte er, in der Hoffnung, damit etwas anzuschieben.

»Wie ist der Boss so?«, fragte der Azubi tatsächlich.

»Ganz schön bissig. Hattet ihr schon mal mit ihm zu tun?«

»Nee, nicht wirklich. Habe ihn bisher nur einmal auf der Weihnachtsfeier erlebt«, antwortete der Teenager.

»Und du? Du kennst ihn doch bestimmt noch von früher, wie lange arbeitest du jetzt schon hier?«, fragte Sebastian Vogt den Bären, der verdächtig schweigsam geworden war.

»Fast dreißig Jahre«, antwortete er, ohne auf den Rest der Frage einzugehen.

Sebastian Vogt ließ nicht locker. »Da war der Seniorchef noch da, oder?«

Der Bär nickte.

Sebastian Vogt ließ noch immer nicht locker. »War der auch so kompromisslos im Auftreten?«

»Das kann ich nicht beurteilen, dazu kenne ich beide zu wenig.«

Sebastian Vogt spürte, dass er sich auf dünnem Eis bewegte, und der Bär nicht bereit war, ihm zu folgen. Er spürte, dass es an der Zeit war, das Thema zu wechseln. »Wurde die neue Ausstattung fürs Rathaus eigentlich auch hier gefertigt?«

»Teilweise, warum fragst du?«, wollte der Bär wissen, der noch immer den Eindruck machte, als sperre er sich gegen eine Rutschpartie.

»Ich bin bei meiner Arbeit darauf gestoßen und fand das interessant, weil ich erst vor ein paar Wochen mal bei einer Stadtratssitzung war. Damals wusste ich noch nicht, dass die Anlage von uns kam.«

»Das war einer meiner ersten Aufträge hier«, begann der Azubi zu erzählen. »Das war vielleicht ein Ding damals …«

»Wir müssen langsam weiter«, unterbrach ihn der Bär.

»Okay«, sagte Sebastian Vogt, trank seine Flasche aus und drehte sie demonstrativ auf den Kopf. »Ich muss mich nur schnell erleichtern. Bin gleich zurück.«

Er musste nicht wirklich auf die Toilette. Er hatte nur so ein Gefühl. Also verließ er den Pausenraum, bog um die Ecke, blieb dort stehen und spähte.

Was er sah, war der Bär, wie der auf den Azubi einredete. Und es sah nicht aus wie eine freundliche Plauderei.

Ein Gespräch kündigte sich in diesen Minuten auch in der Residenz Liebenich an. Es war zu erwarten, dass sie ebenfalls nicht sonderlich freundlich verlaufen würde. Matthias Caspar hatte seinen Vater telefonisch informiert, dass er vorbeikommen werde, und ihn gebeten, sich etwas Repräsentatives anzuziehen. Etwas anderes als bei ihrer letzten Begegnung jedenfalls. Er habe nämlich Konstantin von Kornweg und Paul Gram dabei.

Der Alte hatte nicht nach dem Warum gefragt – vielleicht, weil ihn nach all den Ereignissen und Besuchen der Woche nichts mehr wunderte. Und dieser Besuch war ja wenigstens angekündigt.

Den Hinweis zur Etikette hätte sich sein Sohn freilich sparen können, denn Hermann Liebenich trug bereits wieder adäquate Kleidung. Er hatte das Angebot des Problemlösers wie erwartet zum Anlass genommen, sein Selbstmitleid in die Tonne zu treten und – an der eigenen Ehre gekratzt – Pläne für seine Rückkehr ins Geschäft zu schmieden. In Telefonaten mit seiner Sekretärin, seinen Vorstandskollegen und der Pressesprecherin hatte er alles arrangiert, um »diese unsägliche Woche«, wie er sie nannte, schnell vergessen zu machen.

Eine Erklärung, was diese Woche so unsäglich gemacht hatte und warum er von einem Moment auf den nächsten untergetaucht war, gab er nicht ab. Er war der Boss, er hatte sich nicht zu rechtfertigen. Doch die Erleichterung darüber, dass der Kapitän zurück auf die Brücke kam, überwog im Unternehmen ohnehin alles andere.

Normalität in der Liebenich-Residenz herzustellen, war die Aufgabe seiner Putzfrau, die den kompletten Vormittag damit zubrachte, unappetitliche Spuren zu beseitigten, ihrerseits erleichtert darüber, dass ihr Arbeitgeber zur Besinnung gekommen war. Sie verließ Hermann Liebenich mit schmerzendem Rücken, weniger als zehn Minuten bevor der Journalist, der Buchhalter und der Privatdetektiv am Gartentor auftauchten.

»Also, wir folgen unserer Intuition, das war es doch, was er uns geraten hat, oder?«, sagte Paul Gram und wartete das Nicken seiner Mitstreiter ab.

Matthias Caspar klingelte, sein Vater ließ sie hinein und erwartete sie an der Haustür.

»Vater, das ist Paul Gram und das ist …«

»Konstantin von Kornweg, ich weiß«, sagte Hermann Liebenich.

»Herr Dr. Liebenich«, grüßte Konstantin von Kornweg, der den anderen seinen Besuch in dem Haus zwei Tage zuvor verschwiegen hatte. Er lüftete seinen Hut.

Der Boss ließ einen nach dem anderen ins Haus gehen, seinen Sohn zuerst, den Buchhalter zuletzt. Im Flur trafen sie erneut aufeinander.

Konstantin von Kornweg lächelte, weil ihn seine Gesichtslähmung dazu zwang, wirkte aber unsicher.

Paul Gram lächelte auch, vielleicht, weil ihn die Situation amüsierte oder er sich daran erinnerte, dass er auch sechs Tage zuvor gelächelt hatte, beim ursprünglich vorgesehenen Treffen. Damals, als er davon überzeugt gewesen war, die Lage dank Ludwig Mayer unter Kontrolle zu haben, schon das ein ernsthafter Fall von Selbstüberschätzung.

Matthias Caspar lächelte nicht.

Und Hermann Liebenich war von einem Lächeln am weitesten entfernt. »Also, womit habe ich diesen Besuch verdient?«, erkundigte er sich.

»Nun, Herr Dr. Liebenich«, begann Paul Gram, bevor Matthias Caspar etwas sagen konnte, »es gibt da gewisse Dinge, über die wir reden sollten, ihre Verwicklung in den Korruptionsfall zum Beispiel, über den ich vor zwei Wochen berichtet habe. Sie haben den Artikel doch gelesen, nicht?«

»Was soll das?«, fragte der Boss. Er fragte es nicht den Journalisten, sondern seinen Sohn.

Paul Gram trat näher an ihn heran, schob dafür sogar den Buchhalter zur Seite, der sich nicht dagegen wehrte.

»Herr Dr. Liebenich, ich habe mich gefragt, was Sie eigentlich mit mir anstellen wollten, als wir uns vor knapp einer Woche treffen sollten. Was hatten Sie mit mir vor? Und was mit Konstantin von Kornweg?«

Jetzt lächelte Hermann Liebenich doch noch. »Herr Gram, Sie sind doch nicht hergekommen, um mit mir über Dinge zu sprechen, die keinerlei Bezug mehr zum Hier und Jetzt haben, oder?«

»Nein, Herr Dr. Liebenich, ich bin hergekommen, um Ihnen mitzuteilen, dass …«

Oh, dieser Mistkerl, dieser Drecksack!

Weißt du, was der Schmierfink getan hat? Alles zerstört hat er, endgültig! Er hat uns an der Nase rumgeführt.

Ich hätte es wissen müssen, ich hätte niemals zulassen dürfen, dass er unkontrolliert in diese Situation hineinläuft.

Ich hätte wissen müssen, dass ihm nicht zu trauen ist.

Nicht nur, dass er dem Boss verraten hat, dass er seinen Artikel erfunden hat, dass er über keinerlei Informationen zu seiner Verwicklung in den Korruptionsfall verfügt und er auch nicht vorhabe, die Story weiterzuverfolgen. Er hat ihm auch erzählt, dass der Lächler nichts mit alldem zu tun hat, dass sie alle nur »von unserem gemeinsamen Freund«, wie er mich nannte, manipuliert worden seien. Ich hätte sie alle auf einen Pfad geführt, der ein potenziell blutiger gewesen sei. Und das alles nur zu Unterhaltungszwecken eines perversen Publikums, das seinen Spaß daraus ziehe, Menschen aus Fleisch und Blut beim Leiden zuzusehen, bei einem Kampf, von dem sie nicht wüssten, warum sie ihn führen – sie vier hätten davon ja auch nur durch Zufall erfahren.

Hörst du, er hält dich für pervers!

Und er hat dich jeder Chance beraubt, zu erfahren, wie die Geschichte hätte enden sollen, weil er ihr einfach ein neues abruptes Ende gegeben hat.

Je mehr ich darüber nachdenke, desto mehr glaube ich, dass der Schnüffler und der Lächler eingeweiht waren. Sie haben wahrscheinlich von vornherein einen Code vereinbart für den Fall, dass ich doch an sie rankomme und sie gezwungen sind, so zu tun, als spielten sie mit. Weder Konstantin von Kornweg noch Matthias Caspar haben Anstalten gemacht, ihn zu stoppen, als er anfing, alles kaputt zu machen.

Wenn sie geglaubt haben, dass ich mich jetzt zurückziehe, dass sie gewonnen haben, dass ich mich einfach so geschlagen gebe, dann haben sie sich getäuscht.

Von einem blutigen Pfad hat der Schmierfink gesprochen. Den kann er erleben.

Es tut mir nur für dich leid. Du hast das nicht verdient. Du ...

Oder Moment, wusstest du womöglich, was passieren würde?

Haben sie Kontakt zu dir aufgenommen?

Haben sie dich eingeweiht?

Haben Sie dich eingewickelt?

Es ist so, oder? Du bist mir in den Rücken gefallen. Du hast dich auf ihre Seite geschlagen.

Ist das der Dank für alles, was ich für dich auf mich genommen habe?

Du mieses Stück Scheiße!

Und jetzt willst du womöglich noch von mir wissen, wie die Geschichte hätte enden sollen?

Das kannst du knicken.

Stattdessen darfst du dabei zusehen, wie ich deine Freunde zerstöre, einen nach dem anderen.

Kapitel fünfundzwanzig

Von Hermann Liebenichs angekündigter Rückkehr in die Firma erfuhr Sebastian Vogt am Nachmittag seines Besuchs in der Produktionsstätte. Er musste sich für das Telefonat mit der Pressesprecherin in eine ruhigere Ecke zurückziehen.

»Der Boss hat sich gemeldet, er kommt zurück«, sagte sie und bat ihn, noch am Abend im Büro vorbeizuschauen, damit sie sich vorbereiten könnten.

Da er in der ruhigeren Ecke – der Toilette – allein war, konnte er fluchen, ohne Aufsehen zu erregen. Nicht nur, dass der Boss zurückkehrte, was bedeuten musste, dass seine Probleme geklärt waren und er die Korruptionsgeschichte wie befürchtet unter den Teppich gekehrt hatte, womöglich für immer. Er nahm ihm damit auch die Chance, mit dem Azubi Feierabend zu machen und ihn auf der Fahrt nach wohin auch immer auszuquetschen. Er konnte ihn jetzt nicht fragen, wo er hinfahre und ihn bitten, ihn mitzunehmen, da er zufällig in die gleiche Richtung müsse.

Stattdessen fuhr ihn der Bär zurück zum Verwaltungsgebäude – noch immer so freundlich wie am Morgen, aber merklich reservierter.

Er hielt diesen Ludwig Mayer für einen Spion von Hermann Liebenich, eingeschleust, um herauszufinden, was man in der Produktion vom Boss hielt und wie fleißig und gewissenhaft die Mitarbeiter dort ihren Job verrichteten.

Es war just das eingetreten, was Sebastian Vogt unbedingt hatte vermeiden wollen.

So ein Pech, so eine Ironie!

Er bedankte sich artig für die Führung und den Fahrdienst, stieg aus und wollte sich gerade auf den Weg zur Pressesprecherin machen, die schon auf ihn wartete. Da entdeckte er in einiger Entfernung eine Person, entdeckte sie nicht nur, sondern erkannte sie auch sofort. Eine Person, die alles andere in den Hintergrund drängte, die es mit einem Schlag ganz und gar nicht mehr ungünstig erscheinen ließ, dass er auf diesem Gewerbegebietsparkplatz stand und nicht im Auto des Azubis saß.

Die Pressesprecherin würde sich gedulden müssen. Die einmalige Chance, mit der Frau aus dem Büro von gegenüber zu sprechen, durfte er sich nicht entgehen lassen.

Er blieb stehen und wartete, ließ seine Hände schlaff am Körper herunterhängen und versteckte sie dann in seinen Hosentaschen. Er trat von einem Fuß auf den anderen, lief ihr einige Schritte entgegen und blieb doch stehen. Er setzte ein Lächeln auf und überlegte sich, ob er es zu früh getan hatte, weil sie noch ein ganzes Stück zu gehen hatte, bevor sie vor ihm stand.

»So ein Zufall, schön, dass wir uns endlich mal wirklich begegnen«, sagte er, als sie es schließlich tat.

Die Frau seiner Sehnsüchte trug ihre knallgelbe Fleecejacke halb offen, als könne ihr der Wind nichts anhaben. Sie blies sich eine Strähne aus dem Gesicht und schaute ihn an, blieb aber nicht stehen, sondern ging einfach weiter.

»Und wer sind Sie?«

Das verwirrte ihn dann doch. »Erkennst du mich nicht?«

»Müsste ich?«, sagte sie und blieb nun doch stehen.

Er sah, wie ihre Kulleraugen auf ihm ruhten, er sah, dass sie ihn sah, und es nahm ihm den Atem.

»Ich bin's, der Typ aus dem Büro gegenüber. Jeden Morgen um viertel nach neun in den vergangenen drei Wochen, na ja, fast jeden Morgen.«

Er erschrak über die Geschwindigkeit, in der er sprach.

»Sebastian Vogt«, sagte er und hielt ihr die Hand hin, die sie unentschlossen schüttelte. Sogleich fragte er sich, ob es für seine Tarnung nicht besser gewesen wäre, sich ihr erst einmal als Ludwig Mayer vorzustellen, sie würde das schon verstehen, wenn er es ihr hinterher, wenn alles vorbei war, erklärte. Aber er ärgerte sich nicht zu sehr über den Fauxpas. Ihr endlich gegenüberzustehen war so magisch, dass es für den Moment selbst den Kampf gegen Hermann Liebenich unwichtig machte.

»Der Typ aus dem Büro gegenüber?«, wiederholte sie. »Du meinst das Gebäude mit der verspiegelten Rückfassade?«

»Mit der was?«

»Du bist nicht der hellste Stern am Firmament, oder?« Sie lächelte ihn an, und er kapierte nicht, dass sie es gar nicht so bösartig meinte, wie es klang, dass das nur ihre Art war, die Männer auf die Probe zu stellen, die sie ansprachen, dass sie im Mindesten erwartete, der Kerl, dem sie eine Chance gab, sei ihr rhetorisch und argumentativ gewachsen.

Sebastian Vogt ließ sie davonlaufen, ohne sie aufzuhalten, ohne ihren Spruch zu kontern. Das zeigte ihr, dass er es nicht war. Ein Jammer, wie sie fand, denn der Typ aus dem Büro gegenüber sah doch ziemlich heiß aus.

Sebastian Vogt aber war nicht in der Lage, sie aufzuhalten und ihren Spruch zu kontern, er wäre es in keinem Fall gewesen, schon gar nicht in dem Zustand der Verwirrung, in dem er sich befand.

Wäre er nur an dem Vormittag zwei Tage zuvor ein bisschen aufmerksamer gewesen und offener für seine

Umwelt, nicht nur für das Eichhörnchen, ihm wäre aufgefallen, dass man vom Fenster seines Büros aus zwar hinausschauen konnte, nicht aber von außen hinein – ein Aspekt, der Hermann Liebenich, dessen Büro ja ebenfalls nach hinten rausging, beim Bau sehr wichtig gewesen war.

So musste Sebastian Vogt um das Verwaltungsgebäude herumlaufen, um sich zu vergewissern, dass er ein Trottel war. Er tat es, kaum dass die Frau von gegenüber an ihm vorbeigefahren war und ihm aus dem heruntergelassenen Seitenfenster heraus ein letztes Mal die feingliedrigen Finger ihrer winkenden Hand gezeigt hatte.

»Ist was mir dir? Bist du müde? Du wirkst so abwesend«, fragte ihn die Pressesprecherin eine halbe Stunde später, mitten in der Besprechung, der er nicht folgte, weil er tatsächlich geistig abwesend war, weil es in ihm kochte.

»Entschuldige, es war eine seltsame Woche.«

»Das kannst du laut sagen.«

Er konnte sich auch im Folgenden nur gerade mal so weit zusammenreißen, dass sie nicht noch stutziger wurde oder auf den Gedanken kam, diese Besprechung habe keinen Sinn, weil er irgendwo anders war, nur nicht neben ihr.

Das Gefühl der Demütigung packte Sebastian Vogt mit Verspätung. Es war nicht genug, dass er sich gegenüber dem Mädchen, mit dem er sich drei Wochen lang eingebildet hatte zu flirten, zum totalen Affen gemacht hatte, sie musste ihm das auch noch unter die Nase reiben.

Und wer war schuld daran? Hermann Liebenich natürlich, einmal mehr sein Vater, der ihm schon so viel genommen hatte und nun auch noch die Chance auf ein bisschen Glück.

Geduld zählte nicht gerade zu den herausragenden Stärken von Sebastian Vogt.

Ludwig Mayer hatte gelernt, mit kleinen Rückschlägen umzugehen, aber dieser Rückschlag, nein: dieser Tiefschlag hatte ihn in die Knie gezwungen, endgültig. Es blieb nur noch eine Sache, die Ludwig Mayer für Sebastian Vogt tun konnte.

Zum Abendessen verspeiste Hermann Liebenich schottischen Lachs und ließ ihn in feinem Chardonnay schwimmen. Nach dem Nachtschmaus pflegte der Boss eigentlich keine Geschäfte mehr zu tätigen, aber diese Woche und all ihre Vorfälle hatten vieles verschoben. Als es an seiner Tür klingelte, er zur Gegensprechanlage ging und herausfand, dass es Ludwig Mayer war, der am Gartentor stand und ihn bat, kurz hineinkommen zu dürfen, um einige wichtige Dinge zu besprechen, erkundigte sich Hermann Liebenich nicht etwa, ob das nicht bis nach dem Wochenende warten könne, sondern ließ den neuen Mitarbeiter zu sich kommen.

Sebastian Vogt trug eine schwarze Ledermappe bei sich, begrüßte den Boss freundlich, erkundigte sich nach seinem Wohlergehen, berichtete, dass man sich Sorgen um ihn gemacht habe und verriet, dass er froh sei, ihn in einem derart fidelen Zustand zu erleben.

»Soll ich die Schuhe ausziehen?«, fragte er, schon fast am Ende des Flurs angekommen. Er warf verstohlene Blicke in das Haus, in dem er hätte aufwachsen können, hätte aufwachsen sollen.

»Nein, das ist nicht nötig«, sagte Hermann Liebenich und bat ihn ins Wohnzimmer. »Also Herr Mayer, was gibt es so Wichtiges?«

Es gab für Sebastian Vogt in diesen Minuten auf der Couch seines leiblichen Vaters zwei mögliche Herangehensweisen. Er konnte sich entweder langsam vortasten, sein Geheimnis nach und nach entblättern, Hermann

Liebenich währenddessen die Gelegenheit geben, selbst auf die Wahrheit zu kommen, in jedem Fall aber dabei zusehen, wie sie sich langsam auf ihn legte und er damit umging. Oder er konnte ihn sofort konfrontieren, zum unerwarteten Schlag ausholen. Da er sich fühlte, als sei sein ganzer Körper in Bewegung, obwohl er doch ganz ruhig dasaß, war die erste Option, von vornherein sowieso die abwegigere, hinfällig.

»Mein Name ist nicht Ludwig Mayer. Mein Name ist Sebastian Vogt.«

»Sebastian Vogt? Aber ...«

Hermann Liebenich wollte wohl gerade fragen, warum sich sein neuer Mitarbeiter einen falschen Namen zugelegt habe, als ihm die Antwort selbst einfiel.

»Na, fällt der Groschen?«

»Sebastian?« Hermann Liebenich stand auf und wollte auf den verlorenen Sohn zugehen.

»Bleib sitzen«, befahl der, sehr bestimmend.

Hermann Liebenich setzte sich wieder. »Sebastian, ich kann es nicht glauben.«

Er stand wieder auf, unschlüssig, was angebracht war, wenn man seinem Kind zum ersten Mal bewusst gegenübertrat.

»Ich habe dir gar nichts zu trinken angeboten. Möchtest du etwas?«

Sebastian Vogt schüttelte den Kopf.

»Wirklich nicht? Ich brauche auf den Schock etwas. Du erlaubst?«, fragte er und ging, ohne die Antwort abzuwarten, zum Schrank mit der Spirituosensammlung, die nach den Exzessen und den vielen Besuchen der Woche sichtlich dezimiert war.

Sebastian Vogt saß dem Mann gegenüber, der ihn gezeugt und der seine Mutter in den Tod getrieben hatte, und versuchte damit klarzukommen, dass diese Begegnung ganz anders lief als ausgemalt. Er hatte erwartet, Hermann Liebenich würde sich rechtfertigen, würde viel schneller anfangen, sein Verhalten zu erklären, würde natürlich lausige Argumente vorbringen, die ihn als das entlarvten, was er war: ein selbstgefälliger, egoistischer Tyrann.

Doch Hermann Liebenich rechtfertigte sich nicht.

Er erkundigte sich, wie es ihm ergangen sei, eine Frage, die Sebastian Vogt auf die Schnelle gar nicht in aller Ausführlichkeit beantworten konnte, schon gar nicht wollte, weil er es doch war, der hier die Fragen stellte, der hier Antworten verdiente.

»Beschissen ist es mir ergangen, mein ganzes Leben lang«, knurrte er.

Hermann Liebenich schien ehrlich betroffen. »Warum bist du nie auf mich zugekommen? Ich hätte dir doch helfen können.«

»Du mir helfen? Du, der sich nie für mich interessiert hat?«

Mittlerweile musste auch Hermann Liebenich gemerkt haben, dass der Mann auf seiner Couch ein Vulkan kurz vor der Eruption war. Er setzte also zu einer Erklärung an, er fing doch noch an, sein Verhalten zu rechtfertigen.

Dann beging er den entscheidenden Fehler: Er verriet Sebastian Vogt den Grund für sein Verschwinden. Er beichtete ihm, dass er nicht mehr sicher sei, wer er, Hermann Liebenich, eigentlich sei, welche Entscheidungen in seinem Leben wirklich seine eigenen Entscheidungen gewesen waren. Dass er die ganze Woche damit verbracht habe, sich selbst infrage zu stellen. Dass er beim Blick zurück so viele Dinge gefunden habe, die er bereue, ganz besonders aber sein Verhalten gegenüber Sebastian Vogt und seiner Mutter, ein unwürdiges Verhalten, für das es keine

Entschuldigung gab, für das er nur um Vergebung bitten könne.

Es war der entscheidende Fehler, weil diese Legende, die ihm schon Paul Gram aufzutischen versucht hatte, dieser Versuch, die Schuld auf jemanden abzuschieben, der nicht greifbar war, alles in Sebastian Vogt zum Überschwappen brachte.

»Du bist also gar nicht verantwortlich für das, was mir zugestoßen ist?«, sagte er und brachte sich in Kampfhaltung.

Hermann Liebenich schreckte zurück. Falls er anmerken wollte, er sei sich so oder so nicht sicher, inwieweit er für alles verantwortlich gemacht werden könne, was im Leben von Sebastian Vogt schiefgelaufen sei, kam er nicht dazu. Sein Sohn riss die Mappe auf, in der, anders als man vermuten konnte, keine wichtigen Akten lagen, sondern ein ziemlich großes, ziemlich scharfes Messer.

»Sebastian, bleib jetzt ganz ruhig«, sagte Hermann Liebenich und hielt die Hände vor den Körper.

Doch Sebastian Vogt blieb nicht ruhig, weil er nicht ruhig war. Er sprang auf, holte aus und ...

Epilog

Ich weiß nicht, ob dich diese Nachricht erreicht, aber ich wollte nichts unversucht lassen. Denn ich habe das Gefühl, als wären wir dir zu Dank verpflichtet. Du warst es doch, der ihn gestoppt hat, oder? Du hast alles in Ordnung gebracht. Oder täusche ich mich?

Er hat uns alle an der Nase herumgeführt, auch dich. Aber jetzt ist er verschwunden. Es ist eine Woche vergangen, seit er das letzte Mal in unser Leben eingegriffen hat, eine Woche, seitdem wir in der Liebenich-Villa saßen und der Geschichte ein Ende bereitet haben, das er nicht gewollt haben kann.

Trotzdem ist seine Rache ausgeblieben.

Trotzdem haben sich weder die Typen vom Bundeskriminalamt oder vom Verfassungsschutz oder wo auch immer sie her waren bei mir gemeldet noch der Typ aus den Wasserwerken, der zehntausend Euro von mir erpressen wollte. Selbst mein Ressortleiter hat sich wieder beruhigt. Er will meine Story zwar immer noch nicht abdrucken, weil er sie weiterhin für eine durchgeknallte Verschwörungstheorie hält, aber er war wenigstens wieder freundlicher, vor allem, nachdem ich ihm von Konstantin berichtet habe, der jetzt doch einverstanden ist, dass ich seine Geschichte erzähle.

Es geht ihm übrigens gut und seiner Schildkröte auch – das eine und das andere hängen erstaunlich eng zusammen. Chronos ist schnell wieder gesund geworden.

Matthias hat seinen Job geschmissen und ist zu seiner Tochter gefahren. Er ist noch nicht wieder zurück, aber bevor er ging, hat er mir eine seltsame Geschichte erzählt, über seinen Vater und seinen Halbbruder, von dem er nichts wusste. Es muss ein ziemlicher Schock gewesen sein zu erfahren, dass er einen hat. Erst recht, nachdem dieser Sebastian Vogt kurz davor war, völlig durchzudrehen und mit einem Messer auf den Boss loszugehen, bevor er von einer Sekunde auf die nächste in sich zusammengesunken ist und angefangen hat, wie ein Baby zu heulen.

Vielleicht bist du ja bereit, mir alles zu erklären, deine Sicht der Dinge interessiert mich brennend. Nicht nur, weil ich noch immer nicht weiß, weil wir alle noch immer nicht wissen, wie viel unseres Lebens wir selbst gestaltet haben und wie viel für uns gestaltet wurde. Das ist eine Frage, die ich mir stelle, obwohl es mir Angst bereitet, die Antwort zu erfahren.

Es ist aber nicht der einzige Grund, warum ich mit dir sprechen möchte. Du musst wissen, ich habe beschlossen, ein Buch über all das zu schreiben.

Aber was erzähle ich da?

Das weißt du ja längst.

Danksagung

Ein Roman kann nicht im luftleeren Raum entstehen. Die folgenden Menschen haben meinen Raum erfüllt. Dafür gebührt ihnen mein ewiger Dank.

Thomas, Paul, Marisa, Uwe, Manu, Karin S. und allen anderen Lissabonern für ihren Anteil an schreibwütigen Tagen und Nächten im portugiesischen Herbst 2016.

Robert und Cordelia für die Chance, die Schildkröte und die flutschend-konstruktive Zusammenarbeit.

Regine, Rainer, Ute, Karin C., Rebecca, Leona und Nina für ihre Hinweise, auch wenn ich den einen oder anderen ignorierte.

Stephanie für einfach alles.

Chris, Danno, David, Enzo und Anita für Seelenbalsam in all den Jahren an Tischen der Wahrheit, auf Lesereisen mit der kotzenden Milbe, über Pizzaschachteln oder zu welchen Anlässen auch immer wir das Vergnügen hatten, uns zu sehen und uns unser Leid und unsere Freuden zu klagen.

All jenen, bei denen ich mich noch hätte bedanken sollen, es im Eifer des Gefechts aber vergessen habe. Ich werde es persönlich nachholen.

Weitere Bücher aus unserem Verlagsprogramm

Peter S. Kaspar

Der gute Mensch von Assuan

Roman

408 Seiten

Hardcover mit Schutzumschlag

ISBN 978-3-943709-15-5

Der ägyptische Milliardär Mansur Ghali kann nicht verstehen, warum man in Deutschland so kurzsichtig mit Flüchtlingen umgeht. In einem heruntergekommenen Dorf in Mecklenburg-Vorpommern baut er eine Mischung aus Wohnprojekt und Bildungsstätte auf. Doch das ambitionierte Projekt stößt nicht nur auf Widerstand bei der dortigen Heimatkameradschaft, sondern sorgt auch für einigen Wirbel in der Berliner Lokalpolitik.

Eine Geschichte über Flucht, neue Hoffnung – und ein außergewöhnliches Experiment.

Alle Bücher sind auch als E-Book erhältlich.

Jan Bratenstein
Der Mann ohne Piano
Roman

144 Seiten
Hardcover mit Schutzumschlag

ISBN 978-3-943709-25-4

Ein junger Musiker jagt einer ebenso verständlichen wie verstörenden Obsession hinterher: Er braucht ein Piano. Doch das ist gar nicht so einfach, denn es mangelt ihm nicht nur an den finanziellen Mitteln für das Instrument, sondern auch an grundlegenden sozialen Fähigkeiten. Außerdem wird er von einem grünbäuchigen Waldgeist getriezt, der neuerdings immer öfter in seinem Leben auftaucht und sich auch in die zunächst vielversprechende Affaire mit einer Musikalienhändlerin einmischt. Die Kellerband um Hausmeister Knasse bringt neben zu viel Alkohol zumindest kurzzeitig eine gewisse Stabilität in die verworrene Welt des Möchtegern-Pianisten, doch eine verkorkste Konzerttournee mit den Alt-Hippies wirft auch neue Fragen nach den wahren Bedürfnissen auf.

Jan Bratensteins Debütroman ist wie einer dieser verrauchten Kneipensongs: Kurz da, hinterlässt er einen bitteren und seltsamen Geschmack auf der Zunge, und schon ist er wieder weg.

Alle Bücher sind auch als E-Book erhältlich.

Erscheint im November 2019:

Tibor Baumann
Was du nie siehst
Ein biografischer Roman mit und über
Johann Mühlbauer

ca. 360 Seiten
Hardcover

ISBN 978-3-943709-75-9

Johann »Hansi« Mühlbauer führt ein ereignisreiches Leben zwischen Rockband und Reisen, zwischen Surferfreiheit, Wildnispädagogik und seiner Arbeit als Physiotherapeut – und ist seit seinem zweiten Lebensjahr blind.
Die Woche beginnt für ihn mit einem herben Verlust. Nach einem durchzechten Wochenende auf dem von ihm veranstalteten Rock-Benefiz ist sein Handy verschwunden – mit der Nummer von Alexa. Auf der Suche nach dem Handy durchlebt Hansi seine Woche und wird mehr und mehr mit sich selbst und seinem bisherigen Leben konfrontiert. Wohin soll die Reise gehen? Und wer ist der seltsame Verfolger, der scheinbar etwas mit Hansis verschwundenem Handy zu tun hat? Irgendwo in diesem Strudel gilt es, etwas über sich herauszufinden, einen Platz für sich zu erobern. Und eine neue Perspektive zu erlangen.

Eine Liebesgeschichte ohne Kuss, eine Geschichte über ungewöhnliche Verluste, gewöhnliche Abenteuer und einen blinden Mann, der die Herausforderung seines Lebens annimmt. Mit seinem Roman sprengt Baumann die Grenzen zwischen Fiktion und Biografie – und macht den Schreibprozess selbst zum Thema.

Alle Bücher sind auch als E-Book erhältlich.